詩人之燈

詩的欣賞與評論

羅青 著

東大圖書公司

國立中央圖書館出版品預行編目資料

詩人之燈：詩的欣賞與評論／羅青著
.--初版.--臺北市：東大出版：
三民總經銷，民81
面；　公分.--（滄海叢刊，
美術類）
ISBN 957-19-1414-2（平裝）

1.詩一批評，解釋等

812.18　　　　81002999

著　者　羅　青
發行人　劉仲文
著作財產權人　東大圖書股份有限公司
總經銷　三民書局股份有限公司
印刷所　東大圖書股份有限公司
地址／臺北市重慶南路一段
六十一號二樓
郵撥／〇一〇七一七五——〇號
初　版　中華民國八十一年七月
編　號　E 82062
基本定價　伍元柒角捌分
行政院新聞局登記證局版臺業字第〇一九七號

ISBN 957-19-1414-2（平裝）

詩人之燈

羅 青

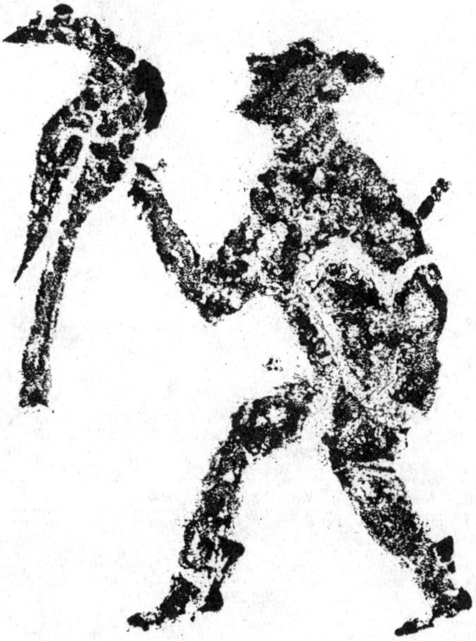

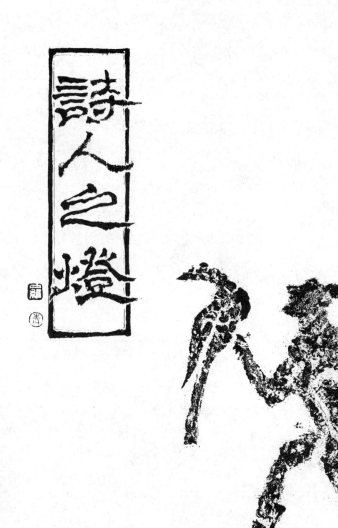

詩的欣賞與評論

——序

近年來，常常有許多學生及讀者，向我問起壞詩的定義。起先，我總是儘我所能的逐條回答；可是，慢慢我發現，大家對壞詩的關切竟有超過好詩的趨勢，使我心中一驚；於是，便開始勸人，儘量忘記壞詩，而多讀多討論自己認爲好的詩。至於在態度與方法上，則以細心細密爲佳。因爲有些好詩，不經細心探索品味，是不易探得其中妙處的；而有些所謂的「好詩」，在細密討論之後，反而變成了壞詩。

我一直認爲，世上的壞詩固然不少，但好詩還是很多，一般讀者，如欲讀詩論詩，當以好詩爲優先；至於壞詩，大可任其自生自滅，不必理睬。一首好詩，不會因爲受人攻擊而成了壞詩；一首壞詩，也不會因爲作者自辯得法，或評者吹捧有加，而成爲好詩。喜歡讀詩的人，應該細讀自己衷心喜歡的詩，或自己認爲重要的詩；對那些自己不喜歡又不重視的，實在可以拋在一邊，不去管他。因爲讀者只是讀者，不必去替那些批評家或文學史家傷腦筋。

批評家和文學史家的工作是巨大繁重的，爲了追求「客觀」，往往不能完全以一己之偏好去編詩選、寫文學史，他們要細品那些自己喜歡的好詩，也要苦讀那些「自己不喜歡」的好詩，他們不能任意把自己喜歡的壞詩編入詩選，也不能把自己不喜歡的好詩打入冷宮。在下筆之前，他們應該儘可能的，讀完大部分有關的重要資料，例如作者已發表或未發表的全部詩文，還有別人所做的重要評論。他們必須先在一個詩人的作品裏面，挑出較好的詩篇，確定其藝術價值的高低。然後，以並時性的觀點，再將之與其他詩人的佳作比較一番，測定他在當時文壇的地位。最後，還要以「承先啓後」貫時性的觀點，去決定他在文學史上的位置。

不過，若僅僅做一個愛詩的讀者，就不必那麼辛苦了。讀者可以主觀一點，專心欣賞自己所喜歡的詩。在心領神會，悟出一些道理之餘，也不妨把心得筆之於書，與他人共享。寫一篇小文章就夠了，老老實實，把自己所得的「新見解」，一字一句，言簡意賅的說完即可，不要東抄西引，故示博學。因爲引證注疏是學者的事，每引一條，不但要註明出處，而且還要在文章中說明，爲何非引此句不可的原因。通常學術文章，不貴引證滿篇，而貴在引得恰到好處，對文中所持的理論，有確實的貢獻與發明。這種作論文的本領，還要到學院中去學，字斟句酌，眞刀眞槍，想像力在此，雖然可供發揮，但是餘地並不大。讀者既然沒興趣或沒機會受學院式的訓練，也就不必辛苦萬狀的去模而仿之，做那樣吃力不討好的工作，是划不來的。時下有些人，總喜歡在文章中做「地氈式」的引證，古今中外的名家都到齊了，旣不管其中有無矛盾之處，也不管原作者是否主張如此。不管，不管，不管三七二十一，將原文割引得血肉模糊，隨便拖來示衆便是；有時因爲經過轉手重複切割，往往會把原作者持否定態度的觀念，引成了肯定，大鬧笑話。

我這樣說，並不是勸阻沒受過學院訓練的人不要談詩；相反的，我倒十分欣賞讀者或作者能把自己的心得公諸同好——以誠懇實在，決不賣弄玄虛的態度爲文，進而能說出：「這是一首我所喜歡的壞詩，那是一首我所不喜歡的好詩。」論詩至此，可以算得上是通達了。因爲這些出自性靈的會心之見，說不定要比學者的旁徵博引，還要來得富於啓發；更說不定，其中還會產生大膽而前衞的革命見解。當然，故做驚人之論，是不必要的。好的詩論，還要從「誠實」中得來，除非自己對一首詩眞的「心感神會」，除非自己領悟了他人不易得的妙處，除非自己對一首詩有了「新」的見解，否則，我勸他還是不寫爲宜。泛泛之作，無關痛癢的捧場或叫罵文章，貶低了自己，擡不高別人，浪費了讀者的時間，汚辱了自己的智力，費精神而得惡果，有百害而無一利，聰明的人不屑做，愚蠢的人做不出來。

我認爲詩人或讀者，應該多多發表自己對詩的意見，以平衡學院式的研究觀點。但這些意見，必須是「有所見」的，能切中時弊的，必須是他自己的。他們當然可以引證經史，但絕不可抄襲模仿，欺人欺己。他們應該把文學史之類的大題目，讓給學者去傷腦筋，而專心於一些比較實際的問題，或比較小的範圍與材料。例如，談一個詩人時，最好只選一首詩，徹底而反覆的分析比較闡釋一番，說出自己獨有的看法，這總比寫一篇大而無當的綜論要好得多。對一般讀者來說，我認爲，仔仔細細分析一字一句的佳妙處，比一篇「地氈式」的摘句文章要來得實在而有益。

有條理，有見解，有觀點的去寫一篇文章，首先獲益的，不是別人，而是作者自己，然後是讀者，最後，才輪到被批評的作家。執筆者，往往可以借寫文章之便，好好把自己腦中的想法，整理重組，反省檢查一次，使原先模糊的觀念清楚起來，使原來幼稚的想法趨於成熟，讓自己錯誤的思維，有機會得到修正。每一個寫論文的人，都應該先對自己負責，然後對被評的人負責，最後，才是向讀者負責。詩評人不應該爲取悅作家或讀者而寫，是大家都知道的原則；然而，取悅他人與否，還是次要的事，最重要的是他是否對自己誠實。因爲寫出來的文章首先教育的，就是作者自己。如果，文章的出發點不誠實，傷害了別人，倒是其次，傷害了自己，才是嚴重，因爲作者總是原作最忠實的讀者。

近來有些人，口頭上標榜自己是江湖幫，但私下卻十分羨慕學院派；明明對學院訓練不甚了了，但寫起文章來卻喜歡故作引證豐富、通達古今狀。像這樣還沒下筆，就存心不誠，不管他是否錯誤百出，其文必無可觀。子曰「修辭立其誠」，這句話在創作與批評上，是永遠適用的。

總之，關於詩方面的討論，不是批評家或文學史家的專利，任何寫詩與愛詩的人，都有發表自己意見的權力。只要態度誠懇，行文踏實，則見解必有一定的價值。不過，我私下總有一個希望，希望人人在發表自己的意見之前，能夠先通過下列幾個準備步驟：

一、先選出自己喜歡的詩。（自我準備工作）

二、在自己喜歡的詩中區別「好」的與「壞」的。（自我準備工作）

三、選一首或兩首眞正能使自己「心感神動」的好詩，加以析論，說出自己「獨特」的感受或心得。

四、在行文時，儘量避免引用他人的看法，除非摘引的語句對文章的立論及觀點，有關鍵性建設性的作用，否則寧可自我做古，用條理清晰的文字，老老實實的把自己的感受和盤托出。

在文學批評的領域裏，原沒有所謂的權威，只要提出的看法，忠於自己的感受而又有獨創性，寫出來的文章，清楚有理而不勉強蠻橫，就可成一家之言，備一家之說。有朝一日，功力充足，照樣可以寫出紮實有力的重要論文。

——一九七六年八月聯副

目錄

卷第二：探詩之心

卷第一 追詩之魂

追魂手札

一、詩

1

詩人對人類宇宙萬物，皆應有愛慈憫恤的心情，如果有神，詩人當對神付出更多的愛慈與憫恤。

2

詩只是一粒小小的種子，讀者才是大地；詩落入讀者的生命中，尋找新生，尋找一個全新的世界。是以，詩人當以血以淚，使他所製造出來的種子，有極強的生命力；是以，讀者亦應盡力吸收各種知識，使自己成爲肥沃的大地。

3

詩之所以爲詩，以其能容納各種不同的內容，各種不同的技巧，各種不同的形式。詩如水：有時成雨，有時成雲，有時成冰，有時成湖，有時成河，可以鹹可以淡，可以苦，可以甜；或爲晶瑩剔透自成世界的露珠，或爲繁複流動似虛乃實的霧水。詩隨時隨地以各種不同的姿態，伴著山川人物世界宇宙出現。然而，眞正的好詩，必含有詩人的血和淚。因爲，無論詩如何變化，最終總是要以人爲中心。

4

詩人，對自己的一首詩來說，追求的是完整；對自己所有的詩來說，追求的是多變。一個詩人可以有各種不同的風格，應該有各種不同的風格。風格上的變化多端，應是詩人畢生所追求的目標。因爲人的一生，「內在」與「外在」也是多變的。從詩人的作品之中，讀者可以看見他自己所處的時代、社會和人類。於人們內在外在的變化之中，在事情善惡悲喜的交錯之內，讀者看見，詩人反映出時代的各種面貌，進而與歷史上各個階段的人類活動，相互印證。

二、詩評家的準則與責任

1

壞詩，每一個詩人都寫過，好詩，卻不一定。

2

如果我們要批評一個詩人的詩壞，則我們必須要有能力從他的壞詩堆中，挑出較好的來；反之，亦然。因爲，唯有如此，詩評家才能夠在批評時，把心中預先訂好了的原則和「標準」，作適度的調整。這是批評的第一步，也可說是同情的批評。有了以上的基礎，詩評家才談得到進入第二步；以史的觀點去決定作品的位置。第一步是編選「單人選集」的工夫；第二步，是編選「文學大系」、「斷代詩選」或「歷代詩選」的工夫。有了第一步的基礎，詩評家方可把選出來的「好詩」，拿去與古典現代，林林總總公認的好詩，一較長短。此時，評者的同情成分，當減至最低；苛求的成分，則應增至最高。在嚴格細密的排比下，評者，應將其所知的最高「原則」和「標準」，做充分的運用。在如此審愼的比較當中，重要詩人與次要詩人的位置立顯，一等詩品與二等、三等詩品的地位立判。

3

次要詩人的詩，要是眞好，卽使一首兩首，只要詩評家注意到了，他便有責任去發掘，去推崇，使之公諸於世。反之，衆所週知的大詩人的敗筆，也應當予以指出，點明。然詩評家的最終目的，不外乎是使讀者能夠寬恕遺忘詩人的壞詩，寵愛推崇詩人的好詩。詩評家應當以發掘好詩，完美的詩爲己任。因爲對好詩的推崇就等於對壞詩的貶責。弄得壞詩喧騰一時，而好詩陷於寂寞，是詩評家最大的過失。

4

詩評家的第一要務，是批評當代，或上一代的作品；第二要務是批評古典作品，重新確定其歷史位置，並賦予恰當的現代意義。事實上，第一要務與第二要務之間的分界極微，有時亦可相混。站在批評的立場來看，此二者也並無輕重高下之分。然詩評家勤於吸收古典的目的——除了爲古典文學做去蕪存菁的工作外——運用他在古典中所得到的經驗，爲當代文學服務；隨時隨地，鼓勵當代文學，提醒當代文學，甚至爲當代文學注入新的血液，激發新的力量等等，皆是詩評家之所以要活在他自己時代的理由。如果一個詩評家所做的工作與當代文學毫無關係的話，當然也可以。但對當代文學來說，則是一種損失，這種損失是後代詩評家所無法彌補的。

5

一個批評家最大的目的、最高的成就，是在憑藉他對於文學的洞見以及實際批評的經驗，去「創造」他「自己的」文學體系或文學批評理論，且進而「激發」或「代表」他所處的時代中的主要文學活動。論「激發」，五四運動中，胡適的文學理論，恰爲一例。論「代表」，魏晉南北朝劉勰的文心雕龍，足爲典範。而後者之作，體大思精，不但能「代表」他的時代，甚且能超越之，成爲文學批評中的經典名作。

6

好詩就是好詩，本來無法分類，然對讀者來說，了解的難易，往往成爲取去的初步標準。易解與否，只是詩的「外貌」，並不能幫助讀者決定詩的好壞。然爲了討論方便，詩，對讀者來說，依其「外貌」大約可分三類：(1)看似簡陋平易的詩，(2)初讀一兩次便能奪人心魂的詩，(3)複雜難懂非要下苦工研究的詩。其中，讀者最易識別的當是第二種，其次是第三種，最易忽略的，則是第一種。

以上三點，雖說是依照詩的「外貌」分類，但實際上，也觸及到一些詩創作上的實質問題。先說第三種：詩人用一種複雜難解的方法，表達他複雜難解的思想或內容，這原是無可厚非。但如果只是用看似複雜難解的外貌，來掩飾其思想的貧乏與內容的空洞，則當令人唾棄。要而言之，使用這種「以難解表達難解」的詩人，多半是處於兩種情況：一是剛剛擺脫學習模仿的階段，正努力於改頭換面，自闢蹊徑的「自立時期」；一是詩風業已成熟，卻想擺脫昨日之我，而希冀另外再創新貌，重新出發的「掙扎時期」。「自立時期」和「掙扎時期」，是每一個詩人必經的道路。至於時期的長短，成功與失敗，則要視個人的情況而定；有些詩人寫了一輩子，往往還是停留在「自立時期」或「掙扎時期」，有些則是緩緩擺脫，有些卻輕輕一躍而過——在創作上，完全不露痕跡。

以新詩爲例，難解的好詩，當然有，可惜卻少如鳳毛麟角。瘂弦的「深淵」，雖有缺點，然不愧爲他「自立時期」的名作；余光中的「天狼星」，雖新語言尚未完全建立，然亦可謂他「掙扎時期」的重要突變作品。至於新詩中難解的壞詩，卻到處都是。尤其是近十幾年來，可說已至氾濫之地，例如洛夫的「石室之死亡」、鄭愁予的「草生原」就是「自立時期」的極端例子。此類壞詩，最易惹得許多對詩一知半解的評者——或可呼之謂「半瓶評論家」——競相評論，或褒或貶，異常熱鬧。然細查其論，行文破碎，內容空泛；逐字追句，顧前忘後；或爲炫才，或爲傲世；或爲媚友，或爲襲敵；好處沒說到，壞處更看不出，犯了「爲批評而硬批評」的大忌。

再談第二種：初讀一兩次便能奪人心魂的詩。這種詩，不妨稱之爲「一見鍾情」的詩。其特色在語言感染力強，「意象」新鮮；讀者易於被詩把握，詩也易於被讀者把握。但，外貌的新鮮或奇巧，並不能保證詩質的雋永與深厚，意象的新鮮，也不等於意象的準確；而「感染力」與「把握」，亦端看是否能夠持久。

故「一見鍾情」的詩亦有耐讀不耐讀之分。不耐讀者，初看驚心動魄，久而久之，隨著年齡經驗的增長，便漸感其膚淺無味，甚至令人發膩。這種詩，多半是因爲詩人在語言的駕馭上，已能通暢自如，甚或自立面貌，但卻不幸墮入賣弄語言，涉險求奇的魔障之中，疏忽了內容及內容是否眞與語言配合無間的問題。讀者初看一首兩首，覺得出色脫俗，十分新奇。然，多讀之後，便發覺造做不堪，陷入另外一種「情緒公式」的網中。雖在語言的技巧上，不斷翻新，然其主軸，翻來覆去，仍是以那一種固定了的「情緒公式」爲發電廠；各種題材，一入其中，加工後雖然花樣不同，包裝互異，然其本質則一；只要讀者細心檢查，便會立刻顯出原形。由情緒的造做到複製，乃是詩人之大敵，然若囿於氣質，亦有終生難以悔悟者。上述種種希冀以

「語勢」駭人的詩，往往易把原來活在詩中僅有的一點眞趣，破壞無遺。故讓人初讀覺其動人，再讀感其造做。這種例子，在新詩中亦多，管管、洛夫等便常犯此病；等而下之，才力不及管洛者，那更是不堪一提了。

至於「一見鍾情」式的好詩，正是所有詩選的中堅，如「唐詩三百首」中之作，便多屬此類。而古今中外，所有主要詩人的重要作品，也大概以此類爲多。此時，詩人的詩觀已臻成熟，風格也已樹立，語言、技巧、詩思皆達水乳交融之境。才氣功力，縱橫驚人，戛戛獨造而不怪險冷奧，奇絕精妙而不纖巧賣弄；內容豐富而不蔓不枝，技巧純熟而不油滑造做。而最主要的，乃是詩人對世事的通達，不僅能抒一己之私情，亦能代他人吐露心聲，能自各種不同相反相成的觀點，來看各種不同的事情事物。事實上，求絕求奇，乃詩家天職，然奇絕之後，若無深厚的思想及通達的胸懷爲原動力，則往往易陷入魔障，不能自拔。近二十年來，新詩人的作品，大多都漸至成熟之境。對讀者來說，「一見鍾情」式的好詩也緩緩增加，如紀弦的「足部運動」、「飛的意志」；余光中的「忘川」、「守夜人」；葉珊的「延陵季子掛劍」、「流螢」；商禽的「鴿子」……等等皆是値得一讀再讀的佳作。

至於第一種，看似平易簡陋的詩，實是詩中至境，此與眞正簡陋平易的詩，大有不同：「平中見奇」乃是其最大的特色，也是所有詩人終生追求的最高理想。此類詩好比把千萬奇峯，統統用土填滿，成爲平地。讀者初次走過，但覺平易穩厚，然細察之下，便會感覺那隱藏在平地下，千山萬峯的湧動。在做人方面，化絢爛爲平淡，本已不易；在做詩上，更是難上加難。能把複雜或幽玄的思想，奇偉或悲憫的詩情，用簡單而深厚的方法表達出來，實是藝術中的藝術，非功力精湛者莫辦。對於讀者來說，讀這類的詩，初次總不易立刻見其好處。若非有人點醒或自己多方咀嚼，則往往易於疏忽過去。不過，有些經驗稍淺或悟力未開的讀者，雖經他人解析，仍然無法眞正領會，衷心喜愛，那只有待之年齡與學養了。是故，像陶淵明這樣震古鑠今的大宗師，在中國詩史的黃金時代——唐朝，經過三百多年，不能得到應有的注意，一直要等到蘇東坡出，才算眞正重見天日，實在不得不令人有所慨嘆。由此，亦可見鑑賞力高超的詩評家，是如何的可貴難尋。

在新詩創作上，近幾年來，亦有詩人試著朝「平中見奇」這條路上走去，商禽的「咳嗽」，桓夫的「平安」皆是較明顯的例子。然這條路極難走，非親身經過種種「絢爛」、非眞具自家獨特「詩想」的人，是斷斷無法走出成就來的。

——一九七三年九月中國時報

詩是一隻蹲在心眼裏的貓

1

詩有一雙貓眼，能在正午時，正視太陽，正視一切表面太過耀眼的東西；同時，也能在午夜時，洞悉那深不可測的黑暗，以及一切在黑暗中活動的東西。

2

每一首詩，在外表上，都應該有不同的花紋。這些花紋應該由內向外生長，可以是純色，也可以是雜色，更可以是沒有花紋的花紋。花紋的結構，與四肢頭尾相互配合，與每一寸肌肉骨骼連成一氣，不可分割。花紋的安排，往往有令人意想不到的新奇方式，使人過目難忘。一隻貓的內在特色，便藉由上述種種外在形狀紋路的特徵，而完全的顯現在讀者的面前。

3

化妝上去的或由外硬加的顏色，是經不起時間考驗的，要不了多久，便會消褪盡淨。多餘而華麗的修飾詞與化妝品，對紙做的貓，或其他人工製作的貓，是必需的；對一隻眞正的貓來說，一切外加的裝飾，都不需要。

4

論語「雍也篇」云：「文質彬彬，然後君子。」這句話，可以用來說貓，也可以引來論詩。文就是外在的紋路與形式，質就是裏面的內容與精神。二者相互配合無間，便是好作品。

5

沒有一隻狗，會突然從貓羣裏跳了出來，一臉冤枉滿腔無奈的說：「我的本質是貓，只是外形搞錯了。」

6

在沒有弄清詩的內容爲何時，修改字句之類的，都是枝節問題，於事無補。內容決定形式，而形式又能夠使內容得到完全的發掘。特殊的內容，必須要靠配合那內容的特殊形式，方能淋漓盡致的展現出來。

7

詩是一隻蹲在心眼裏的貓，每個人都有一隻，只是不常放出來走動。有些貓見到同類，還能辨識，還能出來相聚談心；有些，則不卽不離的與對方交換一下眼光；還有些，因爲被關得太久了，已經不再知道，自己是貓。

8

詩是一隻從心眼中，一躍而出的貓，常常蹲在出乎人意料之外的地方，在那裏靜靜守候：全身字句相互呼應，骨肉皮毛亭勻合度。他看來只不過是閒閒蹲在那裏，而實際上，卻是每一寸每一分的骨骼肌肉，都動員了起來。

凡此種種，讀者必須細心觀察體會，研究耳朵與尾巴擺動的方向，以及身上各個部位花紋的細微變化，如此這般，方能得知其中消息。

9

詩人常常讓自己的詩，若無其事的蹲在一個毫不起眼的地方，給人一種匪夷所思的驚喜；然後，再逗引他去思索，思索這隻貓爲什麼會蹲在這裏？目的何在？周遭的環境有沒有因此而改變或獲得新的意義？

10

有的詩人只有一隻貓，不時變換花紋，放到不同的地方；有的，則有無數種貓，分別出現在各種不同的情況之中。

11

詩是一隻全身動員起來的貓，蹲在那裏，全神貫注的看一樣東西，或觀察一個目標，那東西，那目標，便是詩人想捕捉的，或是詩人想引導讀者去捕捉的。

12

詩的最高潮，便是對準目標，動員全身的字句，飛撲過去的那一剎。此時，體內血液的循環，呼吸的起伏，都調整到最完美的地步，所有的力量與速度，都蘊藏其中，一觸即發。

13

貓要捕捉的目標，也就是詩人要捕捉的；反之亦然。二者之間的關係非常微妙，有時是貓引導詩人，有時是詩人誘導貓，有時是雙方不約而同的相互配合了起來。

14

有些詩人，常常只讓讀者看到貓本身，而避免指出貓所面對的目標。有些，則在貓身上做了許多或明或暗的記號，指導讀者如何發現目標。有些則乾脆把貓與目標用一根繩子連了起來。

15

更有些心急的，便直接把目標拿來，往讀者手中塞去，根本就忘了貓。

貓會捉老鼠，但捕捉老鼠並非貓的唯一任務或活動。貓也可以去玩一只皮球，捉一隻蝴蝶，甚至可以追自己的尾巴。

一隻活生生的貓，不會只做一樣事情，也不會做超乎本性的事情。貓與其他動物有許多相同的地方，但也有許多不同的地方。

貓沒有野心去取代所有的動物。貓不會，也不想會。可惜有一些詩人看不到這一點。

16

有一些人是改造專家，他們改造了貓。他們把一隻普通的貓改造成一隻專門捕老鼠的貓。

(這樣的貓，只是一隻捕鼠機器，不是貓。)

他們更進一步，製造了一隻只會捕白老鼠的貓，又製造出一隻只會捉黑老鼠的貓。(其實，這些都是在設計上有偏差的捕鼠器而已。)他們用這兩種捕鼠器，相互攻擊，從中取樂，然後自封爲貓王，然後開始大肆捕殺非機器製的貓。

17

這是一個機器貓橫行的時代，有些居然發出了狗叫的聲音。此外，還有虎、豹、豺狼……等等各式各樣的聲音，不斷的出現。

不過，無論這些聲音如何變化，大家只要仔細傾聽，便會知道，都不過是些機器發出的聲音罷了。

18

事實上，有許多目標，需要其他的東西去捕捉，方能勝任愉快，不要勉強用貓。若是執意用貓，結果往往得不償失；壞了貓，也捉不到目標。

——一九八四年中國時報

藝術與翻譯：一個語言學的觀點

1
藝術就是翻譯。

2
繪畫用形、色翻譯，音樂用聲音翻譯，舞蹈用肢體翻譯……文學用文字翻譯。

3

翻譯的客觀對象是「物理」或「天理」，萬物各有其理，組織成一種非常複雜的「文法」。「物理」之中，無可避免的要加上「人情」。「人情」本身亦是千變萬化，組織成另一種複雜的「文法」。「物理」中滲入「人情」，「人情」裏反映「物理」，兩組「文法」相互交融，產生出複雜又複雜的「文法」，隨時空不斷的變化生長。

4

文學翻譯者在面對「物理」與「人情」交織的大作品時（也就是「原著」），只能依自己「人情」經驗及嗜好，還有自己的「物理」經驗及嗜好，加以選擇、組織、呈現。用自己的「文字系統」來呈現。

5

文學翻譯一方面要尊重特定時空中的「原著」，一方面又要尊重自己的「文字系統」。「原著」有什麼樣的「本質」，自己的「文字系統」便應該做相對的調整。然調整時又不能忽略「文字系統」本身的歷史。

6

恰當的「文字系統」之選擇及塑造，可以更有力的呈現特定時空下「原著」的「本質」。二者的關係是辨證的。

7

「文字系統」完成翻譯工作後，「成品」開始獨立，自成一「文法」組織，與「原著」的關係，介於似有似無之間。文字成品的評價，應依照「文字系統」的「文法」組織及其歷史來決定。

8

沒有一個翻譯者可以獨立的創造自己的「文字系統」。「文字系統」是累積的，其中自有其獨立的承先啓後關係。而其發展，也與「時間」、「空間」，與「人情」的歷史發展有關。簡單的說，「文字系統」是「文化系統」中的產物，然二者之間的關係，又是辨證的。沒有「文字系統」，「文化系統」也就無從建立。

9

文學翻譯者與「文字系統」的關係也是辨證的。翻譯者不利用他的「文字系統」（在特定的「文化系統」之中），則無法順利完成文學翻譯活動。他在利用「文字系統」時，必受其系統的左右與控制。然「原著」（外在的現實或內在的現實），因時空的不同，其文法組織已有發展調整，因此如欲忠實「翻譯」，就必須把舊有的「文字系統」做一機動的調整，從而創造出新的「文字系統」以便「翻譯活動」順利進行。

10

沒有舊有的文字系統，文學翻譯是不可能的。沒有新的文字系統，文學翻譯也是不可能的，同時也沒有必要。翻譯者利用文字系統完成翻譯活動之後，那以文字組成的文學，便加入「文字系統」的歷史中，尋找其適當的位置。而系統與系統之間的關係，是以其關係的「有」與「無」，而互相機動調整。

註：此文是以語言學的觀點寫成，其原則也可以用在「繪畫」及「音樂」的討論上。因爲是原則性的討論，難免有些晦澀，故請讀者原諒。

普及文藝欣賞的基本知識

文藝欣賞基本知識的普及，是文藝水準提高的主要動力，也是文學批評運動建立的根本要件。

近四十年來，因爲教育發達、經濟成長，使得報章雜誌分外活躍，電視電影欣欣向榮；音樂繪畫的市場漸漸擴大看好，舞蹈與雕塑的創作不斷推陳出新，顯示了一片文化朝氣蓬勃的景象。

然而文化活動的蓬勃，並不等於或證明活動本身的精深優良或水準高超。相反的，在商業金錢的極端控制或左右之下，過分蓬勃的文化活動，可能導致低俗野賤的贋品氾濫，淹沒了眞正的美玉，落入了「劣幣驅逐良幣」的深淵。

文化活動的蓬勃，是要靠大衆的參與和支持的，而文化活動的精深，則要靠大衆做批評性的參與和建設性的支持。所謂批評性的參與，是指對「劣幣」的譴責；而建設性的支持，當然是對「良幣」的稱揚。兩者相輔相成，文化活動自然容易達到精深的境界。而文化活動的發展和成長，與大衆的參與和支持，也是相輔相成，互爲作用，相互提升的。優良的文藝創作，教育了大衆；高水準的大衆，激發了傑作的產生。不過，我所謂的高水準大衆和優良文藝創作的比例，並非一定要佔整個民衆文化活動的百分之百，設若能達到百分之四十或三十就儘夠了。因爲平庸流行的作品是永遠無法根絕，也沒有必要非設法根絕不可的，只要不流於過分下流，其效果反而能襯托出優良作品的偉大。在大衆傳播發達、人民教育普及，還有其他各種文化設施都優於古代的今天，上述百分之三十或四十的理想，應該不難達到。

至於如何達到，那還是要求助於學校教育與大衆傳播事業，使兩者在盡可能的範圍之下，盡量闡釋優良文藝作品的要件，以及欣賞的方法與態度，盡可能的使一般人對鑑別優良文藝作品的尺度與規則，有一個概括性的了解，從而成爲大家常識的一部分。就好像大多數人都懂得，大部分的籃球或棒球規則一樣。

一般人對文藝作品所抱的態度往往如下：我是中國人，我說中國話，文言文的東西我讀不太懂是因爲我的程度不夠，用白話文寫的東西我讀不通或不能欣賞，那一定是作者的程度有問題。這種「重文言輕白話」的觀念，到現在仍相當普遍，連帶的，也影響了讀者對用白話文創作文藝作品的態度。大家總認為，白話是我掛在口上的東西，作家只是將之寫在紙上罷了，並沒有什麼奧妙的地方。事實上，無論是文言也好，白話也罷，文學創作到達一定的水準時，其中規則的複雜與精微的程度，都是一樣的。若不了解規則亂寫一氣，即算用的是文言文，寫出來的作品，同樣會淪於惡劣不堪的境地。

因此，在欣賞現代文藝作品時，大家應該抱著先了解規則，再品評優劣的態度。就像了解籃球、棒球規則一般，觀衆雖然不必要懂得如裁判或批評家那麼多，但至少也應該把基本的規矩與技術搞通，這樣大家才能眞正欣賞到球員在規則限制之下，技巧的變化或突破。甚至進一步，體會到裁判或批評家的功力與慧眼。

古典文藝作品。因數量多，專文專論也多，精挑細選之下，傑作當然脫穎而出；再加上大家因畏難而虛心學習其中的規則與技巧，故能夠欣賞的讀者也比較多。新文學作品，在數量上無法與古典相較，研究的人少，傑作的鑑別尚未塵埃落定，而其中所使用的規則與技巧，常有獨創或出奇的地方，讀者在摸不著門路的情況下，當然容易敗興而返。看球賽而不解或誤解規則，那再精彩的表演也是等於零。我們無法要求一場精彩而無觀衆的比賽永遠繼續下去，以待知音；也不能強求對規則一無所知的觀衆，枯坐球場，不准離去。由是觀之，對新文藝作品規則與技巧的介紹解說與傳播，關係整個文化活動的發展，並涉及到其更上層樓的關鍵。

我曾在「談青少年文學」一文中，強調在中學國文課程裏，灌輸「文藝欣賞基本知識」的重要性；然單單靠片段短暫的學校教育是不夠的，必須要配合大衆傳播媒體，連續不斷的灌輸到不同年齡、不同職業的大衆生活之中，才是最直接了當的辦法。各種大衆傳播媒體裏，報紙與電視當然是最有效的傳播工具。在運用文字創作的藝術中，報紙較電視有力：舉凡詩歌、小說、散文、戲劇（包括電視劇）、電影、繪畫，甚至音樂，都可藉報紙的篇幅，加以闡釋、探討、宣揚。當然，靠著畫面與音響，電視在傳播電影戲劇與音樂繪畫上，亦佔有相當優勢；再加上錄影帶和電腦的普及，報紙的地位，已經開始受到威脅了。

基本知識的傳播，多半屬於介紹性的批評，作者在態度上，雖然應該盡量嚴肅，然其與學院式的文學批評，應該有所分別。學院式的文學批評，多半是對一個作家做有系統的研究，或對一個主題做深刻的發掘與探討，文字嚴謹，註解詳盡，適合在學報或雜誌中發表，不宜常常在報上出現。而介紹性的批評，則著重在文學觀念的解釋，文學術語的定義，以及文學技巧的欣賞與分析，不是在做大部頭的作家論或是連篇累牘的主題研究。不過，精密而準確的學院式訓練，對從事介紹性批評的人，也是必要的。

介紹性的批評，應該盡量舉實例來引發讀者的興趣，告訴讀者白話詩爲什麼要分行？分行的原則何在?詩人如何用意象?如何產生象徵的效果?詩中的張力是怎麼來的?押韻與節奏如何安排?主題如何與形式配合?什麼是詩的結構?告訴讀者小說的要素為何是「事件」?人物如何塑造才算成功?觀點如何運用?章法如何安排?什麼叫倒敍?什麼叫意識流?什麼叫小說動作或戲劇動作?焦點如何運用?風格如何產生?什麼叫前景或背景?什麼是高潮或反高潮?氣氛如何經營?怎樣是精彩的開頭與結尾?怎樣是含蓄的象徵與暗示?哭哭啼啼就算是悲劇嗎?意外出了車禍算是悲劇嗎?喜劇與鬧劇有沒有分別?何謂戲劇的結構與衝突?衝突在小說中的地位如何?在電影中的地位又如何?什麼叫做電影語言?導演如何運用鏡頭思考並說話?如何運用動作音樂或畫面說故事或褒貶人物?畫家如何用筆與彩色來表達思想?如何用新的造型及構圖,如何用時間分空間來觀察世界?舞蹈的特色何在?舞者如何用身體傳達訊息?音樂家如何用歌曲來表達我們的時代?這些問題雖然簡單,但答案卻應該以不同的實例,不同的方式,向大衆反覆灌輸。

像這樣的文章,篇幅不宜太長,焦點則須固定,引證不妨豐富,說理最好淺出。長篇的論文或作品論,可能會引起見仁見智的紛爭,徒亂讀者耳目。對文藝作品基本知識的介紹,卻可博采諸家之言,細論一技之微,反覆說明,自然淸楚;深刻細心得體會,誠誠懇懇道來,不弄玄虛,當然踏實。如此一來,讀者受惠匪淺,作者免動肝火;至於評者,則少了許多無謂的筆戰。

當然筆戰並不是全無可取，正統的批評也十分需要。然無論筆戰也好，正統批評也罷，都需要有正確的基本知識與健全的術語系統，才會免於「公說公有理，婆說婆有理」的混亂場面。如果讀者在這方面常識普遍豐富之後，那些專門譁衆取寵，巧言羅織，喜爲人身攻擊的「罵」評家，自然會減少。讀者懂得如何讀小說，壞的小說自然會被慢慢淘汰。讀者懂得如何欣賞導演的匠心，編劇的絕招，那粗製濫造的電影或戲劇，必會遭到唾棄。其他詩歌、音樂、舞蹈……等等藝術活動，莫不如此。如果介紹式的批評與學院式的批評能以七比三的比率，經常在報章雜誌上出現，那具備文藝創作基本知識的人，一定會漸漸增多，而文化活動朝精深厚實的方向進行，將會是必然的現象了。

我怎樣寫「金喇叭」

金喇叭

每次吹起這支金光燦爛的大喇叭時
就會想到那乍隱乍現似星星的喇叭花
她們一個個害羞的躲在
繡滿朵朵綠色雲采的籬笆上
把條條藏在心底的無聲歌曲
吹成了絲絲嫩綠柔軟的觸鬚
彎彎曲曲纏纏繞繞~~~
四處探索而出

引來一大羣蝴蝶
化做許多彩色的耳朵
紛紛棲息在籬笆上傾聽

而每當那金光閃閃
大喇叭一樣的太陽
狂野的把漫山花苞
全都吹破吹開
吹成各色各樣的小喇叭
讓這些小喇叭，吹醒世上所有的耳朵
所有的耳朵，便開始迎風起舞
舞成一羣隱形的蝴蝶
在流暢似樂譜的光線裏
圍著世上所有默默吹奏的花朵
迴旋飛翔

六月間，「幼獅少年」編輯先生寄來了一套幻燈片，都是國中同學練習樂器時的生活點滴，十分生動傳神。編輯先生希望我能以這些幻燈片爲靈感，寫一首詩，配合發表。看到這些同學努力認眞學習音樂的樣子，使我想起了自己初中的快樂時光，於是便毫不猶豫的答應了。

我雖然對樂器十分外行，但是初中時有幾個好同學，都是樂隊高手。尤其是坐在我旁邊的那一位，是個吹大喇叭的，每天背著金光閃閃的龐然巨物，好不威風，冷不防在你身後大吹一口，準把你給嚇得魂飛魄散。

我的家庭，雖非音樂世家，但什麼樂器都有。母親彈風琴，妹妹彈鋼琴，父親拉胡琴，弟弟彈吉他，只有我是個畫畫讀書的，手只會拿毛筆鋼筆，口只會演講辯論。還好，我的耳朵還算靈光，聽到好音樂還知道欣賞。

回想過去的情景，我不自覺的，以喇叭和音樂爲主要意象，去發展我的「詩想」。我想，這就是所謂的靈感吧！

然而，光有靈感是沒有用的，還需要有「想像力」，把這些靈感捕捉組織，使之產生一種「新鮮的」思想，一種自己從來沒有想過，別人也從來沒有說過的思想。這種思想裏的主要內容，也就是你所要表達的「主題」。從靈感的產生到主題的浮現這段過程，我稱之爲「詩想過程」，簡稱「詩想」。詩如果要寫得新穎動人，必須要有新鮮的「詩想」。新鮮「詩想」的產生，要靠高超奇特的「想像力」，「想像力」的培養，要靠平時獨特角度的「觀察」與「聯想」。「觀察」愈細密，「觀點」愈特殊，「聯想力」也就愈活躍脫俗。

「想像力」以不落俗套的方式，組織「聯想」中所得來的意象，使其中產生新的思想，從而建立起詩的主題。「主題」建立後，詩人再依照「主題」，去檢查詩中是否有不合適的意象及語句，務必使全詩每一行每一句每一字，都能為「主題」服務。因此「主題」、「想像力」、「意象」、「聯想」之間的關係，是相互調整，相互適應的，沒有一定的法則或規律來限制。

有一點要特別提出的是，上面我所說的寫詩過程，只是千萬種寫詩過程裏的一種而已。希望大家不要視為唯一的方法。寫詩的方法不計其數，時時刻刻等待大家去發掘。我所舉出來的，不過是其中最基本的一種罷了。

大喇叭的形狀顏色，使我聯想起太陽；音樂的形狀及感覺，使我想起了和風。大喇叭金光閃閃，聲音粗亮，與太陽十分相似；音樂可聞可感而不可見，正如和風可感可聞而不可見是一樣的。風聲有時似音樂，音樂裏也常充滿了風聲。以上這兩個比喻中的意象，在外形上，在內容上都各自有相通之處，把他們連在一起，雖不能畫上數學的等號，但在感情上，卻是相等的，這就是所謂的「詩的眞理」，而非「科學的眞理」。詩人做比喻時，必須以獨特的眼光看到兩個意象在外形或內容上有基本相通之處，不然寫出來的比喻便易牽強附會不知所云。

喇叭的形狀，使我想起花朵，由花朵聯想出蝴蝶，由蝴蝶聯想出春天。冬天過後，春天的太陽最爲耀眼，有如一支嶄新的大喇叭。春天的太陽使百花盛開，好像大喇叭把所有的花苞吹開一樣。於是我想用太陽喇叭的意象，來表達春天的歡愉。同時，也希望用春天的歡愉來形容吹奏喇叭時的心情。

對我來說，光是描寫春天如何如何，是沒有多大意思的。如果能把人類活動的感受一起表達出來，這才算是完美。上述看法，在中國古典詩話的理論中，叫做「情景交融」。春天種種可以反映人的內在心情，人的活動正好印證了春天的特質，兩者交融一體，密不可分。

於是我便假想一個人在春天吹大喇叭時，可能有的感受——一種詩意的感受。同時，我也把太陽擬人化，想像太陽在春天使百花盛開時的感受。然後把一人一物的感受揉合在一起，來表達春天的特色（自然世界）及春天的心情（人類世界）。

我先寫一個人在吹大喇叭時，可能會有的聯想；再寫太陽把春天及百花帶回人間的情形。寫人的感受時，其中含有春天的景色；寫太陽和春天時，其中則充滿了人吹喇叭的動作。

一個熟悉熱愛喇叭的人，當然會對和喇叭外形相類似的東西十分敏感。於是我一開頭便把太陽、大喇叭及星星、喇叭花聯想在一起。如果太陽是天上的大喇叭，那它所發出的聲音是金色的光線和熱量。而大喇叭是樂器中的太陽，是所有喇叭中聲音最大、體積最大的，而其顏色，也閃閃發光有如太陽。喇叭花是花裏具體而微的小喇叭，其花紋有如星星，正好可與太陽相互呼應。於是大喇叭像太陽，喇叭花像星星，如此對稱的句子與詩想，便完成了。

在這兩行當中，我避免用主詞「我」，以便使每一個人在讀此詩時，都感覺自己是詩中的主述者（注意，詩中的「主述者」不一定是詩人自己）。我之所以能如此寫，完全是在利用中文的特性。古典詩中常有無主詞的句子，意思照樣清楚；新詩中，也可以如此運用，毫無問題。

我爲什麼以「乍隱乍現」這個形容詞來形容喇叭花呢？「乍隱乍現」原可形容星星閃爍不定的樣子，或人物出沒無常的情況。在此我把喇叭花比喻成星星，形容她們在綠葉掩映中時隱時現的樣子，「好像」閃爍不定的星星。

通常大家都把女子譬作花，在此，我也不例外，把喇叭花比喻成害羞的女孩。上面星星之喻，只是形容喇叭花的外貌，此地「害羞」之喻，則是擬人化的手法。爲什麼「害羞」呢？是因爲她們「乍隱乍現」躲起來的關係。躲在哪裏呢？躲在綠葉底下。在此，我把綠葉譬成綠雲，因爲星星太陽經常爲白雲所圍繞，如果喇叭花像地上的星星，那圍繞在四周的葉子，就是片片的綠色雲朵。

我用了「籬笆綠雲」四個字來形容籬笆上的綠色葉子。但後來又覺得這四個字太過濃縮，如果唸出來，別人不一定聽得懂。同時，這四個字並不能把「綠雲」的精神準確的描寫出來。於是我將之刪去，使全句變成了「她們一個個害羞的躲在/繡滿朵朵綠色雲朵的籬笆上」。我們知道，喇叭花是爬藤植物，最喜歡穿綴在竹籬笆上的，綠綠的藤絲，在竹子間來回穿引，有如針線刺繡一般。於是我就形容那些葉子像繡在竹籬笆上一樣。這個比喻有一個好處，那就是把「綠雲」限制在籬笆上，不可自由飄蕩如眞的雲朵。事實上，葉子雖然像雲，但究竟不是眞雲啊！因此，我把形容雲朵的「片片」換成「朵朵」。

這樣寫來，第三行的句子會變得很長，爲了讓讀者唸起來舒服一點，必須給他們一個「停頓」的暗示（不是斷句）。最佳的停頓處是「躲在」，故我在此把一句一分爲二，使讀者唸到「躲在」時，有一種懸疑的效果，再接下去唸第四行。而第四行的比喻，將會給他一個驚喜。普通我處理句子，都是一個意思一行。遇到這種特殊情形，一句分成兩行，也是可以的。

喇叭花吹出來的音樂是什麼呢？當然，喇叭花像太陽一樣不能發聲！太陽會發熱，喇叭花會發什麼呢？我想喇叭所發出來的聲音，跟世上所有的東西都不一樣，它的聲音是「無聲的」，是「具體的」。我把喇叭花的觸鬚，比喻成喇叭的歌聲，是綠色的，是柔嫩的，是彎彎曲曲的。

大家都知道，藝術家或漫畫家在畫歌聲或樂曲時，是用線條來表達的，而且大部分都以彎彎曲曲的線條來形容聲音。理由是，音樂與歌聲的特色都是曲折多變的。在此我把喇叭花的歌曲，形容成彎曲纏繞的觸鬚，並且用一個「書名號」﹏﹏，以增強視覺上彎曲纏繞的效果。彎曲纏繞一句，本是形容詞，形容「觸鬚」，在此，特另成一行，以便上承「觸鬚」，下開「四處探索而出」的句子。

喇叭花的歌曲——「觸鬚」，向四周伸了出去，勾引來蝴蝶雙雙，表示出春天的歡樂。蝴蝶的形狀，很像人的耳朵。人的耳朵聽不到喇叭花的歌曲，而蝴蝶卻聽到了。因此蝴蝶是一羣「彩色的耳朵」。大喇叭裏吹出來的音樂，可以用耳朵聽；但春天的音樂則要用蝴蝶的耳朵來聽。在此，我暗示，無論是大喇叭吹出來的也好，喇叭花吹出來的也罷，人們必須用心靈的耳朵，才能聽到眞正的音樂。

接下來，我開始寫太陽。爲了使開頭幾行與第一段對稱，我把閃爍換成了「那金光閃閃」，以便與「這支金光燦爛……」對稱，而「每次」也變成了「每當」。我所謂的對稱是意義上的，不是形式上的，故以兩行對四行，使其靈活變化而不死板，讓對稱所產生出來的對比，增強讀者的印象。前一段，已經用過「似」字了，不想重複太多，故換了一個說法，改用「一樣」。

第三行的「花朵」改成「花苞」，這樣才能「吹破吹開」。不然「花朵」已是盛開的，不必再「吹開」了。用「吹破吹開」來形容花朵開放，是爲了加強句子的力量。爲了增加春天百花盛開的熱鬧氣氛，我特別加了一句：「吹成各色各樣的小喇叭」。因爲百花的顏色雖然不同，但基本上，都像喇叭的。我雖然想讓這三行與第一段開頭對稱，然對稱得太死板也不好，故把「時」字去掉，把「就會想到」也去掉，而連續用「吹」這個動詞，使前後連成一氣，讓句子的節奏由舒緩而快速。

太陽普照大地，無所不在，創造春天，一氣呵成；我連用幾個「吹」字的目的，就是想製造相同的效果。春天來了，春風春陽把所有冰凍的「耳朵」都叫醒了。人在春天中，恢復了對草木萬物的敏銳感受。於是耳朵開放，去聽各種聲音，甚至去聽那聽不到的歌聲，像蝴蝶一樣。這幾句在含義上，是與第一段相呼應的。花朵既然被比喻成喇叭，那就還是用「吹奏」比歌唱好，以免與第一段中的「歌曲」重複。

把「蝴蝶」比喻成人的「耳朵」，又把人的「耳朵」，化成「蝴蝶」，是一種「超現實」的手法，十分奇特，但卻能夠給人深刻的印象。這種手法，必須有相當堅實的「詩的聯想」（或「詩的眞理」）爲基礎，不然容易遭受晦澀難懂，或胡亂拼湊的譏評！耳朵與蝴蝶在此詩中，除了外形相似外，在意義上也有相輔相成的作用，缺一不可，無法刪去其中任何一個。

最後說到題目。這首詩是先有內容後有題目的。當然，先有題目後有內容，也是一種寫法。「金喇叭」一語雙關，可說是以「喇叭」爲主，也可說是以「太陽」爲主：一是自然，一是人工，前者吹出春天，後者吹出音樂。以此爲題目，把內容裏最重要的兩個意象，或明或暗的點出，雖不精彩，但還算恰當。上面所討論的，是千萬種命名方式之一；其他還有許多方法，因篇幅的關係，我們這裏不能一一討論。

我寫這篇文章，是想要大家明瞭我寫這首詩時的步驟；寫其他詩時，我不一定用同樣的方法；到底如何變通，這要看內容而定。我最喜歡依照不同的內容，去發現新的表現方法，而唯有新的表現方法，才能使新的內容完全展現。

我寫詩時，許多地方都依靠「直覺」，改動時也常依靠「直覺」，並不一定有相當充分的理由後，再去修改。但整個詩篇完稿後，我一定要以理性的、批評的眼光，重新審查一遍，看看「直覺」有沒有出毛病。所謂的「直覺」，往往也就是經驗的累積，而經驗並不完全可靠。上面所說的種種，是作品完成後，仔細分析檢討的結果，在寫詩時，並不完全依照上述步驟，也沒有一定的次序。因此，大家在創作時，也不必為自己定下嚴格的規律去遵守，這是沒有必要的。最好是，寫的時候盡情去寫，全靠直覺；寫完後放上三五天，或一個月，再仔細用批評縝密的眼光檢查一番，修改一番。

「金喇叭」一詩的企圖並不大，故表現手法也就相對的簡單了些。如果我們要畫的是一株簡單的小草，所用的筆法，當然也不應該太繁複。我想，能配合主題，做恰到好處的表現，就應該是及格的作品。「金喇叭」並不是一首了不起的作品，但我想，如果我把寫作的過程記載下來，可能對喜歡新詩的讀者有些幫助。大家看了，做爲參考即可，不必奉爲金科玉律。

最後，我要再提醒大家，這是我許多寫詩方法中的一種而已，還有許多，等待我們分頭去發現。而我對自己作品的詮釋，也只是一家之言。任何人看了有其他的意見，只要與詩中的原意相差不太遠，即使是與我的解釋有所不同，我也願意接受。畢竟，詩寫成了之後，就成了公共的財產，大家都有權利批評，並表達一己之好惡。

我怎樣寫「水稻之歌」

民國五十九年，我大學畢業，被分發到虎尾服役一年；生活呆板而規律，簡樸而有力。虎尾在嘉南平原之北，往東是斗南、斗六、竹山、鹿谷，一直到溪頭、日月潭；往西是土庫、臺西、麥寮；往北是二崙、莿桐、北斗；往南是北港、六脚，一直到太保、朴子。這些地方，就是我假日常去遊走之處。

所謂遊，也不過是三五好友，坐著客運車或騎著脚踏車，到處胡亂逛逛。有時，也去拜訪一下同學，或同學的朋友，或朋友的同學。

軍隊的作息與一般老百姓不一樣，我們放假時，人家都在工作。因爲是軍官的關係，放假時，我們早上五點鐘起床後，便可直接離營了；兵士則要等到早飯完畢，才可以。我們幾個預備軍官，經常在天將未亮時，騎著單車，奔馳於大霧之中，迎接嘉南平原的日出；看太陽把一大片蔗林自一大堆霧中，擡了出來；看幾棵椰子樹，自密密的甘蔗後面，冒了出來；看中央山脈，自一叢叢的椰子林後，露出一點點好奇的頭來。

一路上，我們看到上工的工人，下田的農人，還有一羣羣上學的小學生。他們在田埂上，在小溪旁，在木橋上，在竹籬邊，自由自在的走著，嘁哩筐啷的走著，興高采烈的走著，幽幽沈默的走著。而我們也在走著，有時是放假散步，有時是單車趕路，有時是野外行軍，有時是出操打靶。

半年下來，上述種種印象，在我心中縈繞不去，漸漸迴旋成了一首歌。於是便將之記錄了下來，成爲初稿。當時，我手邊存詩甚多。所以並沒有急於發表；心想，這首詩，還有一些細部的關節，尚未完全打通，先擺上一擺再說。

不料，這一擺，就擺了近兩年，等到我再度將這份初稿翻出來時，人已在太平洋的彼岸，面對著北美寒冷的冬天。異國的生活，十分枯寂，除了讀書做畫，還是做畫讀書。看著那蒼黃的草原，雪封的大地，不免思念嘉南平原的碧綠，寶島長年的春風，於是在一股思鄉的濃愁下，我連夜揮筆，發展原來的詩想，完稿終篇，題名爲「水稻之歌」。冬天過後，春天來到，這首詩又經過幾次修改，終於定稿，於六十二年七月的「幼獅文藝」二三五期發表，全詩如下：

水稻之歌

早晨一醒，就察覺滿臉盡是露水
顆顆晶瑩透明，粒粒清涼爽身

回頭看看住在隔壁的大白菜
肥肥胖胖相偎相依，一家子好夢正甜

而遠處的溪水，卻是羣剛出門的小牧童
推擠跳鬧，趕著小魚，吵醒了一座矮矮短短的獨木橋

於是，我們便與高采烈的前後看齊
學著那剛登上山頂司令臺的老太陽

搖搖擺擺，把脚尖並攏
綠綠油油，把手臂高舉
迎著和風
迎著第一聲鳥鳴
成體操隊形
散——開
一散，就是
千里！

一年後，國立編譯館重修國民中學教科書，根據「幼獅文藝」的版本，節錄了「水稻之歌」，編入國中國文第四册，在民國六十四年，正式印行出版。此後五年間，常有國中老師及學生向我問起這首詩，希望我談談寫作的過程及動機。因為我一直沒有把這首詩收入詩集之中，解釋起來，難免要把國中課本上節錄的版本與原詩的剪貼對照，方才講得清楚，十分麻煩不便。幾年來，我一直計劃，要以這首詩爲主題，編輯一册詩集，然後寫一則後記，公開說明一番。

在虎尾的那段日子裏，我常常獨自一人走在遼濶的田野間，看到農夫所揷的排排秧苗，在風中張著綠色的手臂，就好像小學生做體操一樣，他們在陽光的示範與號令之下，一散就是千里！這使我聯想到，學校裏的老師與校長，不也應是如農夫與太陽一般的在照顧那些小學生嗎？這與我們從事筆耕的文學工作者，在綠色的稿紙上，耕耘著理想與未來，不是一樣的嗎？

有了這樣的感觸，我決定以水稻爲主角，來表達我心中之思，胸中之意。把水稻在田間的景況形容成小學生在做體操，並不難；難的是如何使小學生的日常上學生活與水稻生長的過程合而爲一。這個問題，在卡通影片的畫家筆下，是十分容易解決的。他只要讓一個會說話的水稻，住在一間小房子裏，被家人叫醒了，背著書包上學去，即可。但寫詩不是畫卡通影片。於是，我只好在不會走動的水稻的觀點裏，加上會走動的小學生的觀點：以水稻的爲主，以小學生的爲輔，務必使早起上學的過程，透過既移動又固定的觀點，表現出來。

觀點決定後，詩的細節就容易處理了。全詩分爲八段，每段兩行。在外形上，有模仿小學生排隊參加升旗典禮，及水稻在田裏排排而立的企圖。

第一段，我先寫水稻在田間醒來的情形，滿身滿面的「清涼露水」，暗示時間是在夏天，是水稻最易生長的季節。這一段只讓讀者感覺，水稻在田中醒來，而水田是水稻的家，觀點是固定的。

第二段中，則開始滲入小學生上學時所見，看到別人家還在睡覺，而自己卻必須起個大早趕去上學。一般農家多在住處附近，開闢菜園，以便就近照顧。因此小學生一出門，所看到的，便是蔬菜肥美的景象。而從水稻的觀點看來，菜園當然是水田的鄰居。

第三段更進一步，講縱橫於田間的灌溉渠道與溪水。渠道或溪水之上，有時是水泥橋，有時是臨時搭的獨木橋。水中時有小魚及蝌蚪來往，小學生經常下去捕撈。我把溪水比成嘁哩嘩啦推擠跳鬧的小牧童，以顯示水源之充沛，流動之活潑，這使全篇的節奏，配合著上學的速度，慢慢加快了起來。句子越來越長，節奏由慢變快，穿過了獨木橋就快到學校了，就快遇見小魚一樣活潑的同學了。

全詩至此，觀點忽然又回到水稻身上，水田也由「家」的意象轉成學校「操場」，山頂變成了司令臺，初昇的太陽伸出千萬條光的手臂，變成了教人做體操的體育老師，清晨的鳥鳴則化爲老師的口哨聲。於是早操開始，水稻一散，就是千里之遠。全篇由靜轉動，至此爲高潮。至於農夫與小學校長的意象，我覺得不宜說得太明，故只讓他們隱藏在詩行的背後，由讀者自行去體會。

此詩收入國中課本後，蕭蕭曾爲文賞析，並收入「中學白話詩選」（故鄉出版社，臺北，民國六十九年出版）。他在賞析完全詩後，加了幾句話：「這是羅青的『水稻之歌』，但是眞正的農夫或農家子，對於『水稻』並不會抱持著這種愉悅的心情去欣賞……詩人取材、選景，都與個人的生活經驗相關，……孟子說『讀其書（詩），而不知其人，可乎？』」

上述這段話，不能算錯，但也不完全對。我不知道，怎樣才算「眞正的農夫或農家子弟」，但我都知道，現代農夫或農家子弟的教育水準與生活方式，漸漸都改變了；隨之而來的，是他們對舊有經驗的觀點，也正在改變；這其中當然包括著接受新觀點的可能。我敢說，每一個「眞正的農夫或農家子弟」的水稻經驗，主要是汗水與辛苦的融合；但我卻不敢說，那經驗之中，絲毫沒有愉悅的因素。當然，那愉悅，說不定與我描寫的大有出入。但這並不能說二者之間完全沒有溝通的可能。我希望我的「水稻之歌」對農人或非農人，都將是一個舊有經驗的新啓發。如果讀者發現他實在無法接受，那沒有關係。因爲我還有採用其他觀點的相關創作，他盡可找自己喜歡的去讀。

我成長的主要時光雖非在農村度過，但我卻住過並常常拜訪農村，看過農人的誠懇、勤勞、智慧，也看過他們的虛僞、懶惰與愚蠢；農村的風景，因爲觀者距離的不同，有時美麗如畫，有時則飄著惡臭；農村的工作，有其辛苦萬分的一面，但也有其暢快愉悅的時候。我希望我能以我最眞誠的感受，去捕捉農村種種不同的面貌。我並不反對，堅持只表現農村生活之一面的那種創作態度；但我卻希望，大家該容許多面的表達方式。我想該受批評的，當是那些不眞誠，有意偏執（而非固執）一端，而又千篇一律、因襲自己的創作態度。

農人與工人商人一樣，在工作當中，都有苦有樂。我不認爲農人比從事其他職業的人要好，我也不認爲工人商人的工作，要比農事來得輕鬆；各行各業，各有各的難處及辛苦，各有各的快樂與報酬。作家之所以爲作家，就是希望爲大家提供新的觀點，使每一個人能從自己的小圈子中跳將出來，重新看看自己及自己的工作。如果堅持說只有農人才能寫農人，工人才能寫工人，這當然是笑話；這就如同說只有農村工作調查員才了解農人，是一樣的荒謬駁理的。

文學的目的就是要打破各種小圈圈，甚至要打破作家自己本身的成見，使他化爲各式各樣面貌不同的精靈，進入各行各業的核心，挖掘那變幻多端的層次，及永恆不變的眞實。這樣他的作品，才能打破所有人爲的圈圈，進而打破古今中外的時空限制，爲所有的人所接受。孟子「知人論世」之說，是對的，但也只對了一半。因爲有許多作品，是在「知人論世」觀點的範圍之外，還需要以其他的觀點深入探索，方能得其神髓。

詩的想像與現實生活

——再談「水稻之歌」

最近，我把第四本詩集「水稻之歌」編妥，交給大地出版社出版。同時，還寫了一篇後記「我怎樣寫『水稻之歌』」，描述自己寫此詩的動機與過程。文章發表後，各方反應甚爲熱烈，這大概是「水稻之歌」被選入國中國文課本中的緣故。

對這首詩表示熱心的讀者，大約可分爲兩類，一是從事詩評詩創作或新詩解析的學者，一是在國中任教的國中老師。兩方面所提出來的問題，歸結起來，有一個相通的地方，那就是對「想像力」在詩歌創作及閱讀中所扮演的角色或地位，缺乏深入的了解。

例如詩評家蕭蕭，在看了我的文章之後，立刻寫了一篇「我怎樣評『水稻之歌』」。他所採取的，仍是孟子「知人論世」的觀點，認爲「眞正的農夫或農家子弟，對於『水稻』，並不會抱持這種愉悅的心情去欣賞。」同時，他又不願意讓讀者誤以爲「蕭蕭是一個偏執的批評者」（引蕭蕭自己的話）。因此，他並不「禁止」（蕭蕭語）我的提議：「希望大家該容許多方面的表達方式」，「如果說只有農人才能寫農人，工人才能寫工人，這當然是笑話」；「眞正的農夫或農家子弟要接受新觀點」。

在此我必須聲明，「眞正的農夫或農家子弟要接受新觀點」一句，是蕭蕭自己的話。我的原文是「現代農夫與農家子弟的教育水準與生活方式，漸漸都改變了，隨之而來的是他們對舊有經驗的觀點，也在改變；這其中當然包括接受新觀點的可能。」重點在強調「可能」，沒有一定「要」的意思。

我對蕭蕭的「水稻之歌」解析，並無不滿之處。相反的，我認爲他的評論，已經觸及了詩的重心。雖然他沒能把詩中的各個層面全都加以探討研究；但整體來說，他仍是一位詩眼獨具的批評家。他對詩的直覺，往往是十分正確而中肯的。不像有些詩評家，只知硬套公式理論，對所評的詩既無直覺了解與感受，也無獨到的眞知與灼見。

因此，我的「後記」，並非對蕭蕭的詩評正文而發，而是針對他在解析完後所加的按語，表達我的意見。他的按語是以孟子「知人論世」的觀點爲基礎，一口咬定「眞正的農夫或農家子弟，對於『水稻』，並不會抱持這種愉悅的心情去欣賞。」而我則認爲「知人論世」之說，是對的，但也只對了一半。因為作家之所以為作家，是在他能夠於客觀環境的影響之外，發揮其高度的「想像力」，使自己能突破小我的限制，進入世間萬物的中心，去發掘那尚未被挖出來的眞實。

蕭蕭既然承認農村生活在改變，農人的生活態度也有改變，但又堅持「眞正的農人」，「不會」以「愉悅」的心情去欣賞水稻，這實在是武斷和矛盾，違反了孟子「知人論世」的原則。我們知道，一個人對生活的態度，大概會受兩種因素的影響，其一是精神的，其二是物質的。坐轎車的人，表面上看來是滿舒服的。但如果我們能深入了解其背景的話，那他不一定會比擠公車的人要來得快樂，反之亦然。肉體或物質的因素，當然會對人有所影響，然那影響不是絕對的，精神的因素與前者一樣重要，二者並存，不宜偏廢一端。作家之所以為作家，就是要超越狹窄的階級劃分與膚淺的外在觀察，進入事物的核心，發人所未發，道人所不能道。什麼是「眞正的農人」呢？在作家的眼裏，他先應該是「人」，然後才是「農人」。終年在田裏辛勞的農人，也許會羨慕整天坐鎭雜貨鋪的老闆，反之亦然。但也可能有寧願在田裏累死，也不願整天枯坐在店中的人，反之亦然。因此，對一種生活的苦樂，在其客觀的標準以外，主觀因素亦舉足輕重。客觀的說，田裏的體力勞動是比雜貨店要來得辛苦。主觀的說，人因個性的不同，而會對同樣的事情，產生不同的結論。

在「田家苦」或「農家樂」這個問題上，主觀因素是大於客觀因素的。即使是在同一個人身上，因時間的不同，也會產生不同的感受。一個人在播種耕耘的時候，多半是會感到辛苦的，但在豐收時，也可能會有愉快的心境。當然，從體力的觀點來說，播種耕耘辛苦；收割打穀，也是辛苦的，如果在豐收時，心情不好，那豐收的愉快也會大打折扣。反之，豐收的喜悅，有時也可能把心裏的煩惱一掃而空。人生複雜，需要作家去細心體會，簡單的標籤，在文學中，是無用武之地的。我們怎麼敢一口咬定，「眞正的農夫或農家子弟，對於『水稻』並不會抱持這種愉悅的心情去欣賞。」說不定，一個飽嚐農家苦的人，在城市中走了一遭後，轉回家鄉，遠遠望見濶別已久的田野，心中也會暫時生出一些「農家樂」的感覺來。

不過，一個人從事一種工作多年之後，有時難免會產生職業性的疲勞，一切的活動，都轉變成一種機械性的公式，不再能夠「經常」從工作中，獲得新鮮的感受及樂趣。這時，文學作品的另一層功用，便顯露了出來：那就是對患了「感覺疲勞症」的人，提供新的角度，刺激他以新的觀點來看他的生活。一個人，既然無法時時刻刻改變他的身分及職業，那他只有隨著年齡的增長，智慧的增加，不斷的調整自己的觀點，以便在舊有事物中發現新的內容。「太陽之下無新事」，我們既不能時時改變這個世界，那只有慢慢改變自己的觀點，使之更深刻，更智慧。而改變自己觀點的關鍵，便是「想像力」的培養。一個有「想像力」的人，對作家所提供的新角度，不一定要完全同意，但卻可以包容或欣賞，只要那新角度是真誠而深刻的。

「想像力」與「幻想」是不同的，其間的區別不在何者可以實現，而在其與人生經驗是否有深刻的關聯。「幻想」有時候，也是可以實現的。如一個小學生在教室裏幻想，椅子是巧克力糖做的。如果將來他父親開了一家糖菓工廠，那他就可能眞有機會擁有一張巧克力的椅子。然，這種經驗，對了解人生並無必然的關聯。而「想像力」則不然，其作用在綜合過去的人生經驗，去發現目前種種不同事件中的新關係。這種新關係的發現，會促使我們對人生有更深刻的了解，或對「美」有進一步的認識，以達到開啓智慧的目的。

發現不同事物之間新關係的基本方法之一，就是比喻。而比喻不但是訓練想像力的最佳方法之一，同時也是詩的要素之一。所謂比喻，就是把兩種在外表不相同的事物，放在一起，使其產生內在的關係：例如「你是一隻豬」、「她像一朵花」等等。比喻通常比直陳的句子，要來得有力而含意豐富。如果我們把上面兩句話改成「你很懶惰」或「她很美麗」，則比喻中的許多暗示，都要慘遭切除，只剩下一個光禿禿的樹幹。不過，像上面那樣陳腐的比喻，是無法對我們產生新刺激的，需要大家不斷的去發現挖掘新的比喻。

在詩創作中，找尋新比喻是重要的手段之一。然光是比喻，並不能成詩。必須使比喻對人生有深刻的探討，方能對詩有所貢獻。例如上面把巧克力糖與椅子聯想在一起，只是在外表上下功夫（巧克力與椅子可能都是咖啡色的），至於其內在的關聯，卻付之闕如，更談不上對了解人生有所貢獻。所以，這只能算是「幻想」而已，與「想像力」無關。

「想像力」是創造力的泉源。學生在做幾何習題時，爲了證明這一個角等於那一個角，有時要在圖形上畫一條虛線。那條虛線，不是經由幻想而得來的，他必須把以前所學的定理及知識，綜合起來，下一個判斷，才能無中生有，把兩個無關的點，用一條虛線連接起來，這就是想像力的運用。

「想像力」不但在學習數學上有用，在其他學科上，也重要無比。反過來，我們也可以說，學校裏各種課程的目的之一，便是想透過種種不同的訓練，來幫助學生發展想像力。尤其是在文學的領域裏，想像力的地位更是重要非常。因爲作家除了爲一己之小我說話外，還要爲大我代言。而一個人不可能同時是男又是女，是老又是少，是總統又是乞丐，是學者又是粗人。他的人生經驗是有限的，不可能親身歷閱古今中外所有的生活。然他有限的經驗加上無限的想像力，便可洞悉世上各種人生的奧秘。例如莎士比亞，他的生活與出身，都平凡無比，沒有什麼奇怪驚人之處。然他所創作的戲劇，卻網羅了古今各個階層的人物，深刻而有力的表達出來，成爲曠世傑作。拿破崙攻入莫斯科時，大文豪托爾斯泰尚未出生，而幾十年後，他竟寫出曠世巨著「戰爭與和平」。美國南北戰爭結束於一八六一年，十年後出生的史蒂芬·克瑞因卻寫出了不朽名著「鐵血雄師」。中國的「西遊記」、「三國演義」、「水滸傳」等，亦復如是。我們並不因爲對莎士比亞或羅貫中的平生所知甚少，而無法欣賞他們的文學作品。由是可知，孟子的「知人論世」，固然重要，但卻不是了解文學的唯一法門。

「想像力」既然如此重要，那訓練或培養想像力，當爲教育的重點之一。人類思考，無法脫離語言，而語言中與想像力關係最密切的，就是比喻。因此，訓練學生發展比喻能力，就成了培養想像力的捷徑之一。在文學作品中，詩與比喻的關係最深，其變化及表現也最豐富，是引導學生走向比喻世界的最佳媒介。當然，詩的功用甚多，並不局限在比喻一項。不過，國中課本中選詩的目的，重點當在使學生脫離兒童時期的幻想層次，而進入想像力的拓展。至於道德修養，生字生詞等等方面的訓練，大可以讓散文去負責。

有一次，我在公車上聽到兩個國中生在閒聊：

「今天我們上的那課『水稻之歌』好好玩喲，一個解釋也不用背。老師說，只要自己看看就好，沒有什麼可教的。」

「對啊，我們老師也說自己看看就好。考試的時候，頂多問問，這是什麼詩？答『新詩』或『現代詩』都對，問是誰作的，答『羅青』或『羅青哲』都對，只要這樣就好了，簡單死了。」

我幾次對中學老師演講時，也遇到怎麼教「水稻之歌」的問題；同時，也常收到類似問題的信件。我想，教詩，不同於教生字生詞。古典詩中，也有不需要註解就可懂的傑作，不能說，因爲沒註解，就沒什麼好教了。當然，對國中生談作詩法或討論詩學問題、批評方法等等，是太過深奧了一些，宜於避免。剩下來的，據我看，只有從訓練學生的「想像力」這個方向著手了。讓學生從讀詩中，慢慢學習如何培養、發展、運用自己的想像力，然後，再把想像力化爲創造力，進入文學或其他學科裏，去探索去發揮。

我那篇「我怎樣寫『水稻之歌』」的文章，主要在寫詩文之中，想像力如何發展的過程。至於有關嘉南平原的描寫，則是詩中想像力發展的根據。我把那段實際經驗記下來的目的，是想說明，現實與想像力之間的區別。同時，也說明想像力如何把平凡的現實，點化成詩的絢爛。讀者知道我的實際經驗，固然很好，不知道的話，也無礙對詩的欣賞。因爲，他可以用自己的經驗來補足。如果他自己的經驗與我在這首詩所描寫的，格格不入的話，他可以放棄不看；也可以嘗試發展自己的「想像力」，接受我的觀點。或者，他可以去讀我其他有關水稻及農村的創作。「水稻之歌」是把水稻和小學生聯想在一起，調子當然傾向於兒童式的無憂無慮。如果寫得過分凝重深沈，反而顯得不自然了。我還有以成人觀點觀描寫水稻的詩，調子就比較複雜而沈重。或許，成人讀者可以在這類的作品中得到共鳴。

最後，我要強調，當一篇作品完成之後，只要其本身自給自足，那作者對該詩所作的主題解釋與背景補充，都僅僅聊備一說而已，並無絕對的權威。作品這時已有獨立自主的生命，任何讀者，只要不曲解作品，只要他根據作品仔細的體會、批評、挖掘、推論，那他所得的結果，必能豐富原作，使之在不同的時代，產生不同的意義。任何對作品誠懇深入的探討，都是對原作及原作者的一種崇高的敬禮，卽使探討的結果，與原作者的原意不同，也應該會爲讀者所接受。我自己對「水稻之歌」所寫的種種，只是一種參考資料，並不排斥其他解釋的可能性。事實上，好的文學作品，永遠容許多種並行不悖的看法，同時存在。

一定要做大詩人嗎？

前些日子，因開會去了香港一趟，當地的詩風社請王偉明先生來做訪問，談了些關於詩的問題，交換了許多很有興味的意見。回臺北後，不到兩週，訪問的初稿寄到。除了當時的問答之外，又加了幾個題目要我書面回覆。其中有一題是這樣的：你認爲一個大詩人應具有那幾種條件？這個問題粗看簡單，只要說一些「博大精深」的話，便可交卷。不過，仔細一想，所謂「大詩人」的觀念，從何而來，爲何而來，資格如何，都成了值得深思的問題。

世間萬事萬物，莫不有大小輕重之分，詩人之爲詩爲人，當然也不例外。初民之詩，多爲歌詠與舞蹈合一，集體表現重於個人創作，不會發生誰是大詩人的爭論。自從知識分子中有「個別作者」興起之後，作品才開始有版本眞僞，以及流傳普遍與否的問題。至於「大詩人」的觀念，要等到文學批評起來後，才算正式出現。彼時批評家在褒優貶劣之餘，還沒有急急把重要詩人、次要詩人、二流詩人、三流詩人分級列等。對詩人的品級加以仔細區分，還是文學選集或文學史流行以後的事㈠。對文學選集及文學史的編著者來說，最重要的責任莫過於確定詩人的地位，給予適當的評價。尤其是自簡明文學史及大系選集盛行以來，決定詩人的地位及分量，幾乎成了文學史家及選家最關心的事。由於頁數篇幅的限制，入選與否，評價如何，目錄排名的先後，入選作品的多寡，都成了錙銖必較，嚴重非常的問題了。

明瞭了「大詩人」的觀念從何而來，爲何而來之後，便可討論資格條件的問題了。一般詩話詩評稱讚大詩人，總不外乎「變化開闔，出奇無窮」、「才逸氣高」、「推腐致新」、「利鈍具陳」、「曠奧兼擅」等等㈡，話雖不錯，但總嫌模糊了些。拿來恭維已經被人公認的大詩人，當然是錦上添花，不會出錯；但用來做衡量近代詩人的標準，便有困難了。英美詩人奧登㈢，在他序「十九世紀英國次要詩人選集」時，便遇到了這個問題。他察覺到不能以「純然的美學標準」來判斷詩人的重要與否，這也就是說大詩人的好詩不一定比次要詩人來得多，但仍不妨害其爲大詩人。至於個人的喜惡，他也認爲絕不足憑，自己偏好的詩人，不一定就是大詩人。那大詩人的條件究竟如何呢？奧登列下了五條，而大詩人至少要具備三個半左右，方才夠資格：

(1)他必須多產。

(2)他的詩在題材上和手法上，必須範圍廣濶。
(3)他在洞察人生和提鍊風格上，必須顯示獨一無二的創造性。
(4)在詩體的技巧上，他必須是個行家。
(5)就一切詩人而言，我們分得出他們早期作品和成熟之作，可是就大詩人而言，成熟的過程一直持續到老死，所以讀者面對大詩人的兩首詩，價值雖相等，寫作時序卻不同，應能立刻指出，那一首寫作年代較早。相反的，換了次要詩人，儘管兩首詩都很優異，讀者卻無法從詩的本身判別其年代的先後。

余光中對奧登所提的五個條件很感興趣，將之譯了出來，並爲文逐條討論，品評一番。㊃依我看來，奧登所列的條件雖然精當中肯，但整體說來，還是嫌繁瑣了些。他自己也說，「大詩人無須兼具這五種條件」，有時「模稜兩可的情形，是無法避免的」。事實上，上列除了第三條與第五條爲不易之論外，其他三條都有商榷的餘地。奧登根據他的標準，把史雲朋與吉普林都列入大詩人之列，而把浩司曼從中刪去，把哈代懸空擱置，惹得許多人不得不對他的標準起了懷疑。可見，若完全根據這五個條件做爲取捨的標準的話，也免不了引起爭論。

我倒覺得此事如果化繁爲簡，從另一個角度來看，或許較爲清明一些。我們不妨把取捨的標準訂爲歷史條件與藝術條件兩種；把詩人的種類分成大詩人、重要詩人、次要詩人三項。所謂歷史的條件，當然是指詩人在詩史上的地位。詩人所揭示的詩觀及發表的作品，不但能反映他的時代，符合時代的需求，同時也在當代或後世，造成了普遍而又深遠的影響。雖然他的產量也許不多，質地也許不高，題材也許不廣，但在文學史上，還是不得不提的：如胡適，就是個在當時造成深遠影響的例子。至於藝術的條件，當然是指內容的精深，形式的完美，技巧的高超而言。有些人詩藝非凡，內容、形式、技巧都臻一流，然在當時的影響不大，死後雖被重新評估，但所造成的影響，依然有限，如廢名便是一例。廢名的詩藝，超過同輩許多，然他生前死後，對詩壇的影響，皆不顯著。不過，無論胡適也好，廢名也罷，凡是只能通過一關的，都算不上是大詩人。至於他們是否算得上重要詩人，那還要看他們的作品在上述歷史或藝術透視中，所佔的比重如何。若是相去甚遠，那也只能算是次要詩人。

能毫無困難通過歷史與藝術條件的，當然就是我們所要尋找的大詩人，至於產量的多寡，題材的寬窄，都不是最重要的問題。例如T·S·艾略特，他的詩作不多，質地卻高，所提出的詩觀和幾首名詩，確實可以深刻的反映他的時代，並符合其時代的需求，影響深遠，從者甚衆。而其詩作本身，內容精深，形式完美，技巧高超，也不得不令人嘆服。稱他爲大詩人，是毫無疑問的。又如陶淵明，他在當時名聲不彰，被鍾嶸列爲中品，但對後世的影響卻廣大無比；作品本身在藝術上，也已進入化境。雖然他的題材不寬，詩篇不多，但這些皆不足以影響他在詩史上的地位。說到杜甫或莎士比亞，那更是衆美皆備，無須申論了。還有一些作家，在歷史與藝術這兩關上，都算是通過了，但往往其中有一項卻通過得勉強：如岑參高適，都是邊塞詩的大家，以詩史觀之，不可不提，但在詩藝上卻並沒有什麼特殊的成就；又如李賀在詩藝上，極盡深刻幽微之能事，可說是雄視百代，但在影響上，範圍又太窄太小，按前述的標準，只好列入重要詩人羣中了。

上面，我們花了許多篇幅來討論大詩人的條件與標準。然而，討論出來結果又如何呢？是不是每個詩人，都非要朝大詩人這條路上去走呢？答案是否定的。自甘做次要詩人當然不必；拚命想做大詩人，有時也是枉然。因爲藝術上的才份與歷史上的際遇，往往不是可求而得之的。假如杜甫生在元朝，柳永生在初唐，一部中國詩史必然要大爲改觀。設若曹雪芹自幼發奮爲詩，棄其他的寫作形式於不顧，那我們不單要失去一個大小說家，恐怕也不會得到一個重要詩人。因爲，對一個作家來說，最重要的事是認清他自己的才力以及發揮其才力的最佳形式。李賀之所以爲李賀，正在他能讓自己的特性得到充分的發展。一個杜甫已經足夠，不須要大家都朝那條路上去擠。同理，文學史上也只許有一個李白，多了還有甚麼意思。所以，當一個作家一旦認定詩爲他發揮自己的最佳形式時，他必須設法使自己在詩的藝術上，有所創新有所突破，先使自己成爲一個重要詩人，行有餘力，再向大詩人的道路進軍不遲。

註解

㈠中國評論詩文之作，始於魏晉、六朝間。魏文帝之「典論論文」，尚未及作者之甲乙，到了鍾嶸之「詩品」，才按時代之先後把歷來詩人，區別爲上、中、下三品。

㈡錢謙益「錢牧齋箋註杜詩」（臺灣中華書局，臺北，民國五十六年）上册，見「序文」及「諸家詩話」。

㈢奧登爲英國詩人，晚年入美籍，故成了英裔美籍詩人，此地我戲稱其爲英美詩人。

㈣余光中「聽聽那冷雨」（純文學出版社，臺北，民國六十三年），頁一七五～一七六。我所引用的譯文，大致上是依據余光中的本子。

——一九七六、九、明道文藝

卷第二　探詩之心

詩與兒童

上篇：意眞趣奇赤子心

從民國七年「新青年」首次刊登新詩以來，至今已六十多年了。以詩史觀之，一個甲子，只是嬰兒的年紀；以詩人而論，六十寒暑，已是「耳順」的年齡。論語爲政第二：「六十而耳順」，鄭玄注曰：「聞其言而知其微旨也。」若我們把「言」改成「詩」，以此來論讀詩品詩之道，也是恰當的。

六十多年來，新詩的創作總在萬首以上，劣作當然不免常見，佳作倒也層出不窮。整體說來，與歷朝歷代的詩運詩業相較，並不遜色。可惜精彩的新詩雖然年年不斷加多，「耳順」的讀者卻是難以隨之倍增。詩集、詩刊與小說、散文的銷路比起來，總是瞠乎其後；然，對前者責難評擊的文字之夥，卻非後者能望其項背。如果我們細究個中原因，詩人對自己詩中的劣作，固然應該負起責任，但也只有一半的責任而已，另一半還要讀者自行負擔。

詩人不能把詩寫得讓人共鳴，當然是詩人的缺失；讀者遇到好詩而無法領略其中佳處，不知如何共鳴，則過在讀者。因爲詩雖然不是字謎，但也非交通標語；寫詩的固當大費工夫，字句斟酌，讀詩的也應該多用大腦，仔細推敲。

至於詩的本質如何？古今中外詩家的解釋，可謂汗牛充棟；詩心如何發動成形？歷來論者的意見，亦紛紜不一。事實上，詩本多變，詩心亦然，初無定法定則，故亦不必強爲定解。詩人抒發吟詠，自有情意特殊之處，手法獨得之密，其表現塑造情思之過程，錯綜複雜，常常連詩人自己，也說不清。

對讀者來說，一首詩之所以能夠引人入勝，其理由多半因人而異，各有千秋；或賞其意象融洽，或感其題材親切，或玩味字句音韻，或驚佩觀點出奇。上述種種，或獨有其一，或兼而有之，都可能是讀者對詩產生愛戀的原因。

然而，讀者到底不是原作者，他欣賞的角度，是要依照自身的文學與經驗背景而定的。因此，讀者所欣賞的，不一定是原作者得意的；而原作者得意的，也不一定就能爲讀者一眼看出。所以，知音自古稀少，慧眼百世難得。以陶淵明之大才，還要等到六百多年以後，蘇東坡出，才眞正得到知音，又何況其他。

這樣講來，詩人與讀者要想互相溝通，豈不困難重重？其實，也未必見得。老實說，詩人與讀者，本爲一體，而非對立。詩人不寫詩時，就是讀者，讀者提筆吟句，則爲詩人。因爲，無論詩人也好，讀者也罷，都必須先是「人」才行。而凡「人」皆有「詩心」，只是在感受與表達上，有深淺粗細之分，幽微顯著之別而已。這是大家共有的「詩心」，就是詩人與讀者的橋樑，也是自家心中「詩人之我」與「讀者之我」的橋樑。

「詩心」的內容，本來是變化萬端，不可捉摸，但究其根本，不外乎與宇宙萬物深切的同情交感，從而產生自我獨到的觀照：能夠同情交感，則物我合一；能夠觀照獨到，則新意頓生。在這一點上，尚未被後天知識訓練所束縛的蒙昧兒童，最能得其神髓。例如下面這段對話，便是佳妙的例證：

「哥哥，出太陽怎麼還下雨呀？」

「傻瓜，連這個都不懂，這是太陽在小便嘛！」

一問一答當中，我們可以看出，兄弟倆都對天晴下雨的自然現象感到十分好奇，而想了解究竟。

然因後天知識訓練不足，做哥哥的，便以自己之經驗與心懷，去揣度太陽，去解釋自然。於是便產生了科學解說之外的觀點，聽來清鮮可喜，聞之新意盎然。在小孩的眼中，太陽和他自己是一樣的，就如隔壁的鄰人與院前的貓狗一般，只要他看得到感得到，太陽與人間天文數字的距離，是不存在的。這便是同情交感，物我合一的境界。任何人，只要由以上的原則為出發點，對自然現象萬事萬物，當會產生出獨特的觀照，奇妙的解釋。我們不一定要說，上面這段對話是詩，但卻無法否認其為詩的「起點」——一種最容易為詩人與讀者共同接受的起點。以上的表現，在成人詩作中，也是俯拾卽是的。例如「詩經」「小雅大東」裏，就有這樣的句子：

維南有箕，不可以簸揚。
維北有斗，不可以挹酒漿。
維南有箕，載翕其舌。
維北有斗，西柄之揭。

詩中，把南斗星比成可以簸揚糠粃的箕，把北斗星比成可挹酌酒漿的杓。詩中不光是用暗喻，而且還使之產生戲劇性的動作。詩人抱怨星星做的箕與斗，不但不能幫忙，反引其舌而有所呑噬，揭其柄有所挹取，奇思妙想，新穎貼切，使天象與生活打成一片。像這樣物我交感的例子，在兒童詩中最爲常見。下面所引的「**衣架**」就是佳例：

一棵奇異的樹。
晚上就長出多采多姿的樹葉，
早上就落掉了葉子，
變成一棵光禿禿的樹，
寂寞孤獨的懷念著落去的葉子。

（中國兒童詩）㈠

在知識世界中，衣架就是掛衣服的架子。同理，山就是山，水就是水。對一個極端現實的人來說，雲和海是沒有什麼好看的，因爲，這些東西在幾十年前就看過了。一個人如果完全生活在知識的世界裏，那他的生命必定呆板無聊，毫無趣味可言。要這種人走入詩的世界，那比登天還難。因此，一個人如欲生活在一個多采多姿的世界中，首先，他必須時時用「新」的觀點，去欣賞去感受「舊」的萬事萬物。例如在上面這首兒童詩中，衣架不再是衣架，而成了一棵樹，——一棵與普通不一樣的樹。詩中暗喻的運用，實與「小雅大東」裏的手法相互呼應。這棵樹的作用，與現實裏的樹是不同的，它晚上長葉子，白天掉葉子。句中「多采多姿的葉子」，當然又是一個暗喻，指掛在衣架上五顏六色的衣服。詩內所含的戲劇性，與「大東」一樣，是在比喻完成後才出現。這棵樹不只是長葉子的方式與衆不同，而且還會懷念落去的葉子。至於爲什麼會懷念，當然是因爲這棵樹本是衣架的緣故。衣架會懷念衣服，正是人情與物象交感的結果，組成了一個現實以外的新奇世界。

中國文學史上，歷來對兒童創作的詩，多半以兒語視之，鮮少記錄。「古詩源」(清沈德潛編)中所錄的「童謠」，多半與政治有關，並非兒童詩。例如「吳夫差時童謠」：

梧宮秋，吳王愁。

以及「桓靈時童謠」：

舉秀才，不知書。舉孝廉，父別居。
寒素清白濁如泥，高第良將怯如黽。㈡

像這樣的「童謠」，其實是政治性的「諷刺詩」，與兒童詩的精神相去甚遠。當然，古代也有童歌，不過大部分都經大人改編或潤飾，成為「兒歌」，口耳相傳，少見記載。隋唐以前，只有「世說新語」對兒童的奇思妙想，十分留意，多所刊錄。例如「言語第二」中有一條，就很接近「兒童詩」：

徐孺子年九歲，嘗月下戲，人語之曰：「若令月中無物，當極明邪？」徐曰：「不然，譬如人眼中有瞳子，無此必不明。」

其形式雖不是「兒童詩」，但當中物我合一的精神，則絕對是兒童的！又如「夙惠第十二」中記晉明帝故事：

晉明帝數歲，坐元帝膝上。有人從長安來……因問明帝：「汝意謂長安何如日遠？」答曰：「日遠。不聞人從日邊來，居然可知。」元帝異之。明日，集羣臣宴會，告以此意，更重問之。乃答曰：「日近。」元帝失色曰：「爾何故異昨日之言耶？」答曰：「舉目見日，不見長安。」

像這樣奇警驚人的例子，「世說新語」中很多，爲古代兒童的創作，留下了珍貴的紀錄。

民國以後，大家開始對兒童教育特別注意起來，對兒童文學的創作，也開始留心。因白話詩的提倡及流行，許多人開始採集民謠。民國十一年，北京大學成立「歌謠研究會」，出版「歌謠周刊」，不但爲民謠的研究奠基，也爲「兒歌」的搜集鋪路。然眞正鼓勵兒童自己創作，還是最近十年的事。這其中用心最勤，提倡最力，貢獻最大的，還要數黃基博先生。幾年來，他把鼓勵兒童創作的結果，在「笠」詩刊不斷地發表。此外，「笠」也配合刊譯了日本、韓國的兒童創作，使讀者有機會看到許多意眞趣奇的兒童詩，功不可沒，實在値得廣爲推薦流傳。在此，我特別選錄其中佳妙者，以爲共賞：

夜空

天空的臉上，
爲什麼長了那麼多的眼睛，
是不是在欣賞靜美的地球？
兩顆眼睛不夠瞧嗎？

（中國兒童詩）

此詩，把夜晚小孩睜著兩隻好奇的大眼睛，擡望星空的情景，生動活潑的描寫出來。而天空，在孩子的眼中，也成了一張小孩般好奇的臉孔，好奇的看著地球。可是，地球上事事物物那麼的複雜，兩隻眼睛怎麼夠看，於是乎就生出許許多多的眼睛來了。全篇情意眞切，趣味新奇，可謂佳作。這種用自己的感情去解釋自然現象的方式，與初民創造神話的原理，實在相去不遠，同出一源。希臘神話中就常用許多感人的神仙或凡人故事，來解釋自然現象。

夜空中的星星，總是美麗迷人的，從「詩經」到現在，一直是詩人吟詠的對象。「大東」裏星星的比喻，奇絕不俗，充滿了人世的苦辛。而阮籍「大人先生歌」中處理星辰的意象，則雄偉壯麗，氣勢驚人：

天地解兮六合開。
星辰隕兮日月頹。
我騰而上將何懷。

而兒童詩中的星星，卻總是小巧可愛，親切動人，別有一番天地，試看下面這首「**星星**」：

是誰的項鍊斷了線？
落得滿天都是閃爍的珍珠。
或是草地間的螢火蟲，
飛上了天，
在空中留戀忘返？
還是小妹妹哭泣時的淚珠，
遺留在空中
變成了點點星星。

（中國兒童詩）

全篇意象變幻莫測，從不會飛的項鍊到會飛的螢火到妹妹的淚珠，過程是由「無生物」到「生物」到「人」，比喻貼切活潑，使星星與人間事事物物的關係，又近了層，成爲互爲因果不可分割的一體，算得上是一篇不錯的意象練習。

星星之外，月亮也是兒童詩中的主角之一。夜晚的天空在兒童的眼中，簡直是一個千變萬化的魔術師，我們看下面這首「**夜空**」便可明白：

夏夜的天空，
是一張素描：
一塊藍藍的布上
放著一條香蕉，
和好多葡萄呢！

（中國兒童詩）

天空成了桌布，弦月成香蕉，葡萄一串串的，當然像極了星星。整個「夏夜的天空」，變成了家裏或教室裏，提供水果寫生的桌子，接近生活，而又跳出了生活之外，又是一個可愛的意象練習。

星星月亮是兒童詩中的主要題材，太陽當然更是。下面這首「**夕陽**」，把太陽寫得比皮球還頑皮：

黃昏時候
我去提水
提起滿滿的水

夕陽就掉進水中
走了幾步
撥濺　撥濺　的水聲中
夕陽又跳出水桶外去了

（日本兒童詩）

這首詩是以日常生活爲題材，而用新的角度加以處理，使單調無聊甚至於辛苦的提水經驗，變成生動有趣興味盎然的工作。提水的我與水桶及夕陽三者之間，產生了戲劇性的關聯，而詩的力量也因此顯露了出來，強烈的感染了讀者。

想像力豐富固然是兒童詩的特色，但以眞實生活經驗爲依據的創作，也隨時可見。例如下面的「**父親節**」，就非常眞摯動人：

父親節畫畫
同學都畫他們的爸爸

只有我寂寞的畫著哥哥。
因爲我必須畫畫
不知道您會責怪我嗎？

（中國兒童詩）

像這樣的詩，沒有眞實的生活經驗，寫不出；沒有純實深厚的感情，也寫不出。全篇不見奇妙的比喻及絢麗的色彩，但樸實的圖畫及簡單的線條後所蘊藏的深情，卻是強烈無比的。上面這首詩，是失怙小孩對爸爸的懷念；下面這首「**我的媽媽只有一半**」，則表現出孩子對媽媽的依戀，以及渴望獨佔的心情：

我有一個媽媽
但我的媽媽只有一半
剩下的一半是妹妹的
妹妹也有一個媽媽
是跟我同一個媽媽

然而妹妹比我更會和媽媽
　撒嬌
那個時候我就怕我的一半
會縮小似地非常擔心
　　　　（日本兒童詩）

這首詩天眞直率的，把小孩對媽媽擁有的那種強烈的獨佔心情，表達無遺，反映出人性自私的一面。不過，「撒嬌」雖會得到媽媽更多的關心，但卻沒有使詩中的主人翁，也去模仿著撒嬌。這又表現了人性固執及自矜的一面，拗得可喜。

除了奇妙的比喻，眞摯的感情以外，俳諧幽默，亦是兒童詩的主要特色之一。事實上，俳諧嘲隱，原是詩的重要本質。劉勰「文心雕龍」卷三，就有一章專論「諧隱」與詩的關係。「古詩源」中，錄有東漢古諺一則，便令人絕倒：

少所見，多所怪。
見橐駝，言馬腫背。㊂

下面這首「**床和我**」，不但與實情有關，且與時事應合，令人讀之失笑：

記得小時候，
晚間「石門水庫」漏水。
啊！糟了！
又是一次小水災，
床呀，對不起！
我不是故意的。

（中國兒童詩）

像這樣天眞爛漫的作品，在兒童詩中可說是俯拾卽是。下面這首「**孔雀**」，便是另一個例子：

孔雀一定很怕熱，
不然怎麼會
在屁股裝一枝大扇子呢？

（中國兒童詩）

寫「孔雀」不用華麗的詞藻去形容，而出之以調侃的筆法來刻畫，描繪出孔雀笨拙的一面，觀點新鮮可人。

兒童是喜歡動物草蟲的，像上述「孔雀」那樣，寫動物的佳作自然很多。下面這首「**蜻蜓**」，不但幽默可愛，而且還暗示出更深一層的人生意義：

不知天空多麼廣大
在空中旋迴繞圈
不知水池多麼深
把尾巴插進水裏
天空無際涯
水池過分深
使蜻蜓嚇了一跳
雙眼瞪得圓圓的。

（韓國兒童詩）

初生的蜻蜓，活潑可愛，到處亂飛，嘗試新鮮的經驗。詩人看到蜻蜓「把尾巴插進水裏」，便解釋成，他想試試池水有多深。此一妙解，不但顯出詩人的頑皮，同時也創造了一個有趣的場景，令人捧腹。結尾兩行，既以詩的觀點，解釋了蜻蜓的眼睛爲什麼又圓又大，又以暗示的手法，表明了對宇宙之無窮，生命之渺小的驚覺及領悟，是一首幽默中有深味的佳作。

陸上的飛禽走獸，是兒童詩中常見的題材，海裏的魚蟲蝦蟹，當然也逃不過兒童的眼睛。到海邊去玩水，是所有孩子們歡喜雀躍的事，捉魚或拾貝，更是玩水必備的節目。哪一個小孩子沒有搜集過小小貝殼呢？貝殼在大人的眼中，或許只是一些五光十色的石片。在小孩的手中，「**貝殼**」卻是這樣的：

貝殼是海的孩子
當它們成羣結隊的來到海灘時，
被喜愛它們的人拿回去了。
可是海卻不知道
時常跑到沙灘來找它的孩子。

（中國兒童詩）

這首詩不但重新調整了貝殼與海的關係，而且還爲潮汐永恆不斷衝向沙灘這個自然現象，找到了科學以外的解釋。把「海」塑造成母親的形象，在文學作品中是常見的。但能處理得如此生動，則還不多見。這叫人想起日本詩人三好達治的句子：

海喲，在我們使用的文字中，你含有母親。
而母親喲，在法人使用的語言中，您裏邊有海。

「海」字裏面含有「母」字，而「母」字的法文是 mère，包括了「海」mer。三好達治的詩雖然在技巧和思想上，遠比上面引的那首兒童詩來得複雜，但其中的精神，卻是一致而且相通的。

由以上的例子，我們可以發現，兒童雖不善於做複雜的構思，但以無比豐富的同情，爲觀照的起點，仍然可以創作出貼切而又令人驚喜的好作品來。尤其在素描日常事物上，兒童往往能找到全然清新的角度來下筆。下面有三首小詩，便可佐證：

石碑

石碑的記憶力很好，

你只要告訴他一句話，
他就會把這句話
永遠的記住。

草

她昨夜做了惡夢，
傷心的哭了。
今天早上醒來時，
臉上還有晶瑩的淚珠呢！

煙

煙是個無情的傢伙
煙囪把他撫養長大，
他卻一去不回。

(中國兒童詩)

這三首素描式的小詩，都能夠簡潔精要的把握住對象的特色，並加以擬人化、戲劇化。冷硬的石碑，變成了聽話懂事的小孩；帶露的小草，變成了多愁善感的女生；幻化的黑煙，變成了不知孝順的反派人物，種種性格，在短短的幾行之中，躍然紙上，讓人過目難忘。

把物象擬人化，然後再使物象之間產生戲劇動作，一直是兒童詩中最常見，最惹人喜歡的手法。人類本性中，願意嘗試扮演其他角色的欲望，在兒童詩裏，充分的表現了出來。下面這首「池」，便類似小孩在玩遊戲串演角色時，所發揮出來的智慧：

水池
好像也有年齡
面對著它
它默默不講話
但投擲石頭
它就回答
圓的 圓圓的

劃著圓圈
把自己的年齡
告訴我們
（韓國兒童詩）

水池本沒有年齡的問題，當然也不會回答任何問題。但孩子卻觀察到，每次投石入水，都會撲通發聲，好像池水在回答發問一樣。如此一來，詩味就產生了。至於圓圓的水紋，本不必一定代表年齡，然如果我們把池中圓圓的水紋，與樹中圓圓的年輪聯想的話，便會發現其間相似之處。回頭再看原詩，會心的微笑自然而生。由此可見，幼小心靈中的直覺反應，有時也是相當複雜的。許多兒童詩，看似淺顯，但反映出來的世界卻並不簡單，例如「**鉛筆和橡皮擦**」這首詩，便暗含第二層意義，雖然作者幼小的心靈，可能並沒有感覺到這一點：

鉛筆一寫上
錯了　錯了
橡皮擦就擦掉

又寫上又擦掉
鉛筆和橡皮擦在爭鬥的時候
只有清潔的筆記簿愈來愈髒

（韓國兒童詩）

這首詩，不但是在描寫小孩寫字的經驗，同時也暗示了光明與黑暗、正義與邪惡、法律與罪犯消長的現象。詩人指出錯誤發生後，不但勞師動衆，而且會使許多純潔的無辜受到傷害。像這樣的詩，簡直可以置於成人的「童話詩」中，而不見遜色。下面這首「**樓梯**」亦可做如是觀：

篤！篤！篤！
一步一步走上來，
頂上是人外天。
快把鑰匙插入心中，
打開那狹窄的大門。

（中國兒童詩）

擬人化與戲劇化，雖是兒童詩的主要手法，但寫兒童詩，並不一定都用這種手法不可。只要心中確有所感，直說亦能動人。如果只是一味的擬人化，落入濫調的機會也很大。「樓梯」一詩，頗富哲思，全篇不但含著「欲窮千里目，更上一層樓」、「人外有人，天外有天」等等意念，同時也含有捐棄心中的藩籬，開放狹窄的胸懷，去容納寬廣天宇的思想，十一、二歲的小孩能夠下筆如此，眞是十分難得，令人驚訝。

像上面這樣，純以白描，而能創造出新境界的兒童詩，是比較少的。下面再舉個難得的例子：

地圖

有山，山不高，
有河，沒有水。
房屋，沒人住，
漁港，沒船，
機場，靜悄悄。
樹木，永遠青翠，
農作物，永遠沒人收成。

（中國兒童詩）

這首詩沒有比喻，沒有擬人化，也沒有「樓梯」裏所用的象徵手法，但卻乾淨簡單的，創造出一個奇異而新鮮的世界，一個新的「桃花源」或「烏托邦」，令人神往。像上面舉的例子，在一般的兒童讀物上，也常常看到。讀者如有心，當可自行留意蒐集欣賞。此外，近年來，大人創作的兒童詩也不少，其中清新可讀的，更是不勝枚舉。

人人都有過童年，人人都有過上述類似的玄想、念頭或經驗。我們對世間萬事萬物觀察所得的最深印象，往往來自童年。因爲兒童的身材，是最接近大自然的身材，使得他們有機會細細去觀察，一片草葉如何在陽光下出生且閃耀，一隻螞蟻如何駕一葉小舟渡過小小的河流，一羣桂花如何像一羣天使圍著桂樹飛翔遊戲；兒童的心靈，最接近造物者的心靈，使得他們能夠去同情一張在颱風中淋雨的小板凳，去關懷一兩片因迷路而哭泣的雲彩，去體會農夫如何把秧苗插入水裏的藍天白雲。如此細心的觀察，如此寬廣的同情，就是構成「詩心」最主要的原素。難怪英國浪漫派大詩人華滋華斯(Wordsworth)在他的「兒時回憶」(Recollections of Early childhood)詩組中，要宣稱：

「兒童是成人的父親」

(The Child is Father of the Man)㈣

這是因兒童最接近自然，最純眞，最能得人類渾厚質樸的本源境界。

華氏認爲人類脫離童年，進入成年以後，便被世俗社會的種種所污染，以致本性慢慢喪失，言語無味面目可憎，不再能與自然交感渾成一體。因此，如何能使自己回復童年的感受，保持天眞無邪的心靈，是成人時時刻刻努力的目標。他這種觀念與老子的「載營魄抱一，能無離乎？專氣致柔，能嬰兒乎？」（見「道德經」第十章）以及「我獨泊兮其未兆，如嬰兒之未孩。」（第二十章）中所透露出來的消息，十分相近。

老子回歸嬰兒的方式是無爲，是絕聖棄智；而華氏，則是讀詩寫詩，盡量用各種回憶以及記憶的方法，以便時時提醒自己，去重溫兒時的經驗，。此後，英國大批評家馬修‧阿諾德(Matthew Arnold)欲以文學代替宗教的構想，可能亦源於此。

詩能不能代替宗教，我不知道。但對願意細心讀詩寫詩的人來說，詩確確實實有淨化心胸提昇靈性的作用。中國歷來講求溫柔敦厚的「詩教」，良有以也。

兒童詩的範圍題材，雖然不如成人作品來得廣濶。然，如果讀者不能訓練自己，打破世俗知識的束縛，睜開觀察想像的眼睛，那無論讀什麼詩，都不過止於皮相字句，不能直探本源；無論作什麼詩，都只是在詞藻上排列練習，難以一窺詩國珍寶。

古詩新詩之間，本無新舊好壞之別，兩者之內，都有眞詩，也都有僞詩；都有好詩，也都有壞詩。在創作時，如何追求寫好詩而避免寫壞詩，是詩人的職責；在閱讀時，如何區別好詩與壞詩，則是讀者的本分。怎麼才能把詩寫好，純粹是詩人個人的問題，所有的學理忠告，批評解析，都只能供人參考，而沒有決定性的作用。但如何區別好詩，卻有基本的原則可循。當然，好詩的標準很多，若從主題內容、語言意象、句法音韻、結構佈局等等方面來討論，那寫一本書足足有餘，此地不能細談。我認為，對初學欣賞詩的人，應該先把握下列三個重要的原則：⑴詩想意念是否眞切，⑵想像觀照是否細密獨特，⑶表現手法是否鮮活有趣。從這三方面入門，一定會幫助你發現許多好詩，從而享受讀詩的樂趣。

當然，如果要俱備以上的觀察欣賞能力，還要在平常讀詩時，多多磨鍊自己。而最好的入門方式，除了勤讀古典與現代名作以外，兒童詩是一個相當有趣而且有益的閱讀練習。因為在兒童詩中，我們很容易發現，上述三項原則所提及的優點，可以幫助自己打破約定俗成的知識世界，增加自己的想像力及感受力，並把觀察觸鬚磨得更敏銳，從而有能力時時刻刻對舊的事物，產生新的詮釋角度。擁有如此能力的讀者，當然較容易進入複雜的成人詩中，探索更深廣的境界與思想。㈤

不運用心思，不發展想像力，而想欣賞詩，是困難的。因為詩不是牆上的標語，也不是只知記錄現實的新聞報導。詩不但反映人類外在的現實，同時也反映人類內在的現實，兩者在想像力的交錯作用下，便會產生新的意境與世界。這個世界，看起來好像與現實有段距離，其實它正是現實中的現實，往往更能夠把現實的全貌，忠實而驚人的呈現在我們的面前。就像下面這首兒童詩一樣：

阿波羅11號

「哥哥　阿波羅11號
飛去看甚麼？」
「不是去看月亮嗎」
「不是吧
月亮
在這兒也可以看到
是要看地球才去月亮
不是嗎？」

（韓國兒童詩）

是的，詩往往就是「月亮」，讀者常常要跑到與地球有一段距離的月亮上，才可以看清地球的全貌、現實的眞象以及自己的原形。希望今天的兒童詩，能夠扮演新詩與讀者之間的橋梁，並幫助更多的人，擁有讀詩的能力。

註　解

㈠本文所錄的兒童詩，大部分都是從「笠」詩刊，黃基博先生所指導的「兒童詩園」，所選錄出來的。中國兒童詩的作者有「衣架」（謝茜茹，五年級）、「夜空」（曾麗琦，三年級）、「樓梯」（張景瑞，六年級）、「夜空」（駱姮君，四年級）、「地圖」（劉安裕，五年級）、「孔雀」（徐久仁，四年級）「父親節」（許玉玲，六年級）、「星星」（李癸璧，國中二）、「貝殼」（蔡純，五年級）、「床和我」，（童燕美，國中三）、「石碑」（莊永慶，六年級）、「煙」（宋維政，五年級）。至於其他韓國、日本的兒童詩，作者也都是小學生。看到國內有這麼許多小小詩人，寫得又這麼好，不禁對白話詩的前途大感樂觀。

㈡沈德潛：「古詩源」，臺灣中華書局，民國六十二年臺北，卷一，頁九；卷四，頁十一。

㈢同前，卷一，頁十三。

㊃ *Jack Stillinger ed. William Wordsworth: Selected Poems and Prefaces.* (Houghton Mifflin Company. Boston, 1965) p. 186.

㊄看完上面所引錄的兒童詩，我們可以察覺，兒童常常能以新鮮的角度，來觀察或解釋世間的人、物和各種現象。其結果常常會給成人帶來莫可名狀的驚喜，甚至深刻的反省。事實上，成年詩人所企圖達到的，有時候，也只不過是深刻的「兒語」罷了。我們實在不應該區別什麼兒童詩或成人詩，只要寫得好，應該一律發給詩國公民證。說實在，一個完全失去「童趣」的詩人，往往也就失去了詩。因此，兒童詩的創作，應是每個詩人的必修科目。當然，一個詩人不一定要去寫兒童詩，不過，他如果根本無法寫出動人的「兒語」，那他在詩上的發展，成功的希望會減少許多。

下篇：海寶之寶原在詩

國內第一份提倡兒童詩的刊物是笠詩社出版的「笠」雙月刊。該社在民國六十年十二月第四十六期中，率先推出屏東黃基博老師所指導的「兒童詩園」，發表小學生的詩篇。此後十年之間，「笠」幾乎每期都刊出兒童與成人的創作，同時也常翻譯外國的作品，並有理論性的探討及評介，使得新詩教育得以有機會在小學生中紮根茁長，並引起社會大衆廣泛的好評，影響深遠，功不可沒。

民國六十四年，洪建全教育文化基金會舉辦第一屆洪建全兒童文學創作獎，提倡成人爲兒童寫詩，出版得獎作品多冊。一時投稿者甚衆，使兒童詩的創作更上層樓，展現出多種不同的風貌。此後接連幾屆，新人倍出，佳作不斷，使得許多小學都跟著響應，一起來推展兒童詩的創作。不久，報章雜誌紛紛在兒童版上開闢兒童詩園，接受兒童及成人的投稿。同時，專門發表兒童詩的刊物如「月光光」、「布穀鳥」也相繼出現，使這方面的欣賞與創作，遍及城市鄉村，

每一個角落，

兒童詩在國內蓬勃發展的最佳例證，就是苗栗縣後龍鎮海寶里海寶國民小學，所創作的兒童詩專集「海寶的秘密」。海寶里舊名網絃，原是龍溪入海口旁的一個小漁村，地點偏僻，土地貧瘠，居民大多半工半農，生活清苦。海寶國小全校只有六個班級，校長與敎職員加起來，才有十二位，學生不過一百多人。但因爲老師提倡兒童詩的關係，全校竟有一半以上是小詩人，常常在報章雜誌上發表作品，生動活潑，展示出非凡的想像力。

例如四年級張綉春的「**螢火蟲**」：

小小螢火蟲，
喜歡在晚上出來玩，
可是常常會迷路，
媽媽就在他們的尾巴裝了小燈泡，
從此，小小螢火蟲每天晚上出來玩，
就不再迷路了。

此詩之可愛，就是在能夠以「新的觀點」去重新發現習見的事物。這「新的觀點」，是由「想像力」產生的，與科學知識的關係不大。而其「想像力」則來自生活經驗，是屬於感性的。詩人將心比心，把萬事萬物都看成自己：自己晚上喜歡出來玩，那螢火蟲也一定是如此。這個「聯想」成立，「想像力」立刻開始發生作用，爲我們在平凡的世界中，創造新鮮而又奇妙的情趣。

張綉春五年級時寫的「電視機的毛病」，是另一個佳例：

有一天
我家來了一個修電視的人，
他問我們電視哪裏有毛病？
小弟說：
有，
卡通影片太少啦！

詩的作用很多，其中之一，就是給人意外的驚喜。而這「意外」往往是由「新的觀點」產生的。因此，無論成人、兒童，在寫詩時，都要注重「新的觀點」，也就是「自己獨特觀點」之發現，不然「人云亦云」便會流於陳腔濫調了。「電視機」這首詩不但把小孩子愛看卡通影片的那份癮頭，描寫得入木三分；同時也顯示出海寶地方雖不富有，但電視冰箱等一般的生活必需品還是有的，並沒有到一窮二白的程度。由此可見，只要作品眞切，雖然是個人的獨特經驗，多少也能反映社會的狀況。

兒童詩與成人作品本無不同之處，如果要硬加區分，那我們可以說成人作品中除了直接描寫生活的或從生活中取材加工的之外，還有許多以抽象思考爲主的作品。童詩多重直覺，感性特豐，知性較少，題材手法，常從生活經驗中出發，最能一見「動人」，是學詩讀詩最好的入門之道。例如「**燈火**」一詩，五年級吳政雄的作品：

燈火亮亮的，
照在我的臉上；
媽媽的愛，
甜甜的，
流過我的心裏。

「愛」是抽象的，可感可親但不可觸摸，正如燈火是光明溫暖而抓不住撈不起一樣。作者用「燈火」來暗示「愛」，用外在具體可感可知的意象，來表達心中抽象的感情，十分恰當。燈與媽媽都是小孩子日常生活中最熟悉的，詩意的「聯想」將兩者結合在一起，寫起來也就格外親切。這種手法古詩中也常用，例如「關關睢鳩，在河之洲；窈窕淑女，君子好逑」便是。可見人同此心，心同此理，成人小孩有時並無多大差別。

海寶是漁村，因此小孩子們也常以漁人的觀點來觀察世界，例如六年級「張志銘」的「平交道」：

平交道的欄柵
像魚網
放下時
捕了許許多多的魚
一提起來
魚就統統溜走了

這是城市小孩比較難以想出的比喻。可見生活與童詩之間的關係是多麼密切。不過，話又說回來了，生活在其中而不仔細觀察用心感受的話，也一樣寫不出精彩的詩來。反之，只要細心觀察外界的種種，用心關懷萬事萬物，雖然經驗暫短，也能寫出動人的作品。這就是詩的力量，想像力的力量了。它可以突破一切障礙，達到普遍永恆的境界。漁村附近的「平交道」當然不會像城市那麼多那麼壯觀，但只要詩人有機會去觀察，一樣可以寫得生動。

小孩子從小養成讀詩寫詩的習慣，對他的觀察力，想像力，一定會有很多幫助。有了敏銳的觀察，豐富的想像（不是胡思亂想，而是通過聯想所產生的重組創造能力），長大後不一定在從事文學工作時才有用，從事其他行業，研究其他學科時，也一樣有用。因爲觀察力培養想像力，而想像力又是創造力的泉源。

由此可見，詩不但是海寶國小之寶，也是我們的心中之寶。兒童可由兒童詩，慢慢進入經典詩篇的寶庫；成人也可以在閱讀艱深的作品之餘，從童詩中發現新鮮的樂趣。有心的家長及同學們，讓我們各取所需，大家一起來讀詩。

註記：「海寶的秘密」，海寶國小學生集體創作，林煥彰編選，民國七十年，臺北·布穀鳥出版社出版。

詩與政治：點化意識成藝術

前些日子，寫了一篇文章叫「實話實說」，對小說與政治之間的關係，做了一番闡釋。其中也提到了白話詩，認爲「小說的限制多，寫起來，較不易成功。……詩比起小說來，束縛要少得多，應該有令人滿意的發展。但二十多年來，除了紀弦、瘂弦、余光中、鄭愁予等人偶有抒發以外，並不見有份量的力作，或是有份量的專集出版，眞是叫人感到遺憾。」

我所謂的專集，不是指一個詩人的專集，而是指許多詩人同類題材的合集，因爲，政治不是詩的全部，但詩卻絕對可以用來表達政治。一個人的專集，容或顯得偏窄片面，而許多人的合集，便令人覺得涵蓋面廣，說服力強。當然，要作品說服力強，還要先在藝術上下工夫。不過，政治是「衆人之事」，衆人之事還需要衆人來表達。一個人在藝術上表達得再好，倒底顯得單薄，發揮不出多大力量。

「感時憂國」是五四新文學運動以來，所建立的優良傳統之一。可惜，此一傳統在政府遷臺後，卻慢慢消失了。取而代之的是「爲藝術而藝術」的思潮。這種現象在當時流行的「現代詩」中，尤其明顯。許多詩人對表現政治的詩，不屑一顧，更不願在自己的作品中，表達自己對政治的看法。詩人們在潛意識裏，總是故意逃避處理這方面的題材，至於手法的藝術與否，就更談不上了。

當然，企圖承繼五四遺風的詩人，也大有人在。「現代派」的創立者，現代詩運動的發起者紀弦，就是其中之一。我們看他所擬的現代派六大信條釋義中，最末一條，內容雖然很短，但意義卻十分明確：

第六條：愛國。反共。擁護自由與民主。用不著解釋了

紀弦此舉，無論是個人現實上的因素也好，是文學認識上的緣故也罷，總之他已明瞭，詩與時代不可分的。成立「現代派」，提倡「現代詩」之後，他又自創「新現代主義」，其特色，仍是把自由民主及愛國反共等因素，加入歐洲流行已久的「現代主義」之中，使之適合國情。

紀弦在當時詩壇，可謂一代盟主，是呼風喚雨，萬方矚目的人物。然而，大家對「新現代主義」的興趣，多專注在「現代」兩個字上，競相追求國際而忽視本土，提倡發掘「內在的潛意識」而不重「外在的社會意識」，造成「超現實主義」巧技之誤解誤用及氾濫。「現代詩」演變成少數詩人的寵物，與大衆完全絕緣，弄到最後，連高等知識分子，也拒絕接收，情況十分惡劣。「新現代主義」的理想，除了紀弦本人身體力行了一陣子外，只有少數詩人在這方面做了一些嘗試，可惜成效並不顯著，影響也不大，漸漸便不了了之，無疾而終了。

詩不一定要與政治有關，然詩人則或多或少，一定會與政治發生關係。有關政治的詩，絕對不是詩人創作的全部，但如果完全付之闕如，也不是正常的現象。歌功頌德，阿諛諂媚的作品，當然令人唾棄;漠視現實，故做淸高狀，亦同樣讓人覺得虛假。「感時憂國」，不只是五四遺留下來的優良傳統，也是中國詩的一貫傳統。從「詩經」到「楚辭」;從杜甫、白居易到陸游、辛棄疾，都是例子。在英美文學中，勇於介入政治的大詩人，也很多。從米爾頓到拜倫、雪萊，從布雷克到葉慈、龐德，都可證明。詩人在詩中表達自己對政治的看法，只要在藝術上處理得宜，絕對不會貶低詩人的品格或聲譽。

如果當代的詩人普遍都有如此認識的話，將同類作品中之優秀者，集合成册，應該不算是難事。這樣的集子，從藝術的角度看，可謂題材的拓展與發掘;從社會的角度看，可謂時代的反映與見證;從實用的角度看，正好可以糾正一般讀者，對涉及政治的文學作品，所擁有的偏差心理。

一般讀者對於有關政治的詩之所以倒盡胃口，多半受其歌功頌德，言之無物的缺點所害。作品歌功頌德，則感情浮泛不眞，無法動人；內容言之無物，則落入人云亦云的公式，成爲八股。張愛玲、陳若曦的小說，之所以能引人，就是因爲其感情眞誠，見解獨特，能夠化人生經驗爲藝術經驗的緣故。這樣的作品，一方面具有深刻的政治功能，一方面又早已超出了政治的範圍之外，成爲普遍永恆的眞理與藝術。比較起來，詩歌所受的時空限制，比小說要少上許多，小說須要有「眞實細節的描寫」與「生動語言的模擬」爲輔助，方能成功。二者之間，稍有差錯，效果便要大打折扣。詩的表現方法卻重在「詩想的組織」，其過程是跳躍而簡潔的，是大筆潑墨或簡筆寫意的，與小說繁複精工的筆法不同。因此，在處理問題時，詩這種不落實象的優點，無形中要比小說方便許多。如是，眞感情加上眞見識，再加上高超的藝術手法，寫出來的詩作，當然能夠別於俗套，深刻動人。

近三十年來，國家正在「外反共產暴政，內求自立自強」的大環境與大原則下，努力奮鬥。於此一背景中所生存的作家，除了描寫個人的感情之外，對此大環境大原則，不可能無動於衷，沒有感受。可惜，多數人都囿於爲藝術而藝術的信條，沒能認眞發掘這方面的題材，豐富我們自己的文學傳統。

有關政治的白話詩，並不是完全沒有，發展的潛力也很大，然終因數量太少，又未集合成冊，故一直沒能吸引大家注意。若以藝術與政治這兩個標準來衡量，下列的作品，或可爲這方面創作的代表：

金　軍：紅葉（見「**歌北方**」頁二七）

　　　夜（見「**碑**」頁三～六）

　　　俘虜（見「**碑**」頁七三～七六）

紀　弦：克洛馬抄（見「**檳榔樹乙集**」頁一〇〇～一〇六）

瘂　弦：赫魯雪夫（見「**深淵**」頁一四九～一五二）

　　　土地祠（見「**深淵**」頁三七～三九）

　　　金門之歌（見「**新文藝月刊**」）

鄭愁予：革命的衣鉢（見「**衣鉢**」頁七～二七）

　　　北京，北京（同前，頁四八～五〇）

　　　麥食館（同前，頁五四～五五）

梅　新：大擔島與二擔島之二（見「**再生的樹**」頁一〇二～一〇三）

余光中：忘川（見「**在冷戰的年代**」頁一三三～一三八）

　　　大寒流（見「**白玉苦瓜**」頁一五三～一五七）

其中論數量要以金軍、紀弦與余光中的作品爲最多，論品質則要以余光中爲最精。金軍是隨大陸撤退來臺的詩人，他的「歌北方」（三十九年臺北出版）與「碑」（三十八年臺北出版），都屬於詩木文藝社的叢書。兩本詩集都是他軍旅生活的寫照，充分的反映了他豐富的經驗，高昂的意志與眞摯的感情。只可惜他在藝術上的鍛鍊仍嫌不夠，佳作不多。下面舉他的小詩「紅葉」，以見其風格：

紅葉
像文字在飛……
落在
被寒冷吹白了的雪紙上
是一首血的詩
是一篇反抗的宣言

紅葉在歷來詩作中，不是題詩傳情的材料，就是遲暮破敗的象徵。此詩一反俗調，把紅葉比做反抗寒冬的宣言，在藝術上，在社會意識上，都有適當的發揮，可謂佳作。

紀弦的詩太長，不便舉例；余光中與鄭愁予的詩大家都熟悉，不必舉例。至於瘂弦的「赫魯雪夫」，是「深淵」出增訂版的時候，才加進去的，知者不多，而其風格筆法，皆與「紅葉」有別，特此抄錄，以茲比較：

赫魯雪夫是從煙囪裏
爬出來的人物
在俄國，他的名字會使森林發抖
他常常騎在一柄掃帚上
嚇唬孩子和婦女
他常常穿過高爾基公園
在噴泉旁洗他的血手
但是上了年紀的爺兒們

都知道赫魯雪夫實在是個好人
雖然他擰熄所有教堂裏的燈
雖然他以嬰兒的脂肪擦靴子
雖然他用窮人的肋骨剔牙齒
但他的的確確是個好人
是的，赫魯雪夫，一個好人
他的襯衣被農奴們洗得
比古代彼得堡的雪還白
他大口喝著伏特加
他任意説著俏皮話
在夜晚他把克里姆林宮的鐵門緊閉
大概是不忍聽外面的哭泣
他如此有慈心
他是一個好人

一個好人，是的，赫魯雪夫
他是患著嚴重的耳病
因此不得不借重秘密警察
他愛以鐵絲網管理人民
他愛以鮮血洗刷國家
除了順從以外
他從不過問小百姓的事情
他實實在在是個好人

赫魯雪夫，好人，是的，好人
他扼緊捷克的咽喉
爲的是幫助他們的國家呼吸
他以刺刀和波蘭握手
又用坦克
耕耘匈牙利的土地

他的的確確是個好人
沒有人把他趕出莫斯科
沒有人把他趕出陰冷的紅場
所以喬治亞人永遠啃黑麵包
所以高加索人永遠戴枷鎖
所以烏克蘭人永遠流血……
就因爲他們有了像赫魯雪夫那樣
那樣好的好人

「紅葉」一詩是「不落實」的寫法，所謂反抗宣言，可以泛指任何殘酷的制度或政權。「赫魯雪夫」一詩，用的則是「落實」的寫法。赫氏是五十年代的俄共頭子，以驕橫兇殘聞名：對內，他以血腥統制鎮壓自己的同胞及少數民族；對外，他以軍事佔領弱小民族及衞星國家。痖弦沒有去過五十年代的俄國，也沒有親身經歷匈牙利、捷克的抗暴。如果要以小說的方式，來表達他對上述事件的感受與看法，可能十分困難。即算是表達出來了，效果也一定不會好。個中原因，我曾在「實話實說」中一文提到：「『眞實的生活細節』，雖不是構成『小說藝術』的要件，但小說中『藝術的眞實』，卻往往需要通過『眞實的生活細節』來完成。這些細節，在小說家藝術眼光的選擇及藝術手腕的琢磨之下，所發揮出來的巨大震撼力，是僅靠著想像或幻想的『論文式』小說，所不能冀及的。小說作品中失去了活生生的血肉，那其他一切也都失去了力量。木偶式的人物怎麼能感動人呢？」

瘂弦此詩，採用了反諷的手法，借著詩想的濃縮，把事件的精神表達了出來。如捷克、波蘭、匈牙利那一節，詩人無需詳細的新聞資料或實際的生活細節，來輔助氣氛的製造；他只消運用反諷式的詩想與戲劇性的句法，便把侵略者惡毒的面貌，刻劃得淋漓盡致，指直人心，打動讀者。

詩既然有上述諸多有利條件，當然値得當前的詩人細加利用。尤其是目前中共控制下的大陸文壇，作家毫無創作自由可言，一切都以黨以教條掛帥，內心悲憤的愕愕之士，一定不止一人。他們沒有機會表達內心的悲憤與反抗的激情，而我們卻有。那爲什麼不能以詩的方式，代他們發言呢？不要忘記，文藝作品除了抒發一己之苦悶歡樂之外，就是爲廣大的他人，抒發哀痛喜慶了。由是觀之，這類題材的寫作，在本質上是十分必須而且可行的，剩下來的就是藝術手法的運用，與眞誠與否的問題了。

如果決定了詩的題材，而無眞誠的感受，當然無法動人。但是，文學作品之所以能夠感人，除了眞誠的感情之外，還要有與作者感情相等的藝術水準來配合，才能達到深刻動人的目的。感情豐富的人很多，但不是每一個感情豐富的人，都能夠成爲作家或名家。因此，只要是文學作品，都需要以「藝術控制」，來把最後一關。我們不可因其社會功能，而忽略了藝術上的要求。事實上，在藝術上失敗的作品，也根本談不上什麼深遠的社會功能了。

詩與新聞：新聞易舊詩常新

「已有的事，後必再有。已行的事，後必再行。日光之下並無新事。豈有一件事，人能指著說，這是新的。哪知，在我們以前的世代，早已有了。已過的世代無人記念，將來的世代，後來的人也不記念。」聖經「傳道書」第一章如是說。

「日光之下」既然沒有「新事」，那麼專門報導新聞的報紙，豈不要糟？實則不然，我們看世界各地的報紙銷售量，至今仍走榮不衰，便可斷言新聞這一行，不只是大有希望，而且還坦途在前。關於這一點，聖經中也早有先見之明。新聞之所以繼續存在，是因爲人類不但命短而且還十分健忘，「已過的世代無人記念，將來的世代，後來的人也不記念。」每隔百八十年才發生一次的事情，能夠經歷兩次而還記憶猶新的人，當然很少；就是每天發生的事情，有辦法統統記住不忘的人，也並不多。人類既然無法長命百歲永生不死，又無法過目過耳永誌不忘，而妄想新聞絕滅，豈可得乎？

所謂新聞，原來見仁見智，美蘇之間打起了核子大戰，固然是萬方矚目的大事；隔壁阿嬌開始交男朋友了，也會有人競相走告；四年一度的世界足球大賽，頭條新聞當然沒有問題，一年一度的春暖花開，也有足夠的資格進入社會版。按照聖經的觀點來看，上述種種新聞，無非是新瓶裝舊酒，變了一個外在的形式，內容卻是大同小異。戰爭就是戰爭，無論用核子還是棒子；戀愛就是戀愛，管他是「關雎」裏的「窈窕淑女」還是馬靴裏的新潮馬子；鮮花雖是新聞，樣式還是照舊；冠軍雖是初奪，足下還是圓球。以如此這般不變的角度去看萬變的世事，那眞是何新之有，不堪聞問了。

朋友邀你去看海濤雄壯，你說海早在四歲時就看過了，無啥稀奇；叫你欣賞雲影變幻，你說雲早在三十年前就看膩了，無啥可觀。事實如此，那生活豈不單調呆板得叫人發瘋。老實說，人類的生活本多重複循環，世界的事物亦是變化有限；誰也無法時時更換自己的職業，刻刻遇到新鮮的刺激。在這樣的困境中，一個人若想使自己的生活，不致流於機械式的枯燥無味，便須設法調整自己觀察事物的角度。同樣一個海，一片雲，在不同的年齡，不同的季節，不同的心情下，採取不同的觀點去看，必會有新的發現。你如果能在這個事事物物固定的世界裏，不斷的用新的角度去觀察詮釋，那每天都會有一個全新的世界展現在你面前。

報紙是不是必須採取新觀點來報導新聞，我不知道。但我卻知道，在所有以文字爲傳播媒體的文類中，詩是最強調用新觀點，來觀察探索發掘事物的。世界上除了詩人外，很少人會把「語不驚人死不休」奉爲座右銘。一片雲，在鄭愁予的筆下，成了「窗外的女奴」㊀，而且還是「癡肥的」；「不羈的海洋」，在覃子豪的筆下，成了他「思想的道路」㊁。到了方旗的手中，海和雲卻是這樣的㊂：

海上黃昏，雲族的牛羊不能棲止
他們水質的足蹄不能棲止在
不堪棲止的青青海原
海上黃昏不能棲止

就這樣，詩人不斷以新鮮的角度，詮釋陳舊的概念世界，不時爲我們創造一個全新的宇宙。廣義的說，凡是能以全新的觀點，道出前人所未道的創作，都該是新聞，不論其題材是屬於一己之私，還是大衆之公。

當然詩之所以爲詩，不只是觀察角度而已，感情眞摯，思想深刻，亦是要件。至於遣詞造句如何精警，韻律節奏如何安排，首尾結構如何完整，意象主題如何呼應，都是好詩應該注意的事項，缺一不可。詩與小說、戲劇、散文並列，乃是四大文學類型之一，只要詩人願意，什麼題材都可入詩，報紙上的新聞，當然也可以，這是勿庸置疑的。問題是如何使新聞變成詩，而不是令詩成爲新聞的註脚，這是所有創作者必須面對且解決的。

要想把新聞變成詩，首先，我們得明瞭這樣做的主旨與目的何在？一般說來，報紙新聞的內容，太半與大衆生活息息相關，其間或有涉及個人的成功或失敗，得意或苦難，但報導的角度，總是以大衆的好惡或好奇心爲出發點，多外在行爲的記錄，少內在感覺的反映。例如，犯罪事件的報導，便常偏重外在犯罪過程的詳情，而忽略內在犯罪動機的成因。詩要處理新聞，其主旨當在提供一種新聞報導之外的角度，刺激讀者放棄對新聞的「固定反應」，對於事件的本質做進一步的沈思。至於這樣做的目的，當然是希望培養大衆，能夠對社會上各式各樣的事件，擁有一種成熟且深入的觀察判斷能力，不再容易被五光十色的喧嘩所左右。因此，找與大衆生活有關的題材入詩並不難，難是難在以什麼樣的態度來處理，在處理之時，能不能把新聞經驗化做藝術經驗。

例如報紙報導公車問題時，提出車掌的晚娘面孔令人不快。社會大衆看了，覺得頗有同感，於是各方面都參加了此一問題的討論，希望能找出解決方案。經濟學家說，這是因爲待遇低的關係；社會學家說，這是敬業樂羣的精神不夠；心理學家說，這完全是自卑心理在做祟；公車處則立刻起來推行微笑禮貌運動，貼出了大量的標語。然而車掌們在明瞭上述道理後，眞的會從此全都拋棄晚娘面孔，開始笑臉迎人了嗎？我想答案絕對不會是百分之百的。因爲外來的批評與教訓，是容易忘記的；私人情緒的變化，也很容易打破不是發自內心的微笑。在此，我無意否認「外在」教育的功用；但我更相信，「內在」自我反省的效果！而文學作品，正是在上述種種「外在的」努力之外，提供一條感化人類內心的途徑。寫一首反映公車新聞的詩，並不能解決上述外在的問題，諸如加薪或改善工作環境等等；而詩人目的，也不在解決這些外在的問題。公車處的營運管理，是公車處的事，其中如有不合理的現象，自有市政府或市議會去責成改善，用不到詩人插嘴。詩人關心的重點，是人與人之間關係永恆不變的那一面；詩人寫詩的目的，是在提醒車掌與乘客雙方，用新的角度來看這一個問題，從而省悟對立態度之不必要。詩人的觀察應該是多面的，而所採取的表現手法與創作動機，都應重在「啓發」，而非「教訓」。

如果詩有所謂實際功用的話，我想那是在啓發人，使人在沈思後，霍然「省悟」，而不是在教訓人，逼人改過。我並不否認標語口號功用，但如不通過人們「沈思而後省悟」的功夫，這些標語的功用，是難以持久的，容易消失的。然而，詩要怎樣寫，方能使讀者沈思且省悟呢？

我想這又牽涉到「日光之下並無新事」的問題。也許你所想傳達的道理與信念，並不新鮮，但你傳達的方式，則一定要與「舊」不同。「雲中進出的月亮」在古人筆下是「嬋娟」，在商禽筆下則成了「自動洗碟器」㊃。對現代人來說，與現代生活息息相關的例子，說服力是比較大的。舊酒不妨有一個現代化人見人愛的新瓶子。不過，啓發讀者在道德上有所省悟，只是文學作品的作用之一，啓發讀者在美感上有所省悟，也是非常重要的，二者不可偏廢。

以酒而論，當然是舊瓶舊酒滋味好；以創作而論，舊瓶舊酒只有到歷史裏或博物館裏去尋找。若要講求所謂道德上的功用，那舊酒新瓶又何妨；若希望美感上有所發現，那新瓶新酒，甚至於汽水果汁，都應該列在創作嘗試之例。只要沒有毒藥，任何創新，都該受到尊重。當然，讀者歡不歡迎，則又另當別論。不過，以新聞爲題材的詩，其讀者對象，是廣大的羣衆，詩人在表現手法上，仍應以深入淺出爲宜。因爲深入淺出，常常需要更大的功夫，方能辦到。深入深出，並不是不可以，只是苦了讀者，又不一定方便了詩人。

報紙報導新聞，常常因爲時間、字數、體裁的限制，無法對一個問題做有深度的探討，所以往往有如浮光掠影，一閃即失。而詩則相反，要求永恆，要求「萬古常新」，這是所有詩人最大的願望。因此，詩人在處理新聞題材時，費盡心血挖掘的，便是其中的象徵意義及永恆因素，希望從日常生活的瑣事或轟動國際的大事中，發現人性不變的本質。當新聞隨著報紙變舊，成為「已過的世代無人記念」時，以新聞為題材的詩，便站將出來，為它的世代，做見證。

詩而能為時代做見證的例子很多，詩經中的「新臺」、「黃鳥」，在當時都是屬於新聞詩的範圍：前者的創作態度是幽默輕鬆的諷刺，後者則出之以溫柔敦厚的同情。「新臺」是衛宣公為了迎親，為了娶自己的兒媳所造，衛人對此醜事不滿，編此歌刺宣公，把他比做「鴻」（蝦蟆）和「戚施」（蝦蟆），用遊戲的態度點出嚴肅的道德主題。這比板起面孔來說教，要來得容易為大衆接受，並深思。「黃鳥」是講秦穆公死後，以子車氏的三弟兄：奄息、仲行、鍼虎殉葬，其他陪葬的，共有三百多人。秦人不滿這野蠻的禮俗，用含蓄同情的手法，把心中的憤怒點出。其效果比聲嘶力竭的大喊大罵，要高出許出。令人讀後，深深悟到「殉葬」之殘酷不仁。由此可見，詩要處理新聞，常要採用迂迴的戰術與手法。若要一瀉無底的宣洩，則以寫雜文評論為宜。

「詩經」這種反映時事的傳統，在漢魏六朝，隋唐宋元，明清民國，代有傳人，薪火不衰。就以最近三十年來的詩人而論，常以時事新聞入詩的也不少。作品較為成功的有紀弦、余光中、羅門……等大家，而以紀弦創作的數目最多。紀弦的新聞詩，例如「氫彈試爆」、「克洛馬抄」、「聽那鼓聲」、「業務旅行」、「嚇阻政策」、「華沙之火」、「布拉格的怒吼」、「烏蘇里江悲歌行」、「還我釣魚臺」……等等多首，分別處理國內外新聞，引人注意㊄。細察上述諸作，當以「克洛馬抄」為最好，可謂傑作㊅。其他的詩，多流於空洞的口號，或直接的叫喊，失之太露，毫無餘味。

詩人處理新聞，最怕無法把握事物之本質及其象徵意義，而淪於浮光掠影的報導。尤其是在處理當代新聞人物時，最易出錯。例如紀弦的「業務旅行」，是寫一九六四年代，尼克森競選失敗後，到亞洲從事律師事務旅行，道經臺北的新聞㈦。詩中預言，當時還堅決反共的尼克森先生「還有的是前程」，是「懂得歷史教訓的政治家」。十幾年後的今天，紀弦一提此詩，便大嘆自己看走了眼。即使我們要替紀弦辯護說：尼克森之所以有今天的下場，都是因爲他無法堅守反共陣線的緣故，詩人的預言，並非完全無稽；但結果如此，還是令人十分尷尬的。

相形之下，余光中、羅門等人在這類題材的創作上，便含蓄深刻得多。在余氏詩集「敲打樂」㈧中，有一首詩叫「有一隻死鳥」，是紀念蘇俄作家巴斯特納克的。巴氏以「齊瓦哥醫生」一書轟動世界，他去世的消息傳來，在當時是大新聞。余氏在詩中，喻巴斯特納克爲一罕見品種的「鳴禽」，「堅持在戶外歌唱」：

在零下的冬季，當咳嗽
成爲流行的語言，而且安全
你堅持一種醒耳的高音

向黑色的風和黑色的雲
獵槍的射程內，你拒絕閉口
你不屑咳嗽，當冷飇
當冷飇射進你的熱喉
殺一隻鳴禽，殺不死春天

冬季、黑風、黑雲等意象，當然是指蘇俄共黨，但也可泛指所有與蘇俄共黨相同的暴政。在這樣的氣候下，禽鳥所唱的歌，自然象徵了對暴政抗議的聲音。由此可知，余氏此詩不但是紀念巴斯特納克，也象徵了所有不滿暴政的藝術家，同時也兼有自況之意。因爲，中國人與巴氏一樣，也面臨共產暴政的荼毒。不過，詩人落筆非常含蓄，並沒有直接把共產黨叫出來批判。(紀弦則常常十分直接了當)。因此，詩中的象徵又擴大了一層，不但指共黨暴政，也指所有壓迫藝術家的暴政，這是一個化新聞經驗爲藝術經驗的佳例。余氏其他幾首溶國內新聞題材入詩的作品，如「虎年」、「大寒流」也都具有同樣的水準。

紀弦的「克洛馬抄」，嘲笑菲律賓外長，極盡諷刺之能事，手法近邶風中的「新臺」；余光中的「有一隻死鳥」，哀暴政下藝術家的死亡，憤怒中充滿了同情，手法近秦風中的「黃鳥」。

兩者因材料不同，而手法互異，本是當然的事。但對相同材料及對象的處理方式，也可彼此相異。例如人類登月這件歷史性的大事，在夏菁的手中，成了「太陽神八號回航記」（見「現代文學」三十七期），下筆的態度是肯定的。可是，同樣的新聞，到了翱翱（張錯）的手裏，則成了「致賀：人類征服月球」㊈，把月亮比做「一個不懂得喊痛的處女」，而火箭成了豎立起來的「男性」，「燃燒在一簇奔騰的火焰下」。於是登月之舉，成為一場「最無人道的造愛」表演，使地球上看電視轉播的百萬人類，變成了百萬「窺伯」，沈迷於自我「陶醉」之中。尤有甚者，詩人把兩個太空人，比喻成火箭「有計劃的丟精」中的

兩條蠕動的精蟲
四處無目的亂鑽
最低限度在酸性的子宮裏
它們極有信心地活上幾十小時

對人類的科技文明，做了毫不留情的諷刺。

張錯之所以採取如此尖酸刻薄的態度，來看人類登月，並非因為他與美國或太空人有什麼

深仇大恨，而是因爲他把人類登月之舉，視做科技摧毀人類「想像的世界」的暴行。在一般人的觀點中，登月是壯舉，值得喝采。在詩人所提供的新角度下，我們發現了同一件事情的另一個面貌，壯舉成了愚行，事實化爲象徵。於是，大家不得不對登月這件事，加以深思了。

在作品裏，詩人沒有用教訓的語句或公開的譴責，來表達他的思想。他只是用一個大家都熟知的做愛過程爲比喻，便把整個登月事件的荒謬面，呈現在讀者眼前，刺激讀者反省。詩人所運用的手法，是高妙的。這首詩，不但刻劃了二十世紀文明的矛盾，同時也反映了科技與文學之間永恆的衝突。再加上詩中的意象鮮明，語言生動，對一般讀者來說，不但容易閱讀、容易記憶，更容易刺激出一番醒悟或反省。

對新聞事件的處理，除了上述手法之外，還有一種是完全採取客觀角度，做不動情感的刻劃。詩人不希望左右讀者的判斷或態度，他只把新穎而近乎客觀的觀察角度提供出來，讓讀者自行決定。例如羅門的「彈片。TRON的斷腿」，便是例子[10]。TRON是被越共彈片擊斷一隻腿的越南小女孩，事見美國一九六八年十二月份的「生活週刊」，全詩如下：

一張飛來的明信片
叫十二歲的TRON沿著高入雲的石級走

走在斷樹望向摩天樓的漠然裏
而神父步紅氈，子彈跑直線

如果那是滑過湖面的一片雲
也會把TRON的臉滑出一種笑來
如果那是從綠野飛來的一隻翅膀
也正好飛入TRON鳥般的年齡

而當鞦韆昇起時一邊繩子斷了
整座藍天斜入太陽的背面
旋轉不成溜冰場與芭蕾舞臺的遠方
便唱盤般停在一枝斷針下

詩人把「彈片」比做「明信片」是因爲彈片帶來了斷腿的消息。腿斷之後，走路一脚高一脚低，永遠好像在爬石級。在詩人筆下，這小女孩面前的石級，是長長的一生，無止無盡的一直沿伸到雲中天上。「斷樹」象徵斷腿的小女孩，沒有綠意，也沒有青春，面對高高的摩天樓，再也難以攀登。而摩天樓也以漠然的態度，忽視小女孩的存在。「摩天樓」在此象徵不斷上昇的美好未來，以及「摩天」的希望與豪情。同時，也象徵工業機械文明的冷漠。女孩腿斷，上帝無語，神父只知步履紅氈，做無效的禱告；戰爭仍然照舊進行，正好像子彈，走的是直接了當的「直線」，繼續快速殺傷人類。

第二段，詩人假設，飛過來的如果不是彈片，而是一片雲，或是一隻翅膀。這是和平時期的情景，也是小女孩應享有的快樂之描劃。雲滑過湖面，就好像滑過小女孩的臉。此地，詩人用對照法，把會起微波的「湖面」，與會微笑的「臉」對比；把有繁花開放的「綠野」，與多采多姿的少女「年齡」對比。然後以微笑的臉與鳥般的年齡，襯托出小女孩未遭難時的幸福生活與美麗遠景。

第三段，詩人用「鞦韆」的昇起，代表小女孩步入成長；而「繩子斷了」，則暗示彈片斷腿的突然。「整座藍天斜入太陽的背面」一句，一方面是說小女孩斷腿，視點不能平衡，藍天看起來像歪斜了一般；一方面暗示健康的晴天已去，愁雲慘霧的日子來到。「遠方」是指小女孩的「未來前途」。「溜冰場」與「芭蕾舞臺」則象徵少女多采多姿的日子。人在場中或臺上，做舞蹈旋轉時，看起來，好像整個場子以及舞臺也都在旋轉，這是對青春歡躍現象的刻劃。然而，腿斷之後，小女孩與此絕緣，場子或舞臺便好像唱盤一樣，停止爲她旋轉了。在此，詩人用了一個複雜的暗喻：他把小女孩比成唱針，把冰場和舞臺比成唱盤。唱盤旋轉，唱針滑動，音樂歌聲便飄起，而歌樂也正是跳舞與溜冰時不可少的。歌樂飄起，女孩入場溜冰或舞蹈，象徵著她正享受著青春年華。可惜，這一切的一切都因爲斷腿而斷了。這使讀者又回想到首段，小女孩斷腿的原因，是彈片，是戰爭。

羅門盡量把直接對戰爭的批評與控訴保留，因爲這類文字，在其他文類中已有太多，如再重複，必會使讀者疲勞而無法感受或反應。他沒有故意去醜化子彈或神父，也沒有對TRON表示出廉價的同情。然在看似客觀的意象語言背後，卻隱藏著一片悲天憫人的胸懷，及對戰爭深沈無比的痛恨。詩人使TRON個人的苦難，昇華至所有遭戰爭侵害人類的共同苦難，象徵了美好的生命，在槍砲下損傷夭折的不幸。因此，從一個小女孩身上，我們看到戰爭亙古不變的殘酷面貌。這首詩的主題，本來平常，但表現手法，卻新穎無比，正是舊酒新瓶的絕佳例證。

由以上的討論，我們可以知道，詩人在處理新聞題材時，首先應把握其本質及永恆面，然後用各式各樣能夠配合那題材的手法，將之表現出來。在表現的時候，詩人應當盡量使其觀點、語句、意象能夠達到既新穎又有深度的境界；在主題的傳達上，則要注重感悟讀者，避免說教訓誡；在造句遣詞上，則要注意其可讀性，避免過分晦澀。當然，在對作者提出種種要求之餘，我們也應該要求讀者，靜心細心地閱讀詩人的心血，要訓練自己擁有沈思的習慣及聯想的能力。因爲好的作品永遠不會清淡如白開水，需要有能力的人，去慢慢的反覆細心品嚐，才有機會領略其中好處。

作者能不斷有好作品出現，是讀者最大的期望；而讀者能敏銳的欣賞到好作品的妙處，也是作者最大的心願。讓壞作品以及沒有價值的新聞，隨舊報紙而逝吧……讓有價值的新聞，在好作品的闡揚下，得以流傳，爲我們這個時代，做最有力的見證。

註解

㈠鄭愁予「窗外的女奴」，十月出版社，臺北，民國五十七年，頁二八～二九。
㈡覃子豪「向日葵」，藍星詩社，臺北，民國四十四年，頁一。
㈢方旗「哀歌二三」，自費出版，臺北，民國五十五年，第二十二首。
㈣商禽「夢或著黎明」，十月出版社，臺北，民國五十八年，頁五四。
㈤紀弦「紀弦自選詩」一、二、三、四、五、六、七卷，現代詩社出版，臺北。
㈥紀弦「紀弦自選詩卷之四，檳榔樹乙集」，現代詩社，臺北，民國五十六年，頁一〇〇～一〇六。

㈦同註㈥檳榔樹丁集，民國五十八年，頁三三一。

㈧余光中「敲打樂」，純文學出版社，臺北，民國五十八年，頁四二。

㈨翱翱「鳥叫」，創意社，臺北，民國五十九年，頁八七～九二。

㈩羅門「死亡之塔」，藍星詩社，臺北，民國五十八年，頁五三～五四。

詩與小說：共相之中個別相

最近文壇上流行一種說法，而且經常為大家所引用，那就是台灣二十多年來，詩的成就不如小說。此論乍聽之下，讓人覺得十分大膽驚人，細味之後，方知其偏頗誤謬，不值識者一笑。

籠統的說，詩的成就不如小說，就好像斷言蘋果的成就不如橘子一樣，是犯了品類不同而將之相互硬比的過錯。我們可以說某一產地的橘子不如另外一地，至於品評的標準，則可以皮的厚薄、酸甜的程度、子的多少來決定。然而將不同的水果相比，缺乏共同的標準，則其結果，充其量只是反映了個人的好惡，並沒有決定性的意義。我們不能說喜歡吃橘子的人多，或吃橘子的人比吃蘋果的人多，便一口咬定橘子比蘋果好。

同樣的，詩之所以為詩，是因其具有獨特的文學形式與內容，與小說分屬不同的「文學類型」，隨便扯來相比，既沒有意義也沒有價值。我們不能講小說的讀者比詩來得多，影響來得大，便肯定小說的成就比詩高。如此一來，小說中成就最大的當是那些通俗的流行作家。因爲，他們的作品行銷最廣，讀者最多，又上電視，又拍電影，影響之廣，無人能比。這種幼稚的論調顯然不能成立。文學作品的成就，當決定於藝術手法的高低，而非暢銷與否。

或曰，小說的成就之所以高過詩，是因爲其手法是寫實的，能夠反映社會大衆的喜怒哀樂，而爲之產生共鳴。至於詩，則較虛幻不實，無法爲大衆所接受。以文學作品應該反映現實，反映人生的觀點來看，詩的成就不如小說。

持這樣似是而非論調的人，往往忽略了詩歌反映現實的手法及方式，與小說之不同。小說家寫作，往往離不開故事，要想使故事生動感人，則必須在其細節上的描寫，實在逼眞。然而，眞正偉大的藝術作品，是否僅止於生動逼眞而已呢？當然不是！在引人入勝的情節之後，如無深刻非凡的思想、發人省悟主題，那作品只能成爲暢銷的商品，永遠無法變爲永恆傳世的傑作。

大凡深刻的文學作品，都是需要精讀深思之後，方能領悟的，走馬看花似的閱讀，只是看看表面文章罷了。以讀者來說，習於精讀深思的，當然要比慣於走馬看花的少。讀者走馬看花，讀一篇深刻的小說，再不濟也看了一個故事，所謂「外行看熱鬧，內行看門道」。但是詩就不同了。詩是沒有故事的「糖衣」來吸引讀者的。尤其是在五四「新文學運動」以後，詩的唯一「糖衣」——韻脚與格律，也已漸漸消失。像古典詩中那種，讀者雖不解其意，但卻能朗朗上口的作品，現在已不多見。因此，詩在吸引一般讀者的注意力上，是要比小說來得吃虧些。因爲，如果讀者是外行的話，根本沒什麼熱鬧可看。

當然，我所謂的「外行」，是指看任何文學作品都不精讀深思，而只是一味走馬看花的讀者。事實上，無論小說也好、詩歌也罷，只要讀者肯用心細覽，那他已經是初級的「內行」了。因爲任何文學作品，只要讀者不走馬看花，定能有所得益，從而有所辨別。一篇深刻的小說，被廣大的讀者當作一篇通俗故事來看，與一篇深刻而讀者較少的詩篇比起來，其外在的功利價值是不相上下的。但外在的功利價值，又怎能決定文學作品的成就與好壞呢？

詩不借重故事來吸引讀者，這並不表示詩就脫離現實。因爲詩呈現「現實」的方式，與小說是完全不同的。例如孟郊的樂府「遊子吟」：

慈母手中線，遊子身上衣；
臨行密密縫，意恐遲遲歸。
誰言寸草心，報得三春暉？

詩中的母親，可以指貧寒之家，也可指富豪之家，其內容涵蓋了古今所有心繫遊子的慈母。每一個人讀了，都可以有他切身不同的感受，因爲每一個時代中的每一位讀者，在讀此詩時，他都是主角。他可以是慈母，也可以是遊子。至於其中的細節，每一個人都可按照他背景經驗的不同，而用自己的想像力加以補充。如果用小說的手法來表現此詩的主題，則人物、背景都要固定，讀者從主角的地位，轉換爲聽故事的第三者。小說中的眞實細節，爲讀者省了一道使用想像的手續，但同時也限定了讀者自由聯想的範圍。其中的得失，是顯而易見的。

老實說，「現實」是千變萬化的，忠實的描繪「現實」，只是其中的一種，而不是全部。捕捉有形的「現實」，可以照章刻劃；捕捉無形的「現實」，則必須運用想像。人類在世間的活動、遭遇、感想……等等經驗，不是都可以用故事方式表達的。例如紀弦的「雕刻家」：

煩憂是一個不可見的
天才的雕刻家。
每個黃昏，他來了。
他用一柄無形的鑿子
把我的額紋鑿得更深一些；

又給添上了許多新的。
於是我日漸老去，
而他的藝術品日漸完成。

這首詩的主題，是在闡敘「時間」與「煩憂」對人的折磨。在詩中，「煩憂」被擬人化了，抽象的東西變為具體，把詩人所想要表達的「詩想」直接而具體的傳達給讀者。這種直指人心，精準切題的具體感受，小說就很難達到。然而詩人的「具體」，不是小說家的「具體」。小說家多半要先把「煩憂」的內容，按照故事中主角的背景性格，加以設計。賣豆漿的與做進出口貿易的，兩者之間的「煩憂」在細節上，絕對不一樣。因此，小說呈現在讀者面前的，好像一幅畫，其中房舍樹木，都有其一定的外形，然後，畫家再依照不同的外形賦予不同的精神。

詩則不然，詩人呈現在讀者面前的，好像一曲音樂。我們可以從音樂的快慢及特殊的曲調中，感知到具體的事物如流水、刮風、騎馬……等等。音樂家描寫流水與騎馬時，不必像畫家那樣把草原、石岸等東西全部都畫出。他只要利用水聲及馬蹄聲即可，部分便已暗示了整體。同樣，詩人常藉形像的部分重要特徵，來呈現其內在的精神。至於原本抽象的東西之表現，詩人處理的方式，亦與音樂家相似。人類感情中的喜怒哀樂等情緒，在音樂中，往往運用自然界

「實物」的聲響，如山洪、海濤、春鳥……等等來表現，或奏之以絲竹，或鳴之以銅金，務必喚起聽衆情緒中，類似的經驗。總之，音樂家是利用現實具體事物的聲音，來模仿他所要表達的抽象意念。就像紀弦在「雕刻家」中，用具體的人物，表達抽象的「煩憂」一樣。

因此，詩與小說雖分屬不同的文學類型，然其反映現實及對現實表示批評的目標卻是一致的。二者之不同點，僅在表現方式及神思結構上罷了。小說的神思結構，多半在於選擇一點一滴「肉眼」可見的生活內容，運用時間交錯或連續的方式，加以重新組合。許多平淡無奇但又時空固定的情節，在組合完成之後，就會發出巨大感人的力量。故小說往往需要較長的篇幅來鋪陳，因爲重要細節提供的愈完整，小說的力量也就愈大。至於表現方法，則要靠作者觀察力的細密與否而定了。

詩的神思結構，則重在「靈視」的探索，時間空間皆不固定。詩人企圖重組的，大半是「心象」，而非「實象」。透過肉眼的觀察，詩人所汲取及塑造的是「心靈的反映」，而非僅僅是實物的描摹。因此在表現方法上，詩人常常略去「依邏輯秩序發展的細節」，採取跳躍而富有象徵性的細節，在短短的篇幅內，立刻給予讀者深刻難忘的印象，「遊子吟」是如此，「雕刻家」也是如此。

小說家是提供「個別相」給讀者，讓讀者在其中發現「共相」。詩人則提供「共相」給讀者，讓讀者在其中發現「個別相」。凡是文學作品，都應該反映現實；然現實不僅包括人類外在的活動，同時也包括人類內在的活動。小說通過「外在」，反映現實，詩人通過「內在」，反映現實，二者無高下之分，但有性質及方法上的差別。批評家應該依其本性及方法，將作品放在各自文類的傳統之中，來考察其反映現實程度的深淺與成績，而不應該錯亂準則，以有求無，或無中求有。㊟

蘋果與橘子都是對人體有益的，只要它們是好蘋果、好橘子，而不是壞爛腐臭的垃圾。如果硬要說橘子的汁液比蘋果多，或以蘋果的果肉比橘子脆，來決定二者的高下，那不只顯得可笑，而且也暴露了品味偏窄的缺失。

註：以史的觀點來看，白話小說，自宋元以降，便十分發達，傑作迭出，傳統優良，一直持續到五四及三十年代而不衰。若說近二三十年的台灣小說，有什麼新的成就，那還言之過早。倒是詩，因爲勇於突破傳統，所發生的變化，在幅度與比率上，可能比小說來得大得多。

詩與散文：「桃花源記」是散文？

五月間，「民生報」刊出夏祖麗小姐紀錄，在新加坡舉行的「台灣作家與新加坡青年座談會」，其中有一段是我回答「形式與內容孰重」的問題。當時我舉了陶淵明的「桃花源詩并記」為例，說明文學作品題材內容相同，而表達時採用的形式不同，所產生的結果，往往差異很大。我的意思是藉此來說明作者在創作時，應該先認清他所處理的題材及內容之本質，然後選用最恰當、最能與上述本質吻合的形式，將他所要處理的題材及內容表達出來。

我之所以舉「桃花源詩并記」的理由，是因為陶潛是舉世公認的大詩人，而當他用兩種不同的形式去處理同一題材時，所得的結果竟是如此的不同：「桃花源記」人人皆知，「桃花源詩」則少人聞問。如果陶淵明本是以散文或小說名家，詩寫壞了還情有可原。然他偏偏是公認的大詩人，這就不得不令讀者深思了。可見有些題材或內容，不一定適合用「詩」的形式來表達。

假如我們爲陶潛辯護，說大詩人也有失手的時候，「桃花源詩」沒能寫好，只是偶然的敗筆，不足以證明像「桃花源」這種題材，就一定不能用詩來表達。但如果我們仔細的翻閱一下中國詩史，便可發現，不但陶淵明自己的詩比不上那篇記，就是後世許多大詩人的作品，也無法與之頡頏。例如韓愈的「桃源圖」，王維、劉禹錫、王安石等人的「桃源行」、蘇東坡的「桃花源並引」等，以詩論詩，這些作品都還不壞，尤其是王維的「桃源行」，在同類詩篇中，還算是上乘的，可是拿來與「桃花源記」一比，仍舊要遜色許多。可見有些內容或題材（或「神思」），是須要用散文曲曲折折去表達的，用過分濃縮的韻文來寫，反而破壞了「神思」，使之無從發揮出來。

關於上面這些論點，我曾在拙著「羅青散文集」（洪範版）及「論小品文」（見六十六年六月「中外文學」散文專號）中先後提及，有興趣的讀者，不妨找來參考一下。

夏文發表後，有讀者李昌宗先生來函，問了三個問題如下：

一、「桃花源記」，讀者曾聽講三次，老師似均未提及「桃花源詩」，一般教科書中，亦未載有「桃花源詩」之說，不知何故？

二、「桃花源記」，千百年來膾炙人口，「桃花源詩」想必境界更高，何以未被人選讀？

三、唐詩人王維有詩（樂府）「桃源行」一首：「漁舟逐水愛山春……」至今仍爲讀詩者所喜愛，陶淵明之「桃花源詩」，想必更勝此詩。

「桃花源詩幷記」原文載於「陶淵明集」（梁昭明太子編並序），現在較通行的本子是淸陶文毅公所注的「靖節先生集」十卷，附年譜考異二卷，有台灣商務印書館的重排標點本，題名爲「陶靖節集」收入「人人文庫」，民國五十六年重印。此外民國五十九年，中華書局影印的「陶淵明卷」（改題爲「陶淵明詩文彙評」），亦是很好的參考資料。

「桃花源詩幷記」本來是收錄在陶集「詩五言」部分的，可是到了後來，「記」越來越有名，「詩」反倒被埋沒了。陶澍編注的「靖節先生集」就把「桃花源記」收入卷六「記、傳、述、贊」之中，列爲第一篇，其詩如下：

嬴氏亂天紀，賢者避其世；
黃綺之商山，伊人亦云逝。
往迹浸復湮，來逕遂蕪廢。
相命肆農耕，日入從所憩。
桑竹垂餘蔭，菽稷隨時藝。

春蠶收長絲，秋熟靡王稅。
荒路曖交通，雞犬互鳴吠。
俎豆猶古法，衣裳無新製。
童孺縱行歌，斑白歡游詣。
草榮識節和，木衰知風厲。
雖無紀曆誌，四時自成歲。
怡然有餘樂，於何勞智慧？
奇蹤隱五百，一朝敞神界。
淳薄既異源，旋復還幽蔽。
借問游方士，焉測塵囂外？
願言躡輕風，高舉尋吾契。

關於此詩，李公煥有箋云：唐子西曰：「唐人有詩云：『山僧不解數甲子，一葉落知天下秋。』及觀淵明詩云：『雖無紀曆誌，四時自成歲。』便覺唐人費力如此！如『桃花源記』言：尚不知有漢，無論魏、晉。可見造語之簡妙。蓋晉人工造語，而淵明其尤也。」其實「一葉落知天下秋」與「四時自成歲」各有各的好處，前者尖新奇警，後者渾然天成，不必硬分高下。當然，「葉落知秋」之句，稍嫌費力了一點，但費力而妙，並不能算是缺點。吃力而又不討好的作品，才該批評。費力而妙與不費力而妙，都可以滿足讀者的美感經驗，其結果是類似的，只是過程不同罷了：後者固然不是輕易可以達到的，前者也不是光出傻力氣就唾手可得。

綜觀全詩，除了「雖無紀曆誌，四時自成歲。」兩句妙得天然外，其他諸句都太過平鋪直述，或夾帶議論，或紀錄事件，既不抒情，又不敍事，成了此詩最大的敗筆。「桃花源詩」失敗的原因，不在陶潛的詩藝不高，而在其題材或神思本身不適合用五言詩的形式來表達。像「桃花源記」這樣的內容，必須要用一種故事的方式，曲曲折折寫來，方能引人入勝，其中的主題，也必須經由故事、人物、結構等交互作用，方才能完整的顯現在讀者眼前。由此，我們可以發現，能夠確切把握「桃花源」這個題材的本質之形式——只有短篇小說。一般人把「桃花源記」視爲散文，是不太妥當的。因爲「桃花源記」，從頭到尾，一共講了兩件事情。筆法客觀，完全讓事件本身去發展演出。作者本人並沒有用散文夾議夾述的筆法，參與其間，亂發評論，其爲小說，實乃不爭之事實。

「桃花源記」開頭一句「晉太元中，武陵人，捕魚爲業。」相當於短篇小說開始時的「背景介紹」。

「緣溪行，忘路之遠近。忽逢桃花林，夾岸數百步，中無雜樹，芳草鮮美，落英繽紛，漁人甚異之。復前行，欲窮其林。」

此段則相當於短篇小說中的「事件開始」部分。這兩段，把時間、人物、地點都交代得非常清楚。「桃花林」暗示時間是春天，地點在武陵附近，主角則是漁人一個。漁人在中國文學傳統中，是相當富有象徵意味的。「楚辭」中的漁父是隱者的代表，他說：「聖人不凝滯於物，而能與世推移。世人皆濁，何不掘其泥而揚其波；衆人皆醉，何不鋪其糟而歠其釃。何故深思高舉，自令放爲？」他主張「與世推移」，隨波逐流，抱著一種大隱隱城市的態度。「莊子」中的漁父，亦有隱逸思想，他常說：「不知處陰以休影，處靜以息迹，愚亦甚矣！」

陶潛的漁人是否有隱逸思想，我們不知道。但從上述兩段描寫看來，這漁人亦非鄙陋之輩。因爲他不但能夠欣賞到桃林之美，而且還知道「甚異之」。最後，他更有勇氣及慾望去「窮其林」，可見不是一個膽小怕事，終日只以打漁賺錢爲最高目的的人。在這一點上，他與「莊子」及「楚辭」中的漁人，在表面上有很多相近的地方。他雖然是個俗人，但卻不是一個絕對的功利主義者。

第三段，描寫漁人探險的經過：

「林盡水源，便得一山。山有小口，髣髴若有光，便捨船從口入。初極狹，才通人。復行數十步，豁然開朗。土地平曠，屋舍儼然。有良田、美池、桑竹之屬。阡陌交通，雞犬相聞。其中往來種作，男女衣著，悉如外人；黃髮、垂髫，並怡然自樂。見漁人，乃大驚，問所從來；具答之。便要還家，設酒，殺鷄，作食。村中聞有行人，咸來問訊。自云：「先世避秦時亂，率妻子邑人在此絕境，不復出焉；遂與外人間隔。問今是何世，乃不知有漢，無論魏、晉。此人一一爲具言所聞，皆歎惋。餘人各復延至其家，皆出酒食。停數日，辭去。此中人語云：「不足爲外人道也。」

從「林盡水源」到「並怡然自樂」可謂「漸入高潮」。從「見漁人，乃大驚」至「不足爲外人道也」是「轉捩點」：因爲漁人見此洞天福地，居然沒有留下。臨走時，桃花源中的村民叫他不要對外人說村中事情，但他並沒有保證不說，讀者也不知道漁人是不是會說出去，故在此「轉捩點」上，形成了一個小小的懸疑。由這一點，我們可以看出，村民能夠放漁人出去，就不怕他會再來，或帶了一大堆人回來。我們也可以從「不足爲外人道也」這句話中發現，村民並不希望他們的事情被傳出去，這也就是說他們不希望村子的地點被暴露出來。這表示，村民並不很積極的想要與外界的人溝通。

至於漁人的態度及想法，則較複雜，從「停數日，辭去」這件事看來，他對桃花源的看法並不完全是「肯定的」，而他本身的行爲則是十分世俗的。他要離開的原因當然很多：首先他就難以抛卻自己的親人，獨自留在那裏。淵明的漁人不是完全的功利主義者，但也不是虛幻的理想主義者；他介乎兩者之間，他是一個道道地地的世俗人物。這一點我們可以從下一段之中看出：

「既出，得其船，便扶向路，處處誌之。及郡下，詣太守說如此。太守即遣人隨其往，尋向所誌，遂迷不復得路。」

這一段相當於「高潮漸退」。從漁人離開桃花源，「便扶向路，處處誌之」，可見他還想重回桃花源，說不定是要舉家遷入。但是這種猜測，立刻就被接下來的「詣太守說如此，太守即遣人隨其往」這件事實打破。如果陶潛的漁人與「莊子」或「楚辭」中的漁人，眞正在精神上有相似之處的話，那他一定不會去驚動地方官吏，也不會帶人去搜求，去破壞那一片世外桃源。若他是想把全郡的人，都移入桃源之中，則這種想法根本不切實際，也不合乎「與世推移」或「處靜以息迹」之道。由此可知，淵明的漁人，還是世俗的漁人。雖然他能夠察覺風景之異，有膽量深入山之「小口」，並且可以與世外之人和平相處，但無論如何，他仍脫不了世俗的繫絆。結果他非但要「辭去」而且還要「及郡下，詣太守」，此中動機是複雜的，也是凡人的。誰也不能保證他這樣做，沒有一點向官府邀功，或向世人邀名的企圖。

由是觀之，我們可以說陶潛的漁人是世俗的凡人，雖然他比平常人多些膽識，而且並非十分功利，但他終究無心求道，也不能澈悟。到頭來，他把原本值得深思的探險行動，變成一場人多口雜的鬧劇，毫無結果的草草落幕，徒然自取其辱，迷失在刻意的追求當中。

最後一段：「南陽劉子驥，高尚士也，聞之，欣然規往，未果，尋病終。後遂無問津者。」是「事件結束」及「結語」。

上述漁人既然不是陶潛心目中的眞正主角，那本篇的主角應是「桃花源」這個地方，或是桃花源這個「理想」。本此，這最後一段「南陽劉子驥」的故事，看似畫蛇添足，實則頗具深味。陶潛先說明劉子驥是「高尚士」，與漁人有所不同。他知道這件事後，立刻欣然「規往」，並不因爲漁人及太守的手下沒找到，便氣餒罷休。「高尚士」的追尋與漁人的探訪，在「目的」與「精神」兩方面，可能都不同，但他們所遭遇的結果，卻一樣——都無法進入桃花源。

南陽劉子驥的性格與漁人的性格對照，使桃花源故事的意義更加明顯，同時也把故事中所產生的衝突，深刻的勾劃了出來。漁人誤打誤撞，可以進入桃花源；存心帶人去找，卻不得其門而入。此事至少暗示了兩項衝突：一、漁人與桃花源，是屬於兩個無法交通的世界；二、在陶潛的筆下，桃花源成了自然順性的象徵，一定要在「無意」之間，方能尋得。漁人則是刻意多慾的象徵，兩者在基本上是不能相容的。漁人既然是代表世俗世界的現實面，那劉子驥則代表世俗世界的理想面。然這理想的一面，也無法以「刻意」方式，去找到桃花源。劉子驥的出現，使桃花源與世俗世界之對立，成了全面的。

歷來文學選集都把「桃花源記」當做散文，按照以上的分析，「桃花源記」已越出了散文的範圍。因爲「桃花源」的主題，必須借故事、人物、人物性格的發展、事件的轉折來表達顯現。陶潛沒有用散文的說明或議論，點出主題，他只是把漁人事件與劉子驥事件，一長一短，並列在一起，使兩個事件，相互對照，產生言外之意。這種寫法，是標準小說家言，與散文可說是毫無關係了。魏晉時代，中國短篇小說正當發軔，「志怪」的寫作風行天下。當時有「搜神后記」一書，就題的是「陶潛撰」。周樹人「中國小說史略」云：「其書今具存，亦記靈異變化之事如前記（干寶：「搜神記」也），陶潛曠達，未必拳拳于鬼神，蓋僞托也。」「搜神后記」雖不一定是陶潛寫的，但陶潛生長在一個「志怪」風行的時代，倒是千眞萬確的事實。因此，他的「桃花源記」，難免會受到「志怪」寫作的影響。從以上我們對「桃花源記」內容的研究，我想把這篇東西，放在短篇小說中的「志怪」條下，應該是沒有問題的。

至於「桃花源詩」，本非陶集中的最佳作品，不受人注意，也是當然的事。誰叫陶潛把詩前的這篇「記」，寫得如此絕妙呢？

——一九七九年民生報

詩與對聯：一行兩行撥千斤

1

對聯在中國詩史上，是一種十分特殊的形式，是五、七言詩發展成熟後所產生的新生命。可怪的是，近代文學史家，都沒有用心嚴肅的討論其發展變遷及特色。事實上，聯語本可算做小詩的一種，應該是完整的創作，而非聯句式的集錦，不但在中國詩史上地位特殊，就是在世界文學史上，也是獨樹一幟的。希臘詩中的絕句(Epigram)、英詩中的英雄雙行體(Heroic couplet)，在體裁範圍及用途上皆無法與聯語相比。西洋詩怎能像對聯，有上牆入畫的機會；至於進一步貼上門楣亭柱，與萬衆同樂，共享勝景，更是西洋詩所不能夢見的。

由此可見，聯語對中國人的親和力與吸引力，是多麼的巨大。所謂詩歌大衆化的理想，在別的民族裏，至今仍是一個可望而不可及的夢想。但對中國人來說，「詩」「人」合一，的確是隨處可見的眞實。這種非凡的成就，只有日本的俳句與和歌差堪比擬，西方民族是很難達到這種境界的。

可是，俳句與和歌，因歐美意象主義者的介紹，在世界上知者甚衆。而對聯，卻寂寞的困在中國的庭園之間，斑駁的貼在古老的門楣之上，漸漸在社會現代化的浪潮聲中沒落、消失，叫人看了實在心痛著急。

2

對聯的製作，開始甚早。清梁章鉅在他的「楹聯叢話」自序中認爲：「楹聯之興，肇於五代之桃符，孟蜀餘慶長春十字，其最古也，至推而用之楹柱，蓋自宋人始。」

春聯到了宋代，已由木板蛻變到紙張，時稱之謂「春帖子」。「藝文類聚」中有一則小故事：「宋景文修唐史，好爲艱深之語，歐公思諷之，書其扉曰：『札徵洪休』。宋見之曰：非『書門大吉』耶？何必求異如此！」可見在宋朝，平日亦可在門上寫字，內容也可與迎春無關。宋朝陳摶的名聯：

開張天岸馬，
奇逸人中龍。

或可爲一小小的旁證。證明對聯已開始由實用、應景、裝飾，走向深刻奇警的藝術境界。例如元趙孟頫的：

春風閬苑三千客，
明月揚州第一樓。

於實用中有眞情，內容立意均能脫俗；於應景中有藝術，讀來爽快明淨，豪壯干雲；如果再加上子昂絕妙的書法，那眞是極盡視覺、聽覺及意境上的享受了。說到視覺的享受，明朝徐青藤自題「青藤書屋圖」的名句：

幾間東倒西歪屋，
一個南腔北調人。

亦是天然好對。由是可知，聯語到了明朝，不但登堂入室，而且入畫。

春聯的制作，雖始於五代，但眞正普遍流行，還要等到明朝以後。陳雲瞻「簪雲樓雜說」記了一個有趣的故事：春聯之設，自明孝陵昭也。帝都金陵，於除夕前，忽傳旨公卿士庶家門上，須加春聯一副。帝親微行出觀，以爲笑樂。偶見一家獨無，詢知爲閹豕苗者，尚未倩人耳。帝爲大書曰：

雙手劈開生死路，
一刀割斷是非根。

投筆逕出，校尉等一擁而去。嗣帝後出，不見懸掛，因問故。云：「知是御書，高懸中堂，燃香祝聖，爲獻歲之瑞。」帝大喜，賚銀五十兩，俾遷業焉。

上述故事，虛構成分頗大，但造語卻十分詼諧。而所述之對聯，在語言上，除了對仗工整之外，魄力宏大，果然有帝王氣象；在內容上，脫離了一般泛泛迎春納福的俗套，幽默生動活潑的刻劃了某種特殊的職業，使聯語走入了一個新的境界。此後，有題理髮店的對聯如：

雖是毫末技藝，
卻是頂上功夫。

等類似的筆調與章法，都可謂是上述精神的延續。

到了清代，聯語大爲風行，名聯特豐，談論對聯的文字，也多了起來。這種盛況，我們可以從梁章鉅的「楹聯續話序」及「楹聯三話序」中，看得出來：「楹聯叢話之輯，始於桂林節署，閱二年而稿成。時遠近知好以佳聯錄示者，猶紛至沓來……」（見「續話」），「續話四卷，授梓於浦城。年來各省皆有翻刻本……」（見「三話」）上從王公大臣、才子鴻儒，下至地方百姓、販夫走卒，都有佳聯留傳，內容更是包羅萬象，美不勝收。

言志，則有左宗棠的：

身無半畝，心憂天下，
讀破萬卷，神交古人。

把左氏的儒家信仰，以及憂國憂民，繼承道統的心情，表露無遺，並且爲讀者刻劃出一幅清廉儒雅而又有氣魄的形象。黃桐石的：

草木自生無稅地，
子孫長讀未燒書。

則與左氏的聯語，恰恰相反，刻劃出一介隱士的風格，完全與政治、世事無涉，呈現出一幅桃源景象。虞景星的：

貧不賣書留子讀，
老猶栽竹與人看。

則綜合前二者之長：家雖貧，志雖不得伸，但仍願「讀破萬卷」，敎導後學；人雖老，力雖不能匡天下，但仍希望以自己的志節影響他人。說教而不落痕跡，言志而不顯誇張，用意嚴肅而造語活潑，眞是言志聯語中的佳作。葛慶增的：

書似青山常亂疊，
燈如紅豆最相思。

是抒情的妙品。亂書一燈，情趣絕美；青山紅豆，色彩更佳。以書比青山，氣勢宏大；以燈比紅豆，情思柔美，把燈下隨意讀書的境界，刻劃得如此精妙入微，令人神往。眞是粗頭亂服中，忽見細緻；孤獨沈思中，又見熱鬧，清雅奇警，可以入畫。王式丹的：

爐中臘酒翻花熟，
案上金聯帶草書。

充滿了富麗爽朗的景象。「臘酒翻花」，正好驅寒；「金聯帶書」，難得狂放；一方面煮酒，一方面作書，其快意可想而見。這與前面的「青山紅豆」，自又是一番不同的格調。最樸實開濶的，還要算高棊仲的：

月下三升酒，
風前萬里山。

月下有酒，可以邀月遊；風前重山，可以放情懷。月加上酒再加上風，那情懷是可以一放萬里的。疏放的對聯雖多，傷悲的聯語亦復不少。方爾謙的：

埋愁無地，淚眼看天，嘆事事都如昨天；
剪紙爲花，搏泥作果，又匆匆過了一年。

是標準傷逝傷時的例子。春花如紙，結果如泥，世事如流水，一一都成了昨天。而去年，只剩下無盡的愁緒，無處埋藏。往事雖美，但已成過去，淚眼問天，也是徒然。至於蔣攸銛的：

門前但有青蠅吊，
塚上行看大鳥來。

則比前者還要悲觀，哀傷的調子，至此已轉爲淒厲了。時間過去，生命死亡，朋友散去，只有青蠅來悼腐屍；而墳墓上，食屍鳥也飛來等待。身後蕭條的慘況，令人讀之酸鼻。

像上面所舉的例子，有些太過於傷感化或藝術化，只適合個別私下誦讀，不宜陳列客廳，朝夕相對。便於懸掛的對聯，還當以寫景的爲最佳。而清代名聯中，也以寫景的爲最多，例如鄭板橋的：

東風作態來梳柳，
細雨瞞人去潤花。

細細寫來，充滿了戲劇化的演出。東風、細雨、柳、花在作者擬人化的句法下，都成了有情之物，而且其間的關係特定，擾亂不得。宋湘的：

城收萬景近，
天放一山來。

亦深得擬人化與戲劇化的三昧。城高，故能收萬景，有如漁夫撒網，網得一山。「天放一山來」猶為妙句，大有敵陣放出一馬，有攻取城池的氣勢。一「收」一「放」之間，讓人感覺到強烈的戲劇張力，此皆因動詞用得活，擬人化用得含蓄不露之故。像這樣活潑的例子很多，范長白的：

門前白水流將去，
屋裏青山跳出來。

不但鮮活，而且大有「超現實主義」的意趣——存在其中。作對子時，動詞能用得驚人，固然很好，但故意而驚人，不如含蓄而驚人。例如何雲台的：

雲帶鐘聲穿樹出，
風搖塔影過江來。

「帶」、「穿」、「搖」、「過」四字，初看不覺其怪，細味方知是奇。鐘聲無體無形，而雲帶之如飛鳥穿林；塔影本來虛幻，而風搖之如扁舟渡江。這種境界，非遣詞造語的一流高手莫辦。至於徐樹銘的：

南嶽雲興，出爲霖雨；
大江波靜，退領湖山。

在擬人化與戲劇化的寫景之外，兼又寫情，寫作者作個人的抱負，出仕則爲霖雨，普澤天下蒼生；退隱則與湖山共住，仁智皆備。還有一種，所有的技巧一概不用，單單是排比一番，乍看簡樸，其實卻顯出了中國詩眞正絕妙的地方。這樣的對聯，其內容既非寫景，又非寫情，而景情俱在其中，如彭玉麟的：

駿馬秋風薊北，
杏花春雨江南。

此聯之妙，無法言說。總之，江山之美，情懷之厚，儘包括在此十二字內了。聯語中，也有與「金言集」類似的座右銘，然精彩的不多，如「楹聯續話」卷二所錄的：

過如新竹芟難盡，
學似春潮漲不高。

或如袁枚的：

事從知悔方徵學，
詩到能遲轉是才。

雖然沒有「平典似道德論」，但總讓人覺得教訓氣味太過濃重，宜用韓愈式的古文表達，不適合在對聯上發揮。

3

我之所以如此不厭其煩的條舉歷代的對聯，只是想說明，清以前的聯語，雖然是以文言文爲基礎，但其用字造語，皆十分平易，沒有太難懂的地方。除非作者運用冷典僻字，不然，大多數都是老嫗可解的。至少表面的意思，一看就知，不必再廢工夫查書。

既然對聯基本上就是可解易懂的，那將之白話化，不是多此一舉嗎？其實不然。因爲文言文的產生，有其時代背景，用來表達產生文言文的那個時代，則貼切方便，容易動人。現在時代不同了，新的名詞，新的生活方式，層出不窮。用文言文來表達白話式的現代生活，不是嫌氣短就是嫌囉唆，總不如用白話文來得恰當。況且，「白話」是「口語」經過藝術的提煉所產生的結晶，在創作上，應該可以負擔任何分量的內容。

辛亥革命後，對聯的創作，因白話運動的發展，境界爲之翻新。無論文言白話，都有佳作出現。前者如梁任公贈袁伯揆：

神龍萬變海天小，
猛虎一聲山月高。

後者如蔡元培挽徐志摩：

談話是詩，舉動是詩，畢生行徑都是詩，詩的意味滲透了，隨遇自有樂土；
乘船可死，驅車可死，斗室坐臥也可死，死于飛機偶然者，不必視爲畏途。

梁任公的對聯，當然是高妙的，境界與氣魄，都十分壯大。不過，比起蔡元培的「挽徐志摩」，其清新的程度就要打一點折扣。與後者比較，前聯好像是清代的作品，與我們這個時代的關係不夠密切。聯語既可以白話文寫作，亦何妨嘗試表達一些新的內容。

大體說來，用白話寫對聯，要比用文言來得困難。因爲文言先天上比較嚴謹，白話本質上比較鬆散；文言對聯不工，尙看得過去；白話對聯一不貼切，便易淪爲打油。當然，對聯的創作，也不一定要板著面孔故作嚴肅，因爲俳諧，不單是中國詩的特性，也是聯語的特性。例如下聯，便是這類遊戲作品中，較好的一例：

男女平權，公說公有理，婆說婆有理；
陰陽合曆，你過你的年，我過我的年。

此聯對仗工整，語氣鮮活生動，但細品之後，便覺十分空洞，不堪再讀。像這樣的對聯，偶一爲之，未嘗不可。但時時以此爲最高標準，則易把對聯的創作引入文字遊戲的死巷。

因此，我覺得，對聯的創作，還應該以眞性情、高意境爲主。如丁文江賀胡適四十生辰便是例子：

憑咱這點切實功夫，不怕二三人成少數；
看你一團孩子脾氣，誰說四十便是中年。

當然，眞性情、高意境，並不排斥偶一詼諧的可能。只要不過於油腔滑調，我想對聯也可以在讓人在沈思之餘，破顏歡笑。

4

中國是一個「詩」的民族。詩經、樂府、唐詩、宋詞等，統統暫且不提，單看對聯的發展，便可知「詩」在中國，是如何與人民的生活，融為一體，這實在是其他國家所不能想像的境界。這麼一項豐富的文化遺產，實在值得我們繼續研究、吸收、創造、改進，並加以發揚光大。

新詩運動至今，國人用白話寫詩的經驗，已超過了半個世紀。白話的鍛鍊，早已達到可以負擔任何任務的地步。然而，近十年來，詩壇內外，卻一直嚴重的感覺到白話詩與大衆脫節，而不斷的相互批評檢討，希望能夠尋求到改進的途徑。白話詩不能普遍的爲大衆接受，原因當然很多，但最主要的，我想還是白話詩沒有找到一個能夠親近大衆的形式。

我認爲，如欲把詩帶進大衆的生活，創造白話對聯，是實際可行的方法之一。對聯很短，通常只有兩行，字數又沒有一定的限制，寫起來還算自由，可歸入「小詩」的一種。至於聯上的「橫披」，如與「小詩」的題目配合，正好補足詩人在聯語中的不盡之意。

現代人的生活非常匆忙，讀長詩可能沒有時間或耐心。短短一兩句，易於背誦，也易於書寫，等車、乘車之間，都可以匀出時間來欣賞或創作。遇到佳妙的，還可以寫上宣紙，裝裱掛牆，以爲裝飾，從實用的觀點來看，亦是一舉數得的。白話對聯，從五四至今，好的並不多，留傳的也不普遍，這是因爲大家不重視的緣故。只要詩人將大衆的生活用對聯表現出來，並推廣到大衆的生活之內，那大衆對這方面創作的興趣，自然會提高。作品多了，佳作一定會產生的。

在白話詩距離一般民衆日遠的今天，親切生動的白話對聯，應該是打動大衆心懷的最佳形式之一。而意境高遠、內容深刻的對聯，也可爲中國詩歌開創一個新的局面。有意此道的詩人們，盍興乎來？

詩與俳句：坤乾日月小黃花

民國六十四年，我主編「草根詩月刊」時，曾經出版過兩期「小詩專輯」，希望把寫小詩的風氣，重新提倡起來。民國六十六年，我把自己所讀到的五四以來精美小詩，編成「小詩三百首」上下兩册，由爾雅出版社發行，供喜歡小詩的朋友參考。同時，還寫了一篇萬餘字的論文：「麻雀小宇宙」，是爲導言。

導言中，我回顧民國十二年左右的「小詩運動」，並提到其與日本俳句、和歌的關係。爲了舉證，我抄列了十幾首周作人翻譯的日本小詩。其中有一首是這樣的：

菜花，西邊是日，東邊是月。

許多讀者唸了這首詩後，覺得命意太過簡單，造語毫無詩味，居然能被當成傑作引用，實在叫人迷惑不解。於是，紛紛來信，問我選擇此詩的理由。

我之所以沒有在導言中細論此詩，是因爲該文的主旨，在回顧小詩的歷史，並對小詩的形式，做一番深入探討，無法兼及個別作品的解析。事實上，這是日本俳句大師與謝蕪村的名詩，日本中學生耳熟能詳的作品。蕪村不但是日本十八世紀江戶俳壇的大詩人，同時也是名震一時的大畫家。他與池大雅，被譽爲日本文人畫「開花時期」的兩大巨擘，承先啓後，爲畫壇開創新局，預示了日本文人畫「盛行期」的來到。而他的俳句，也一洗江戶俳壇低俗浮濫之風，格調高逸，直追日本俳聖松尾芭蕉。

與謝蕪村，本姓谷口，享保元年（一七一六）年生，天明三年（一七八三）卒，享壽六十有八，是江戶俳壇畫壇的一代宗師。元文二年（一七三七），蕪村二十一歲，才華受到京都俳句名家宋阿（早野巴人）的賞識，追隨左右，詩藝大進。宋阿爲俳聖松尾芭蕉（一六四四—一六九四）的門人，品格超邁，作品清雅，蕪村朝夕親炙，受其薰陶，前後達五年之久，可謂儘得眞傳。寬保二年（一七四二），宋阿病逝，蕪村哀慟欲絕，每年都設奠追悼。安永三年（一七七四），蕪村五十九歲，正値宋阿三十三年忌，當時他的身體狀況並不很好，可是爲了紀念老師，還是費心安排出版了一本追悼集，並作序文，可見師徒二人的感情是多麼的深厚。

蕪村除了寫詩外，也專心於繪事，並發現二者之間有相通之處，非常嚮往中國文人畫「詩中有畫，畫中有詩」的境界。他早年用筆，近狩野派，後來精研「芥子園畫傳」（康熙十八年，西元一六七九年初次刊行），慢慢對董其昌所提倡的文人畫，有了興趣，於是筆下又多南宗風格。受了中國文人畫上題詩的影響，他也常喜歡以俳句題畫，別創「俳畫」一格，十分有名，深得論者推崇。

除了寫俳句外，他也能寫漢詩，也常以漢詩題畫，例如他在五十六歲時所作的「十宜帖」冊頁中「宜春圖」一冊，便有句云：

方塘未敢擬西湖
桃柳曾栽百十株
只少樓船載歌舞
風光原不甚相殊

由此可見他雖然沒有到過中國，但對中國文化，是多麼的嚮往。他四十幾歲以前的畫，落款多爲「浪華長堤四明」、「河南趙居」、「四明」、「四明朝滄」、「子漢」、「浪花四明」、「孟溟」、「囊道人蕪村」、「魚君」等；而晚年則多署純中國的名字如「謝寅」、「謝春星」、「謝長庚」等，筆墨漸趨野逸，取材也多以中國詩或中國風物爲主。如他有名的「峨眉山露頂圖」及「夜色樓台雪萬家」等，便是例子。

明末清初，中國有許多僧人畫家避難日本，對日本畫壇影響很大。例如釋逸然、隱元、大鵬、圓基、陳賢、范道生等，影響日本「南畫」甚大，在日本畫史上，佔有重要地位。雍正間，尹孚九等文人畫家，及沈南蘋等院體名家，東渡日本，使寫生畫及文人畫風行一時。尹孚九在享保二年至長崎，畫法近乎四王，大受日人歡迎，被譽爲「中國池大雅」。沈南蘋於享保十六年至長崎，爲日本大畫家圓山應舉推崇爲舶來畫家第一人，一時學者甚衆，畫法遍傳諸府。蕪村受時代風尚影響，早年曾對沈南蘋的畫勤加臨倣，對尹孚九的畫亦仔細揣摹。同時，他又研究陳霞徑、錢貢、劉俊、謝煥，甚至於南宋的馬遠、夏圭，力求多方吸取養分，並不拘於一家，能收能放，難怪後來成爲一代大師。

蕪村的畫，四十歲以前，多走工細的路子；四十歲以後，方才放筆爲大畫，常爲通景屛風巨製，氣魄宏大，攝入神魂。我在日本京都國立博物館，曾看過他的「倣王蒙山水」巨幅大屛風。此畫作於一七六〇年，正是四十五歲的壯年手筆，野逸奔放，與王蒙的細工，完全背道而馳，運毫落墨，精簡已極，完全是現代人的手法，眞叫人大吃一驚。後來，我曾寫過一篇「京都觀畫小記」，描述此畫甚詳，而蕪村筆墨中所含有的現代精神，至今仍留在腦海之中，揮之不去。

與謝蕪村畫作的最大特色，在以少勝多，以禪入畫，旣能正確把握主題對象，又能點到爲止，不露刻畫痕跡。他的俳句，與畫一樣，有異曲同工之妙，皆能平中見奇，凡裏脫俗。

例如上面舉的「菜花」一詩，寥寥十字左右，竟傳達出一種奇妙的詩境，功力深厚，惜墨如金，暗示多於說明，啓發多於解析，可謂深得禪家三昧。下面，讓我們來細讀其詩。

「菜花，西邊是日，東邊是月。」讀者由日月的位置，可知時間是在傍晚，夕陽西下，新月初昇，好一幅黃昏日月交映的景象。而小小的菜花，卑微的菜花，竟然在日月之間，居中而立。

日月是宇宙間至大至神之物，光華四射，照耀白天黑夜。菜花何物，怎麼可以與日月相提並論？品詩至此，讀者心中必然會出現一個畫面，那就是原野中間，有一朵小菜花，菜花的左方是日，右方是月。

菜花與日月，究竟有什麼關係呢？以一般常識來說，淸晨的菜花之上，必有昨夜的露水點點，可以滋潤花葉根莖。旭日初昇之後，陽光照耀菜花，與露水配合，可以助其茁壯長大。而黃昏時，一日之吸收生長，告一段落，正好在晚風之中，享受片刻清閒，準備迎接另一次露水的滋潤。沒有日月的循環，菜花不是太乾被曬死，就是太濕被淹死。因此，菜花雖小，也需要日月輪流照顧，才能生存。由是亦可見日月之大公無私，巨細靡遺，不以菜花之渺小微卑，而棄之不顧。

然而宇宙之大，品類之勝，作者什麼不可以選，爲什麼單選菜花呢？我們知道，菜花是田間最常見的植物，是一般百姓的民生必需品，價錢便宜，隨種隨長，既無奇矯雄偉之姿，亦乏艷麗絢爛之色，正是樸實然華，平易可親等德性的象徵。由此可知詩人描寫的角度，非常的低，低得幾乎和大地平行。世上其他種種高大之物，在詩人的眼中，都退出不見。只有菜花頂天立地，顯得十分突出。蕪村用如此低的角度來描寫卑微的菜花，是十分恰當的。因爲其結果，反使得菜花更形出色。

詩人故意選擇小小的菜花，置於畫面中央，用日月來做配襯，對比強烈，暗示豐繁，告訴讀者，菜花雖然平凡，但也是太陽月亮集中全力照顧培養的成果，自有其不平凡之處，不可輕率忽視。日月精華鍾情於一朵小小的菜花，揭示了上天寓偉大於渺小，藏榮華於樸拙的眞理。

讀詩至此，不免令人想起「新約」「馬太福音」中的句子：「你想野地裏的百合花，怎麼長起來。他也不勞苦，也不紡線。然而我告訴你們，就是所羅門極榮華的時候，他所穿戴的，還不如這花一朵呢。」而英國浪漫派大詩人布雷克在他的「天眞之徵兆」(Auguries of Innocence)中，亦有句云：

細沙裏觀世界
野花中見天堂

To see a world in a grain of sand,
And a heaven in a wild flower;

比較起來，蕪村的作品，更具禪意，更引人深思。因爲聖經中的說法，太過直接，囉嗦分析，形同說教。布雷克的手法雖然含蓄些，但仍然急於求證神蹟，忙於灌輸道理。蕪村既不說明，也不分析，他只是把三樣東西並列在一起，留下足夠的線索，讓讀者自己去探索品味，然後悟出其中道理。這種「平行並置法」，中國詩裏用的最多。西方要到二十世紀初，意象派興起後，才自日本中國學到此法，並有意識的勤加利用，爲歐美現代詩壇，翻出一層新的境界來。

我們如果能從繪畫構圖的觀點，來讀此詩，則另有更高妙的體會。但見菜花居中，日月分在左右，一陰一陽，照顧小花一朵，好像一幅東方傳統的全家福畫像，父在西，母在東，小孩居中站，在二老膝前承歡。如月是滿月，則更能象徵闔家團圓之樂。

此外，詩人對時間的選擇，亦值得一提。日月互見，出現在早上，也出現在傍晚時分。晨曦乍現，萬物初醒，正是一日工作之開始。夕陽西下，明月東昇，卻是荷鋤歸家之時。在時間上，蕪村之所以選擇黃昏，是因爲農人在一日辛勞之後，正好全家和樂團聚，一幅溫馨景象，最能表現父母親子之愛。

以上，我們從時間、地點、角度、構圖等繪畫的觀點來看此詩，可幫助大家發掘詩中一些不容易看出的奇趣。可見蕪村寫詩，與他畫畫，是有密切關係的。我在民國五十八年時，曾畫過一幅「日升月恆圖」，把日月並置於畫面之上，構想與此詩相似。三年後，我留學美國，在圖書館中讀到這首小詩的譯文，立刻心感神動，別有一番深刻的體會。可見詩文的領悟，有時也靠機緣。

蕪村一生，畫法很多，或水墨或設色，都很精彩動人。他畫中取景，多半是村野常見的題材，並不求奇求怪。平凡的風景經過他筆墨點染，位置經營之後，便立刻顯露出特色來了。他的詩也是如此，表面看來平淡，殊不知這平淡背後，卻有一番十分深刻的見解及認知，動人心弦，沁人心脾。

與謝蕪村的詩畫，有時候，就像那小小的菜花，初看不起眼，細味後，方才發現，其中竟有一股巨大的力量在運行，如日如月，元氣充沛而又淋漓盡致。今後希望有心於日本文學的學者，能多翻譯一些蕪村的作品，讓我們有機緣，享受更豐富的心靈食糧。

詩畫與攝影：隱形藝術家

東坡居士「書摩詰藍田煙雨圖」云：「味摩詰之詩，詩中有畫，觀摩詰之畫，畫中有詩。」從此，「詩中有畫，畫中有詩」的理論，不脛而走，深受畫家、文人的喜愛，流傳至今，歷久不衰。事實上，上面那段話，如只從表面來解釋，是似是而非的。因爲，仔細想來，何畫不可題詩？何詩不可入畫？

馬遠、夏圭、沈周、石濤的團扇册頁，固然十分容易引起詩人的興會，題詠吟誦；但張擇端、趙伯駒的清明上河、樓閣界畫，賦詩題句的人，亦比比皆是。李白的「燕草如碧絲，秦桑低綠枝」意象甜美，彩色誘人，當然可以提供一副艷麗的春景；杜甫的「皇帝二載秋，閏八月初吉」，雖然乾燥枯澀，質樸無文，但也可以提供一副蕭蕭的秋景。以這種角度，來說「詩中有畫，畫中有詩」，豈不大謬。本此，我們必需從更深的層次，來看詩畫關係，才能得坡公妙語之神髓，得詩畫關係之正解。

我想，詩與畫的關係，原不在是否能相互註釋。不是說詩中有松，畫裏也必來上一棵；或是畫中有美人，詩中就立刻補上一個。詩與畫如果有相通的地方，當在兩者所採用的手法及蘊含的精神上。並非所有的畫都有詩意；而詩篇中，也不是每一句每一聯都可入畫。宋陳善「捫蝨新語」有一則故事如下：「唐人詩有『嫩綠枝頭紅一點，動人春色不須多』之句。聞舊時嘗以此試畫工，衆工競於花卉上粧點春色，皆不中選。惟一人於危亭縹渺，綠楊隱映之處，畫一美婦人，憑欄而立，衆工遂服。此可謂善體詩人之意矣。」「嫩綠枝頭」一聯，在手法上，是簡約的描寫春色，不汲汲於刻劃萬紫千紅，用心全集中在枝頭一點；在精神上，則是暗示大於陳述，所謂「動人春色」，不單是指自然的現象，同時亦影射人類的活動。畫家體會詩中精意，不直接畫那枝頭一點紅色，而間接寫綠楊危亭上的美婦，暗示出「動人春色不須多」的主題。在取景上，此畫亦是簡約高妙之至。因爲，要想美婦在綠楊隱映處，而又能引人注意，則危亭是最好的安排。危亭、綠楊、美人三者缺一不可，此外並無他物，主題突出明顯，結構精簡適當，可謂充滿了詩的構想。

因此，我們在論到「詩中有畫，畫中有詩」時，必先考慮二者在技法上是否都尙簡約？在精神上是否都求暗示？具備這兩大要素，方才可以論到其間是否有相通之處。詩家作詩，講究的是抒情性的「弦外之音」，畫家用筆，追求的是抒情式的「畫外之意」，惜墨如金，本是畫家的信條，鍛字鍊句，原是詩人的根基。詩畫如欲相提並論，必須從這兩方面著手著眼。

至於不在此範圍內的作品，例如敍事詩故事畫之類的，也就不必濫引套語，硬相湊合，因爲藝術的天地本是寬廣的，不一定要「詩中有畫，畫中有詩」，方是好詩好畫。(註)

詩人與畫家，都是藝術家。對藝術家來說，創作的工具誠然重要；但，在工具的背後，是否有一個具有創造性的心靈，來指揮那些工具，更是重要。文字符號與彩色線條，當然有許多差別，可謂各有各的世界，各有各的範圍。但在創造性的心靈之推動下，這兩個世界，常會有重疊相合的地方。因此，詩畫合作，不但是可能的，有時，甚至是必要的。在創造心靈的指引下，詩人用文字符號去表現他的情意，至於書寫文字的工具是毛筆或原子筆，並不重要；然而，當畫家用線條彩色說話時，繪畫工具如果改變，常常會引發出新的繪畫語言。這一點是詩畫最大不同的地方。例如在科技發達的今天，除了紙墨布油外，攝影軟片也能夠創出精彩動人的作品，大大的拓展了藝術的領域。好的攝影作品，在構圖造型上，力求適當的精簡與剪裁，在主題意象上，亦力求暗示與含蓄。凡此種種，皆與繪畫相通。在現代畫家的手中，攝影機早已變成另一種形式的畫筆。我們看看目前許多普普、歐普，及超寫實主義的作品，便可明白。

我與董敏合作的「隱形藝術家」這本攝影詩畫集，便是在上述認識下，所產生的。詩，不是攝影的解說，攝影，也不是詩的插圖。兩者在相互闡釋，相輔相成之餘，又各自為政，獨立自主。不過，雙方在主題精神上有又異中見同之處：那就是從工業走向自然，從機器走向人，從冷漠走向關心，從過去走向未來。

世上熱情的人很多，富同情心的也不少，但並不能因其澎湃的熱情，豐富的同情而成為藝術家。藝術家之所以能成為藝術家，是在他不但能抒一己之情，而且還能為他人代言。但無論是為個人抒情也好，為大衆代言也罷，在表現上，含蓄都是絕對必要的。不然，前者易於變成私人日記，後者容易淪為宣傳吶喊。兩者都只能迷惑人於一時，不能感動人於永久。不過，無論藝術家如何表現，要想把自我從作品中完全消滅，也是不可能的事，事實上也不必要。完全沒有我的作品，與滿幅都是我的作品，都是不可能，不可親，不必要的。藝術家應該時時提醒自己，儘量把自我隱藏起來，儘量讓事實或作品本身，去發揮其力量。藝術家當隱身於萬事萬物之中，與之合而為一，使萬事萬物的特色與他自己的特色，相融相混，然後變得更有力，更深刻，重新顯現在讀者與觀衆的眼前。

註：像宋張擇端的「清明上河圖」，清丁觀鵬的「太平春市圖」，以及院畫裏的「新豐圖」等，都與文學中的敍事文類相近，拿來與小說散文相提並論可也，不必硬與詩——尤其是抒情詩——扯上關係。

詩與繪畫：人間多情詩畫傳

人類在語言體系尚未發展成熟時，表達思想感情的方式，是多元而相互爲用的，其間的關係，密不可分，其最基本的元素有四：一是符號，二是聲音，三是身體動作，四是外在實物。所謂符號，包括文字符號，具體的圖畫，抽象不特定的符號或記號……等等。所謂聲音，包括各式各樣長短不同的變化聲音，與文字符號相應合的聲音……等等。所謂身體動作，包括配合聲音及符號的動作在內，或實用，或非實用……。所謂外在實物，包括自然界中的實物以及經過人爲加工的物件在內。

上述四種元素，在語言體系形成的過程中，也分別有不同程度的發展，其間的關係，是各自獨立但又相輔相成，隨著時間的發展，愈演變愈複雜。文字符號與聲音結合，形成文章語與口語兩大類別。具體的圖畫與外在的形象結合，形成了繪畫傳統。身體動作與文字，聲音結合，成爲歌唱舞蹈。外在的實物，在人的巧手下，形成了日常器物及雕刻的藝術傳統。在日益複雜分工的社會裏，上述各種元素之獨立，是必然的。但其間錯綜複雜的關係，卻永遠存在。各個元素之間的獨立性與相關性，是相對的，而非絕對的，因爲這些元素已成爲人類思考模式的一部分，在潛意識中，仍然是連成一氣的。

以文學中的詩歌爲例，從名稱上看，便知其與音樂有密切的關係。繪畫線條的起伏飛動，也可與音樂互通聲息，甚至連建築，都有人稱之爲「凝固的音樂」（哥德語）。在中國藝術中，除了上述種種藝術類型外，還有書法一項，把文字、音樂、繪畫融合成一體，眞可謂神完形具，意象兼備了。

從藝術的發展史觀之，歷來各種藝術總是不斷向獨立的方向邁進，儘量想要擺脫其做藝術類型影響。詩要擺脫音樂，音樂要擺脫歌詞……等等，各種「革命」，不一而足。可是，革命過後，要不了多久，便又會有「復古」「合一」的口號提出，把前人革命的心血，抛到腦後。以新詩爲例，在民國四十年代，紀弦曾大聲疾呼，說：「詩是詩歌是歌我們不說詩歌」（見「紀弦論現代詩」，藍灯，台北，民國五十九年，頁一〇一一一、四十四年秋作）。可是到了民國六十四年，民歌手楊弦開風氣之先，把詩人余光中的作品譜曲演唱，在中山堂舉辦盛大的發表會，同時並出版「中國現代民歌集」，使得詩歌再度携手合作，爲詩爲歌，都開出了新的道路與機運。

由此可見，人類在表達情思時，原不必一定局限於某種藝術類型。各種藝術型之分合，當以新鮮生動而又深刻感人的表現爲歸依。這正應了「合久必分，分久必合」的道理：在分合之際，只要是深刻、獨創而不因襲的作品，必定會受到後世的肯定。

中國的詩畫傳統，始於梁元帝。「南史」（唐貞觀年間李延壽撰）梁本紀第八、元帝條有云：「帝工書善畫，自圖宣尼像，爲之贊而書之，時人謂之三絕」（見「百納本二十四史」、台北、商務印書館，頁一二一二九），這是有關詩書畫三絕最早的記載。其中所謂的贊，多半是用韻文寫成的詩。

詩畫發生關係，其源甚古。戰國時代，晉書「束皙傳」云：晉太康二年，汲郡襄王墓掘，出「竹書」七十五編中，有「圖詩一篇，畫贊之屬也。」以四言韻文爲之。逮至漢代，宮殿粉壁上畫有功臣烈士之像，亦偶有題贊，謂之「像贊」，也就是後漢蔡質之「漢官職典儀式選用」中所說的：「尙書奏事於明光殿，其中畫古烈士重行書讚。」

魏晉南北朝之前，除了畫贊、像贊、佛像贊（梁元帝所爲屬之）、繡像贊等，還有一種詠畫詩出現。例如北周庾信的「詠畫屏風」，便是例子。而所謂的題畫詩，要到唐朝才有，沈德潛「說詩晬語」中認爲老杜首「開此體」。而現存最早的唐朝題畫詩（詩圖並見者），以傳爲盧鴻所作的「草堂十志圖」爲最完整。唐朝以後，題畫詩漸盛，至宋元而達顛峯，由明而清，流傳不輟。

除了畫贊、題畫詩外，還有一種以散文題畫的，稱之爲「題畫記」或「畫跋」。「畫記」始於晉顧愷之的「畫雲台山記」，到了唐朝亦很盛行。王維很少爲題畫詩，但畫記卻寫的不少。

畫跋興起較晚，現今可考之最早者，是晚唐的「盧鴻草堂畫跋」（見宋葉夢德「避暑錄話」。）到了宋朝，畫跋大盛，許多人專心於題跋之寫作，例如「廣川畫跋」、「海岳題跋」、「東坡畫跋」……等，便是例子。而題畫詩，到了南宋中葉，也有專集出現。其中最有名的是孫紹遠的「聲畫集」八卷（有孝宗淳熙十四年之序），收錄的全是與畫有關的詩。到了清朝，有姜紹書編「無聲詩史」，蒐集的全是與詩有關的畫。可見詩畫關係，一直密切非常，牢不可分。

題畫文字，又可分爲自題與他題兩種。前者自畫自題，或詩或文，或說理或抒情，充滿了個人的特色與性格。後者則畫前人或同時代人的詩文意境，或把詩文題在他人的繪畫之上，也是詩文並用，情景互見。至於恰當與否，還要看文字與繪畫之間的內在關係。以古人名句入畫，不一定必得好畫；題古人名畫以新句，不一定必成好詩。至於自畫自題，也不見得就一定張張精彩，首首皆妙。

一般說來題畫文學的類別有二，其一是說明性的。例如畫家畫一匹馬，題曰：「神駿圖」。這種方式，近乎「看圖識字」。如果畫家同時也是名書家，那「神駿圖」三字，可能是書法佳構，值得獨立欣賞。或者，此三字在畫中的位置特殊，成爲構圖的一部分，也能使全畫生色不少。當然，有時候書法未必佳絕，但如能與構圖配合得恰到好處，亦別有一番意趣。此外，這種說明性的「文字」或「題目」，也可以是一句詩，例如「駿馬出天池」之類的，句法雖是五言，但內容並無詩味，只是韻文一句耳。至於以畫論、感想，以及他有關該畫的背景資料去題畫，也都屬於這一類型。

其二是暗示性的。例如「野渡無人舟自橫」，有強烈的言外之意，暗示出一種「靜」，一種「悠靜」或「寧靜」，與「有人」時的喧譁，產生對照。如果畫中的景物也能讓觀者產生「寧靜」、「悠閒」的聯想，領悟到其畫外之意的話。那我們便可說，這是「詩中有畫，畫中有詩」了。元朝以後，有些畫家在畫上題一篇抒情小品文，有時也充滿了「言外之意」，如能與畫中景物搭配得宜，亦可算得上是「詩中有畫，畫中有詩」。

總之，說明性的題畫以解釋、說理、記事爲主，暗示性的題畫以抒情、含蓄、象徵爲主，兩相比較，前者直陳，後者曲折，只要相互配合得宜，都可成爲上乘的藝術佳構。論者應當分清其間之差別，不可一律讚之以「詩中有畫，畫中有詩」。因爲即使是敍事詩，其中暗示的成份仍大於歷史故事，議論與抒情分屬文學中兩個不同的範疇，觀畫賞畫評畫者，不可不察。

宋元明清以來，以詩入畫，因畫題詩者，不知凡幾，而眞能詩畫雙絕的藝術家及藝術作品，則少之又少。民國以來新詩人才輩出，其中亦不乏擅長丹青的妙手，早期新詩人，以能畫知名者，有聞一多、李金髮等；中年一輩的有趙二呆、紀弦、黃永玉、覃子豪、商禽、管管、碧果、楚戈等，年輕詩人中，能詩擅畫的更多，有席慕容、林煥彰、王愷、王祿松、胡寶林、白靈、德亮、李男、羅智成、沈臨彬……等等，他們所畫的方式，不再只限於水墨，各種新的媒介材料及方法，紛紛出籠，在思想條技巧上，都有很大的突破。可見中國詩畫傳統到了二十世紀，並沒有斷絕，反而有一番新的面貌，呈現出來。歐美詩人中，詩畫雙絕的，也不乏其人，例如浪漫時代的英國詩人布雷克，超現實主義時期的法國詩人高克多，現代主義時期的美國詩人康明斯等，都是有名的例子。不過，像中國詩人這樣，一代又一代連續不斷的出現在西方，則絕無僅有，不太常見。由是觀之，詩畫相發的傳統，確實是中國文化的一大特色，即使是在二十世紀的今天，仍然值得大家繼續努力繼承發揚。

詩與民歌

上篇·談歌詞的創作

近幾年來，國內的藝術活動，出現了空前繁榮的盛況。報紙每年都舉辦，各式各樣的文學獎；畫廊如雨後春筍，到處林立；音樂會、演唱會也接連不斷，座無虛席。這兩個月，臺北市舉辦「音樂季」活動，有舞劇、歌劇、演奏、獨唱，把音樂活動帶入高潮。在這樣的局面下，現代民歌的出現與茁壯，打破了二十年來，新詩與歌曲分家的隔離狀態，形成了一支十分特殊的異軍，值得大家注意。

「現代民歌」出現至今，不過短短四年。但其間變化快速，新陳代謝，自有一番生長與成熟。「現代民歌運動」，是民國六十四年，歌手楊弦開風氣之先，把詩人余光中的作品譜曲演唱，在中山堂舉辦盛大的發表會，場面熱烈，成功非常；之後，由洪建全教育文化基金會資助，楊弦出版了他第一張唱片「中國現代民歌集」。於是「現代民歌」一詞，不脛而走，受到大衆的注目。

接著，由於大家對「民歌」一詞的界說不同，展開了一場小小的論戰。許多名詞如「新民歌」、「校園歌曲」、「創作歌謠」……等等名詞，紛至沓來，意欲取代「現代民歌」。老實說，我認爲「現代民歌」一詞，光明正大，名副其實。其他一切吵吵鬧鬧的新名稱，似乎都是多餘的。今後大家如欲繼續朝這條道路發展下去，首先非了解「現代民歌」這四個字的精神不可。

所謂「現代」，以世界歷史的觀點來說，是指西方產業革命以後，所進入的工業化時代；以中國歷史觀之，則是指專制推翻，民國成立以後的這段時間。民國雖然成立，但因軍閥亂政，日本侵略，共黨猖狂，中國始終沒有辦法成爲一個現代化的工業國家。這個困境，一直到最近十幾年來，方有重大的突破。民國三十八年，國共戰爭轉劇，造成了國家分裂的局面。國民政府遷臺後，於安定民心厚植國力之餘，更努力發展科學，繁榮經濟，使臺灣迅速邁上工業化的道路，成爲全中國現代化的楷模。因爲國際貿易及工業化的關係，國民生活的內容有了基本的改變，所謂現代化，已成了大家日常生活的一部分。表現現代國民生活與情思的歌曲，當然應該稱之爲「現代」民歌，理由正當，誰曰不宜。

再談「民歌」。「民歌」在古代本屬於民俗藝術的一環，與廟堂文學相對，最是自由活潑不過。有什麼樣的民，就有什麼樣的歌，歌的內容與形式，是與時推移，順流而變的。時至現代，民的產生方式與內容改變了，歌的創作方法與內容，當然也該變。何謂現代國民呢？現代國民的特色如下：一、受過全民基礎教育，對國文、歷史、地理、算數、外文……體育、音樂等等學科，都有一個大概的認識。這在古代，可謂根本不可能。二、在現代化的工業社會中，能夠利用各種科技成果，享受各種藝術的表現。現代社會中，傳播事業發達，音樂產生的方式，比古代要多上千萬倍。現代一般人對音樂的知識，亦比古代豐富。現代的民歌，是由具有現代內容的人民來創作，其結果，當然會與傳統民歌大異其趣。

老實說，因現代社會型態的急速改變，產生古代民歌的環境已經消失。古代民歌產生的基本要件之一，是在簡樸的生活與工作之中，以口頭方式，發表自己的歌唱天才，娛樂自己取悅大衆。故山歌、採茶歌以及其他工作歌等，口口相傳，最爲發達。現代的採茶姑娘，只要手提電晶體收音機，自哼自唱卽可，不必再費力由口頭向別人學習歌唱。古代的人民，也並非個個都是天才民歌手，誰能夠完全不學，一出口就是詞曲俱美的仙樂呢？「現代民歌」，不妨產生自現代社會的各個階層，士、農、工、商、軍等等，都應該有創作產生。不過，由於現代人民的音樂水準提高，「現代民歌」的製作，相對的也要提高，專業化的傾向是無法避免的。我們無法期望一個毫無專業訓練的普通人，開口一唱，就唱出來音義皆妙的歌曲，道出現代人的心聲。

中華民國的國民及社會，都已經現代化或正在現代化的道路上邁進，中華民國的民歌，當然應該從這個大環境中產生。誰要是再抱著民歌的舊定義不放，誰就是抱著枯骨，在唱死亡之歌，這種頑固守舊的論調，是注定要被潮流沖刷乾淨的。

因爲社會現代化，傳播商業化的關係，流弊亦隨之而來。民歌的創作被少數人利用成純商業的行爲，無法再傳達社會上各個階層的心聲。同時，日本、英美的流行歌曲，在此間的傳播界，也氾濫成災，喧賓奪主，造成了許多畸形的發展。因此，「現代民歌」的興起，正可針對這些不良的現象，奮鬥糾正一番。「現代民歌」並不排斥現代化的大衆傳播，也不反對歌曲商業化。相反的，「現代民歌」正是要正確利用，上述兩項現代社會的特質，把現代社會人民的生活與情思，深刻有力的傳達出來，以求共鳴。同時，「現代民歌」也要擴展傳播的方式，多多用各種不同的形式與大衆結合在一起，一掃工業文明所帶來的弊病與缺失，希望能達到引導商業，而不被商業控制的目的。

自從楊弦舉辦中國「現代民歌演唱會」以來，國內吹起一陣自覺的春風。許多年輕人紛紛感到，中國人應該唱中國人寫的歌，而中國人寫的歌，又必須與廣大的聽衆與社會結合在一起，反映我們這一代的喜怒哀樂，以及種種切身而又教人關心的事物和問題。楊弦的歌之所以能夠引起這麼大的反響，究其主要原因，是他的歌曲與余光中的詩，能夠正確把握「現代民歌」的精神與特色。其中突出的，有下列幾點：

一、余氏的詩，反映了近幾十年來中國人的切身感受。而其表達這些感受的方式，是通過現代社會大家所熟悉的事物、語言及經驗，以不落俗套的表現手法，將之傳達給聽衆及讀者。例如他在「鄉愁」一詩中把「鄉愁」比喻成「一枚小小的郵票」或「一張窄窄的船票」，充滿了現代感及新鮮感，十分驚人而醒目。

二、楊弦的曲，充滿了個人獨特的風格，雖然在某些地方受了西洋音樂的影響，但大體上說來，創作多於模仿，給人一種親切而又新鮮的感覺。他剛一起步，便有如此成績，眞是十分難能可貴。從這一條路發展下去，將來勢必會創造出一種現代中國風的歌曲。這種充滿個性而又悅耳動聽的歌曲，正是目前所急需的。

三、楊弦除了能自彈自唱外，還能自己作詞。這樣一來，演唱者與聽衆的感情距離，無形中縮短了許多，「眞誠感」大增。歌手不再是唱歌的機器，因爲他能夠深切的了解歌的內容，並知道應該如何演唱，才能把歌詞的精神完全表達。這種「眞誠感」，正是一般過分商業化的打歌歌星，所缺乏的。

由是觀之，歌詞的內容反映大家切身的感受，歌詞的表現技巧不落俗套；歌曲的風格獨特而又引人，歌者的表演眞誠而又巧妙……等等，可能是中國現代民歌發展的重要條件。當然，要達到上述所提出的標準，並非說說就可以辦到的。因爲技巧與內容往往是渾然一體，密不可分，歌詞的創作與歌曲的編寫，都需要有相當專門的知識，才能達到理想的境界。而目前，這兩方面的人才，均不算豐富，在短時間內，亦沒有大幅度改善的可能。因此，加倍努力、摸索、實驗、創造，仍是當務之急。「現代民歌」在過去四年中，誠然有許多變化與進步，唱片也出版了十幾張。但這起步階段的變化與進步，距離眞正的成熟期，還有一段艱苦的道路。有志於從事這方面工作的人，如不及時相互團結，互通有無，努力精進，彼此砥礪的話，則永遠沒法擺脫「萌芽階段」的幼稚與青澀。

「民歌」屬於民間藝術，本當自由發展，少加干涉；讓時間及民衆來決定，何者爲優，何者爲劣。但因爲現代人民的音樂水準提高，鑑賞水準不俗，「現代民歌」要想在「現代社會」生存，如不努力改進，自求多福，遲早要遭到被人淘汰的命運。在此，我希望國內的詩人、音樂家，以及對歌曲創作和演奏有興趣的人，能夠團結在一起，發掘好作品，唱奏好作品，進而創作好作品；使有藝術價值的東西，能在吸引人、娛樂人的原則下，傳播出去；使今後的中國人，都能多聽多唱，中國人自己的歌。

我自己曾經和楊弦合作過一首中國人自己的「生日歌」。其目的就是想讓上述的憧憬，通過實際的行動，實現出來。歌本身的成敗倒是小事，主要的是希望大家能在這方面有所覺醒，從而創作出眞正能爲中國人喜愛，而又能朗朗上口的中國「生日歌」。對歌詞的創作，我本是外行。初稿寫成後，竟多達二十一行，原詩如下：

親友羣聚如樹木成林
手臂互握如枝葉含苞

生日
就是重生的日子嗎？
就是生生不息的意思嗎？
就像老樹每年變更發芽的儀式
就像花朵重新編輯春天的內容

吹熄羣星似生日蠟燭

捧起太陽似生日蛋糕

生日
就是吹熄舊有夢想的日子嗎？
就是捧起火燙現實的意思嗎？
就像苦樂媾生的時間重新出世
就像善惡互鬥的思想生生不息
花朶明滅如林木起落
太陽起落如星羣開謝

生日
就是慶祝快樂幸福的日子嗎？
就是擁有希望遠景的意思嗎？
就像你對你的父母朋友妻子兒女
就像你的兒女妻子朋友父母對你

像這樣的歌詞，長長短短的句子太多，本不宜譜曲，卽算是譜成了，也不宜做「生日歌」的歌詞。管他內容再豐富，技巧再新鮮，都不成。因爲「生日歌」的對象是男女老幼智賢愚不肖，包括了社會各個階層的人物，歌唱時宜輕鬆愉快，簡短有力，像上面那樣的歌詞，病在內容太過幽深冗長，當成詩作欣賞可以，要大家都來唱，那是萬萬辦不到的。

於是我重謀新篇，以簡短莊重而不失其趣味性爲原則，寫下了八行歌詞：

大家來慶祝你的生日
祝你幸福又健康
我們手拍手一起歡唱
唱出希望和遠景

深深東海爲你畫白雲
白雲變作白鶴，銜來蟠桃紅
高高南山爲你塑青松
青松化成青龍，引出路萬里

此詞首段是通俗的現代祝辭，平淡易記，了無新意。次段則把「福如東海，壽比南山」的傳統祝辭，加以變化，然後用中國人都熟悉的祝壽之物：如松鶴蟠桃等，加以重新組合，產生新義，以補首段平淺通俗之不足。

此後，我又與李泰祥等作曲者，合作過幾首歌，對歌詞的創作，尤其是對把新詩改成歌詞的方法，有了一點點心得。特此略述一二，以就教於方家。近二十年來的新詩有一個特色，那就是語言過分濃縮，意象出奇入玄。有時一句話，濃縮成只能用眼睛閱讀的程度，如果用嘴巴唸出來，則根本無人能聽懂。例如楊弦譜余光中的「迴旋曲」一詩，就有如下的句子：

琴聲疎疎，注不盈
清冷的下午，雨中
……
泅一整個夏天
……
仍展著去年仲夏的白豔

其中第一二句的「注不盈」，如改成「無法注滿」，或「疎落的琴聲，注不滿／清冷的下午」，則比較容易聽得懂。「泅一整個夏天」聽起來很像「求一整個夏天」，如改成「游了一整個夏天」，就不容易發生誤解。「仲夏」有如「種下」，「白豔」有如「白燕」，不如改成「夏天」及「純白」。把詩改編成詞時，只要不違背原意，應該盡量將詩中濃縮的字詞，化成複合音節的通俗用語，以利吟唱，以便了解。

中文裏有許多同音字詞，如加以濃縮，只是看，還看得懂，如果要唸唱起來，則易生誤解，必須修改。例如胡寶林有一首感人異常的詩「三代華僑」，其中有一句是「祖父婚後」，唱起來，則聽不出是「渾後」或「昏後」，絕對有必要改成「祖父結婚以後」，以免誤會。

歷來的民歌，多以生猛潑辣，新鮮活潑爲主，充滿了野性的力量，時有幽默之調，奇絕之筆。當然，其中柔和甜美的歌曲也有不少。不過「現代民歌」中，到目前爲止，大部分都以柔和甜美的情歌取勝，充滿了憂鬱凄迷之音，少見剛陽豪放之調。因此，「現代民歌」歌詞的創作，還應該多多向傳統民歌學習。

依我看，「現代民歌」目前最缺乏的，是奇警幽默而又充滿生活情趣的歌詞。傳統民歌則不乏這方面的作品，很值得我們參考。例如有一首雲南民謠，詞句簡單，卻妙得天趣，讀後令人莞爾不已：

太陽天天西邊落
太陽天天西邊落
太陽天天西邊落
一落落了一大堆

如此神來之筆，有一點近於兒童詩，非有高超的想像力及大膽的心胸，不能爲此。像這樣奇警新鮮的句子，你想不記住都不行，吟唱起來，自然容易得到聽衆的共鳴。下面這首湖南民謠，則是一個細心體會生活後，以生動活潑的手法來表達的例子：

水漲了，鯉魚上梁
大的有大草鞋那麼大
小的有小草鞋那麼小

這大小草鞋的比喻，正是民間本色，十分有趣而生活化。文人筆下，很難寫出如此淳樸天眞，趣味盎然的句子。像這樣充滿生活情趣的歌詞，也是我們當前所需要的。下面這首湖南民謠，則表現了人性中較野俗狂放的一面：

天上起雲雲重雲
地下埋墳墳重墳
嬌妹洗碗碗重碗
嬌妹床上人重人

不過，我們若以文學批評的眼光看來，這可能是一首不可多得的好詩，裏面包含了食色、死亡、再生等等原型，十分值得仔細分析研究。就以文學技巧來說，開頭一句「天上起雲雲重雲」除了有「興」的作用外，在意象、動作上，又與全篇呼應，手法特殊，與「詩經」的創作手法遙遙呼應，值得注意。

在此，我無意提倡俚俗的歌詞，但歌詞的句法，應該千變萬化，依照中文的特性，多多創新：一方面力求內容涵意深刻有味；另一方面，則力求詞句流暢易誦，達到深入淺出的目的。事實上，有些民歌歌詞的特色，就是初唱十分平淡，多唱幾遍後，隱藏在詞中的言外之意與趣味，方才浮現。例如綏遠民謠「小路」，就是這類歌詞的典範：

房前的大路，哎！卿卿你莫走
房後邊走下，哎！卿卿一條小路
哎！卿卿一條小路

此詞初讀，平淺無味，反覆吟唱後，才發現那條「小路」頗有問題。歌中主角的關係，似是未婚男女的戀愛，也像已婚男女的偷情，含蓄神秘，一唱三嘆，風韻絕佳。一首情歌用這樣間接又間接的方式來表達，不但反映了農業社會保守含蓄的特質，同時也增加了藝術作品的趣味。我曾經寫過一首詩，題目叫「星、星、星星」，用的就是類似的手法，後來李泰祥將之譜成歌，在今年八月發表。原詞如下：

昨夜不知不覺
逝去的露水
今夜，又悄悄的回來了
回來了，回來了
又悄悄悄悄，回到我
不知不覺的臉上來了

此詩初讀平淡，多讀幾遍，便會從露水、淚水與星星的關係，省悟到天空、草地與臉的關聯。「不知不覺」同時也可以做「毫無感覺」解，「毫無感覺的臉」則與「死亡」有關。這樣的歌詞，對不習慣深思的人，只是一首小品；對喜歡深思的，則可提供好幾層不同的境界。「星、星、星星」譜成歌後，成功與否，是一回事，但這類寫詩手法的探索，卻是值得大家注意探討的。

在「現代民歌」的歌詞創作者中，楊光榮最注重吸取傳統民歌的優點，兼及社會現象的批評；王夢麟則偏向反映當前的社會問題，並描寫現代生活的情趣；吳楚楚重視古典詩與白話詩的改編；楊弦則創作改編齊頭並進。我上面的一些雜感，只是我個人從事歌詞創作時的一點心得，特此寫下，供對這方面創作有興趣的朋友參考。

我想，除了「生日歌」外，我們也應該有自己的「結婚進行曲」，以及其他各種在公衆場合裏演奏的歌樂，例如頒獎時的奏樂等等。當然，這些歌曲的編寫，都應該把握現代中國人的感覺及節奏才好。莊嚴的作品要能夠清新動人，叫大家的耳朵爲之一新；輕鬆的作品要能夠活潑感人，使大家的心靈爲之一寬。歌曲如能擁有這兩個要件，必定會受到大衆的喜愛，而流傳廣遠。讓我們大家來創作清鮮活潑又深刻動聽的歌曲，爲我們自己的時代做詩歌的見證。

下篇·從「答案」說因由

過去幾年來，每次做有關新詩的演講時，總會遇到一個問題，那就是古典詩容易背誦，而新詩則不然。言下之意，好像是說，新詩既然難以背誦，又怎能與古詩分庭抗禮呢？

這種質疑，仔細想來，也確實並非全無道理。不過，古詩雖說是易背易誦，但也只限於「絕句」或「律詩」之類的短章，若遇到長篇的「古風」或「排律」，那頂多也只能背上兩三句罷了。詩之所以能夠容易背誦，主要是靠其形式篇幅短小精悍，意思排比生動有力，意象用得鮮活不俗，押韻寫得自然可喜；新詩如能符合這個標準，照樣也可以讓大家朗朗上口。

於是，我便花了兩三年時間，選輯五四至今，新詩人的短詩三百另五首，編成「小詩三百首」一書；並寫了萬字導言，說明小詩寫作的要件，希望詩人多寫精簡專一的小詩，讀者多讀多記，時間一長，自然也就能夠背誦，其中一些與自己生活性情相關的佳句了。事實上，五四初期的周作人，也有類似的看法。他有鑑於新詩草創之初，大家寫出的作品，難免流於一清如水的大白話，便大力提倡小詩，希望新詩人能從鍊句開始，把詩篇寫得濃縮而耐人咀嚼回味，精簡而值得反覆細讀。

除了編書之外，我自己也試著寫了一些小詩發表；並且在「草根詩月刊」上，策劃了兩期「小詩專號」(民國六十五年五月六月)，掀起了一陣寫小詩的熱潮。當時，由楊弦發起的現代民歌運動，正如火如荼的展開。民國六十四年六月，他在中山堂舉辦「現代民謠創作演唱會」首度把民歌與當時的新詩結合在一起，例如楊牧的「帶你回花蓮」、「你的心情」，余光中的「搖搖民謠」、「西出陽關」，都被他化成優美的旋律，以全新的形式，打動了聽衆的心，化解了一般人對現代新詩的排斥心態。此後，利用現代新詩譜曲的人日益增多。而與長詩比較起來，短小精悍的小詩，自然是比較容易譜曲的。於是，一夜之間，新詩中的小詩，便與民歌運動，密切的結合在一起了。

我所寫的小詩，被譜成曲的有很多，其中最出名的，還要推李泰祥所譜的「答案」，由齊豫演唱，新力唱片出版。此歌不但在臺灣地區流行，香港、新加坡及中國大陸，也有傳唱，甚至還有許多討論的文章出現。全詩只有短短的兩句，分成四行：

天上的星星爲何
像人羣一般的擁擠呢

地上的人們呀！又爲何
像星星一樣的疏遠

李泰祥頗能把握詩中舒緩而清冷的調子，化現代社會的冥思，成幽深無奈的歌曲，一唱三嘆，緜密而清勁。齊豫的聲音，有如棉花中暗藏鋼絲，時而在棉花中隱沒，又不時在棉花中突然拔出。短短兩句，重複再三，結尾則有餘音裊裊之緻，十分動人，深獲我心。

我對過去農業社會所產生的民歌，曾經下過一番工夫研究。發現只要是流傳下來歷久不衰的作品，無論新舊，都有下列幾個特色：一、新鮮活潑，二、含蓄暗示，三、出人意料之外，有思考上的懸疑。例如「一條小路」、「西風的話」……等等。我的「答案」，當然無法與過去的傑作相比，但在寫作之時，上述標準及條件，隱隱約約存在我的腦海之中，雖不能至，心嚮往之。

詩與聲音：用聲波出版情思

1

一般說來，詩的發表方式，有下列三種：

(1)印刷在紙上，以書報雜誌的形式與讀者見面。

(2)書寫或雕刻在有關的繪畫雕塑器物之上。

(3)用聲音的方式傳播宣揚。

第一種方式，是最基本的，也是最自由的。從遠古詩經到近代的新詩，主要是靠書本形態的抄寫印刷，才能流傳至今，既不受時間也不受空間的限制。詩經要不是經過孔子的編訂，漢儒抄刻，又那能如此順利完整的保存到現在？

第二種，則在空間、時間上，都有所限制。題寫在繪畫上的詩，讀者一定要看到那張畫才行。如果畫幅盡毀，則詩心定亡。至於刻寫在浮雕器物碑石上的詩，時間一久，也容易在兵荒馬亂中消失，最後只能在博物館裏，看到幾件樣品。這種發表方式，因爲有圖畫及器物互相配合，故在傳達上，可能比第一種要佔優勢。然，其優勢也往往限制住了詩文的題材。因爲器物圖畫上可寫的東西有一定，其幅度也不能太長，難以隨心所欲，算是一大缺點。不過，近幾十年來，印刷術發達，繪畫可以毫不費力的大量複製，集印成册也十分方便。無形中，使詩畫結合的機會及效果，增大增強，比起雕塑與器物來，可謂得天獨厚，易於流傳。

事實上，詩畫同源，是中國自唐代以後所發展出來的獨特觀念。中國是最早運用「詩的觀點來畫畫」、「畫的觀點來寫詩」的民族，而且早就注意到「詩與畫，在形式上要求獨立自足，在精神上相互滙通。……畫上原不一定要題詩，詩也不必刻意模仿畫意。」㊀畫與詩配合在一起，能夠相輔相成，當然最好；如無法完全融洽，卻也無須勉強。

此外，畫上題詩，其長度也是問題，受了畫幅的限制，詩多以短小精簡爲宜，太長的詩，會令讀者看得不耐煩。

總括來說，第二種方式，在傳達上，能夠使詩與詩人很容易走進大衆的日常生活，擴大詩的發表領域，加強了人、詩與物的關係，對詩人來說，仍是值得多加利用的一種媒介。

與上述兩種方式比較起來，第三種所處的情況最爲不利。因爲以聲音的傳播宣揚，在時間、空間，以及聽衆的人數上，都有限制。但也正因爲這些限制，使得這種表達的方式，變成最直接、最有力的一種，成敗與否，在刹那之間，感人與否，也在刹那之間；其形態是人與人直接溝通，其效果是立即反映與回應。

2

詩的聲音出版可分爲兩種：

(1) 歌唱

(2) 朗誦

歌唱比朗誦所受的限制要多，但效果也較大。詩的起源，本與音樂歌舞是分不開的。「今文尚書」「堯典」中說：「詩言志，歌永言，聲依永，律和聲；八音克諧，無相奪倫，神人以和。」把詩與音樂的關係，闡揚至神人相和的最高境界。比「堯典」晚出的「詩大序」，承繼上述精神，也認為：「詩者，志之所之也。在心為志，發言為詩。情動於中而形於言，言之不足，故嗟嘆之，嗟嘆之不足，故永歌之，永歌之不足，不知手之舞之，足之蹈之了。」言而要成為詠，那音韻的規範是少不了的，歌而不合律，則音調必不和諧，也就不成其為歌。因此為了要歌詠，言在音律上，應該有一定的限制。至於限制的寬嚴，當以曲調為準。不過，言而「永歌」的先決條件，該是「嗟嘆之不足」。如果「嗟嘆」能夠滿足心中所想表達的話，那就不必勉強歌詠。同理，言而能足的話，也不必故意嗟嘆了。「言」、「嗟嘆」、「歌詠」、「舞蹈」，這四種不同的表達「心志」的方式，是要看表達的對象及內容而定；詩人應該把心中所想的，用恰如其份的方式表達出來。因此在「言」、「嗟嘆」、「歌詠」這三種方式中，文字音律的限制，必然有所不同。大體上說來，應以「歌詠」在音律上的要求最為嚴謹，其餘次之，「論語」「陽貨篇」記載「孺悲欲見孔子，孔子辭以疾。將命者出戶，取瑟而歌，使之聞之。」歌而且使聞之，那歌詞一定能讓人聽懂，可見孔子認為以「言」的方式，當面告訴孺悲不願接見，還不如以歌的方式傳達意思來得恰當。這種以歌達意的行為，也就是「周禮」上所稱的「樂語」。朱自清在「詩言志辨」中提到「樂語」，認為「樂以言志、歌以言志，詩以言志是傳統的一貫。以樂歌相語，該是初民的生活方式之一。那時結恩情，示戀愛用樂歌，這種情形現在還常常看見；那時有所諷頌，有所祈求，總之有所表示，也多用樂歌。人們生活在樂歌中。樂歌就是「樂語」；日常的語言是太平凡了，不夠鄭重，不夠強調的。」㈡因此，「荀子」「樂論」云：「君子以鐘鼓道志。」「禮記」「仲尼燕居篇」云：「是故君子不必親相與言也，以禮樂相示而已」。可見表達心聲，只用言語是不夠的。現在時代雖然進步，但人性的基本需求未變，我們看流行歌曲多爲情歌，便可明白。因爲，戀愛的意思雖然簡單，但卻不是「言」「語」所能完全表達的。然而是否只有關於愛情方面的主題才能用音樂表達呢？答案當然是否定的。人類語言本是聲義相合的一種傳達媒介，如果「情」動於衷而欲形之爲言，那多多少少會含有音律的成分，這是無法避免也無須避免。愛「情」可以用歌表達，其他關於人生、社會種種之「情」，也應該可以用歌表達。

詩人寫詩，原是語言藝術的一種，即使他不刻意的追求工整的格律，作品中也自然會有音義合諧的自然韻律出現。除非詩人故意違反自然，把自己的作品弄得韻律全無。然而，這是不可能也不必要的事。這種故意違反自然的東西，即算是寫出來了，也容易流於虛矯做作，不堪細讀。英國大詩人米爾頓(John Milton)在他的史詩巨構「失樂園」(Paradise Lost)卷首曾表示，押韻是「野蠻時代的發明」(Invention of a barbarous age)，希臘的荷馬、羅馬的味吉爾等大詩人，作品都不押韻。因此，押韻不是好詩的必要條件。㈢米爾頓的意思，大約是指「原始人」或心智未成熟的人，對詩的欣賞，往往停留在外在形式的押韻上，忽視了作品內在的意義，而好詩之所以爲好詩，本應以意義爲主，押韻與否，是次要的。不過，米爾頓此論，主要的還是針對「長篇敘事詩」而發。因爲「失樂園」長達十二卷，如要全篇押韻，不但不可能，而且也容易產生單調重複的感覺。「失樂園」雖不押韻，但卻是英國文學中最富音樂性與節奏感的偉大詩章。此詩成於米爾頓失明之後，耳朵成了他丈量詩行的唯一工具，充分的發揮了英語文學的音響效果。例如描寫上帝將撒旦打下地獄之句，就長達六行：

Him the Almighty Power
Hurld headlong flaming from th' ethereal Sky
With hideous ruine and combustion down
To bottomless perdition, there to dwell
In adamantine Chains and penal Fire,
*Who durst defy th'Omnipotent to Arms.*㊃

萬能上帝將他從蒼天之上
烈火炎炎的一擲而下
可怕的毀滅，劇烈的焚燒

一頭栽入無底的深淵之中
關在金剛鎖鏈與滌罪火炎裏的
正是那敢向全能上帝挑戰的他。

米爾頓此句一氣呵成，把魔鬼Lucifer從天庭跌落地獄的驚險漫長過程，烘托了出來。全句除了第五行

In Adamantine Chains and penal Fire,

嚴守抑揚五步格(iambic Pentameter)之外，其他都看意義的需要而有所變化。第一行，米爾頓把撒旦與上帝並排在一起，到第二行時，以一個動詞Hurled把撒旦從蒼穹之上扔下，調子飛快，語氣急促，用字雖多，但音步卻少，直到「無底的深淵」(bottomless perdition)，才稍做喘息。此後接下來的字句便開始減緩而有所節制，音步恢復到無韻詩常用的抑揚五步格，表示出撒旦永囚地獄之命運。

像上述這樣，因意義而自由伸縮的句子，在中國古典詩中不太多，除了樂府詩之外，其他詩體，多有嚴格的規律限制。因此，如李白「蜀道難」那樣的例子，就不常見：「噫、吁、嚱，危乎高哉！蜀道之難難於上青天。」㊄一句十六個字，連貫一氣，把蜀道之高險，攀登之費力，

表達得淋漓盡致。除了李白外，玉川子盧仝也常做這樣的實驗，如他的「走筆謝孟諫議宗新茶」有句云：

一椀喉吻潤，
兩椀破愁悶。
三椀搜枯腸，惟有文字五千卷
四椀發輕汗，平生不平事，盡向毛孔散。
五椀肌骨清，
六椀通仙靈。
七椀喫不得也，唯覺兩腋習習清風生。
山上羣仙司下土，地位清高隔風雨。
安知百萬億蒼生命，墮在顛崖受辛苦！㊅

如此自由自在，讓聲音、意義與形式自然結合，絲毫不顯勉強的句子，在古詩中，簡直是鳳毛麟角，難得一見。這樣的詩，在視覺上，當然不如五律七律來得工整好看，但其音韻的變化，卻是驚奇百出，令人激賞。德人凱門（F. Keimann）批評中國人，只用眼睛而不用耳朵創造文化，並自詡「我們歐洲人則用聽覺創造了西方燦爛的文明。」這話當然是無根無據的誤謬之論。不過，話又說回來了，中國古典詩，自從明清以來，也確實是有停滯腐化的傾向，尤其是在音韻格律方面，少有新的發明及大膽的實驗。要不是胡適之等人在「新青年」上，引進西方的分行形式，創作「白話詩」，唐宋以來的新銳精神，眞不知要跑到哪裏去了。

盧仝的詩，伸縮自如，長短隨意，近乎當今「白話詩」的形式，如果我們要戲稱他爲中國新詩之祖，亦未嘗不可。然這樣的詩要拿來譜歌，便不如古詩、律詩或詞曲來得方便。近來，大家鑑於流行歌曲的歌詞，過分流於惡俗卑賤，紛紛想借新詩來淨化其內容，使之深刻雋永而又悅耳可唱。然而，目前的新詩，大多是自由詩，字句長短雖有內在的音律，但距離「音樂」還是太遠。近幾年來努力於新詩譜曲的楊弦，是這方面開風氣之先而較有成就的一位，他在轉新詩爲歌曲時，就遭遇到下例許多困難：

一、全詩太長，無法全部譜入歌曲。

二、句子的長短出入太大，不得不加以剪裁以便入樂。

三、國語中的四聲變化呆板而固定，稍不注意，在歌唱時，便會使唱出來的聲音，脫離四聲，失去了意義，無法讓人了解，甚至產生誤解。

因此，歌詞的創作，與寫自由詩是有距離的，其中差別，主要還在格律的運用。白話詩如欲入樂，非繼續發展「格律詩」不可。五四以來，在這方面努力的大家有聞一多，徐志摩、卞之琳、馮至、吳興華等人，成就非凡，值得今人借鏡。可惜，自從紀弦倡導現代詩與音樂分家，一口咬定「詩是詩，歌是歌，我們不說詩歌」。他硬說「非協和音較之協和音，更為音樂」，並強調「現代詩則根本否定了文字的音樂性，無論其為韻文或散文的」㊆。這種看法，影響五、六十年代的新詩人甚大，使大家都忽略的「格律詩」的探討，一窩蜂走上了「自由詩」的道路。事實上，紀弦所要打倒的只是舊了的，僵化了的格律，他的「自由詩」，節奏與韻律感，都是很強的。可嘆的是，他的理論破壞性太大，而在破壞之後，並沒有給大家帶來理性的重建。

當然，詩歌發展到二十世紀的今天，品類繁豐，變化萬端，較之古詩中所發展出來的形式，要多上許多。如果我們硬是要拿某些不必或不能合樂的詩，去配譜寫曲，便容易犯削足適履的毛病。不過，一定要主張「詩樂分家」的詩，才是眞詩，也未免矯枉過正，不足為訓。因為人的語言，本來就可分成「自然而合音樂」與「自然而不可合音樂」兩種。無論是詩人有意也好，無意也罷，當一首詩的詩想與形式正好密合無間時，就會呈現出一種複沓的韻律，那我們順水推舟，將之配譜合樂，又有何不可。

所謂格律詩，所謂歌詞，只要內容長短適宜，形式字句與音韻格律自然吻合，都可以歌的方式來發展。只要作者不削足適履，因「律」害意，那這種發表方式是值得提倡的。楊弦的努力，已受到許多青年人的熱烈響應，而他本人在為白話詩人的作品譜曲之餘，也開始吸取新詩的精神，自己創作歌詞。這種以樂曲為準的歌詞，如能與五四以來所發展的「格律詩」，相互銜接起來的話，一定會為「白話詩」發放出新的光芒。後來羅大佑在這方面的努力，便是證明。

3

有些詩，因詩想與形式的關係，不適合配樂。然其本身的韻律感很足，充滿了所謂行內韻，如果將之唸出聲來，其效果要比默讀時要好得多。這種詩，最適合用朗誦的方式發表。

事實上，誦詩之習，也是由來已久的，距「詩經」的時代十分近。早在「墨子」中，就記有儒者「誦詩三百」的事。「周禮」「大司樂」亦有：「以樂語教國子：興、道、諷、誦、言、語」這樣的說法。由是觀之，「誦」的重要性，還在「言」、「語」之上。根據朱自清的解釋，「『興』『道』(導)似乎是合奏；『諷』『誦』似乎是獨奏；『言』『語』是將歌辭應用在日常生活裏。」⑻可見「誦」在春秋時代，還是合樂的。到了漢朝，賦體興盛，有了所謂「不歌而誦」謂之賦的說法，誦與音樂歌唱的關係，漸漸遠了。所謂「歌與誦若以其前後言，蓋以歌為先，於歌之次，生所謂誦。誦，朗讀也。古人或謂之賦誦。」㊈當是可靠之論。因爲漢朝大儒鄭玄在注「周禮」時，也說：「以聲節之曰誦」，明白指出誦的特性爲「以聲節之」，與歌唱不同。

到了六朝，佛經「轉讀」的風氣盛行，沈約等人，發現了四聲的差別，使「誦」在詩文中，佔了更形重要的地位。唐以後，詩人作詩讀詩，都是曰「吟」曰「誦」，成了中國詩法上的一大特色。

白話詩初起之時，爲了解放詩體，主張脫離古典格律的嚴謹束縛，採取自由詩的形式。然當時所反對的格律，只專指外在的押韻而言，並非主張連自然的韻律與節奏也一併廢棄。這一點，我們可以由五四以後，不斷有人實驗，以「新的格律」或「民歌的形式」注入白話詩中，而明白詩與節奏格律之不可分。㊉

不過，「民歌派」及「格律派」沒有獲得壓倒性的優勢是必然的。因爲詩體解放後，品類題材增多擴大，有些詩想與詞句，不能夠也不適合套入民歌或格律的形式之內，這是絲毫勉強不得的事。但是，上述種種的實驗，也沒有白費。到了抗戰時期，「朗誦詩」突然流行，「民歌派」及「格律派」所努力的成果，得到恰當的消化與發揮，遂在國內大大的流行了起來。而流行的原因，不外乎下列兩種：

一、格律派在「白話音節」與「意義」的配合上，做了許多可貴的試驗，發現了不少新的節奏，與押韻的方法。而這種試驗必須用聲音朗讀，方能進行。再加上「民歌派」把白話語句溶入山歌及民間小調之中，更是要以朗讀，才能發覺其節奏感及音樂性。這使後來的「朗誦詩」，獲得了不少啓示與指導。

二、抗戰初起，國家需要對民衆宣傳政令，鼓舞士氣，擴大教育百姓，提高他們的民族意識。因此，爲了宣傳的需要，所有與抗戰相關的文學作品，都有用朗誦形式向大衆傳播的必要。詩如此，散文戲劇也如此。這時的詩，在詩想構上，都採大衆的而非個人的角度，容易引起大家的興趣，易於爲民衆接受。再加上，朗誦者與大衆面對面的相互溝通，有聲調，表情，手勢爲助，把詩「戲劇化」了，有時簡直等於與觀衆直接對話，當然容易動人。

以宣傳而論，最有效的方式是，人與人直接當面傳達。有些無法配樂的詩或默讀時顯得散漫平淡的詩，在朗誦者以「感情」及「聲調」重新詮釋之後，竟變得精神有力起來。朱自清在「論朗誦詩」一文中，曾舉了一個例子：「有時候同一首詩看起來並不覺得好，聽起來卻覺得很好。筆者這裏想到的是艾青的「大堰河」，自己多年前看過這首詩，並沒有注意它，可是三十四年昆明西南聯大的五四週朗誦晚會上，聽到聞一多先生朗誦這首詩，從他的抑揚頓挫裏，體會了那深刻的情調，一種對母性的不幸的人的愛。會場裏上千的聽衆，也都體會到這種情調，從當場熱烈的掌聲以及筆者後來跟在場的人討論，可以證實，這似乎是那天晚上，最精彩的節目之一。」

㈡「論朗誦詩」是五四以來第一篇專論朗誦詩的文章，見解精闢，觀察深刻，可謂這方面討論的經典之作。文中認為：「適於朗誦的詩或專供朗誦的詩，大多數是在朗誦裏才能見出完整來的。這種朗誦詩大多數只活在聽覺裏，羣衆的聽覺裏，獨自看起來或在沙龍裏唸起來，就覺得不是過火，就是散漫、平淡、沒味兒。……朗誦詩……只是沈著痛快的說出大家要說的話，而來聽的，則是有話要說的一羣人。……直接訴諸緊張的，集中的聽衆。不過朗誦的確得注重聲調和表情，朗誦詩的確是戲劇化的詩，不然就跟演講沒有分別，就眞不是詩了。朗誦詩是羣衆的詩，是集體的詩。……作品得在羣衆當中朗誦出來，得在羣衆的緊張的集中的氛圍裏成長。那詩稿以及朗誦者的聲調和表情，固然都是重要的契機，但是更重要的是那氛圍，脫離了那氛圍，朗誦詩就不能成其為詩。朗誦詩要能夠表達出來大衆的憎恨、喜愛、需要，和願望；它表達這些情感，不是在平靜的回憶之中，而是在緊張的集中的現場，它給羣衆打氣，強調那現場。……宣傳是朗誦詩的任務，它諷刺、批評、鼓勵行動或者工作。」㈢

是的，朗誦詩是需要在大羣觀衆「耳」「眼」的直接感受下，方能完成其本身的意義，其出發點是大衆的，詩想是飛動的，語言是緊張有力的，意象是有立卽效果的，而「臨場感」是其生命。這種詩，只有在大衆的聆聽與觀賞下，才能百分之百的成長、茁壯、完成。朱自清此文寫於抗戰時期，故對朗誦詩的討論，偏重於「宣傳」與「行動」上，這似乎把朗誦詩的作用及範圍弄窄了。然而，當時的時代需要是如此，強調「宣傳」與「行動」也沒有什麼不對；因爲，他早已認淸，朗誦詩「這個名目將『詩』限在『朗誦』上，並且也限在政治性上，似乎太狹窄了，一般人不願意接受它。……於是乎來了論爭，論爭的焦點是在詩的政治上。筆者卻以爲焦點似乎應該放在朗誦詩的獨立的地位或獨佔的地位上；筆者以爲朗誦詩應該有獨立的地位，不應該有獨佔的地位。」㊂

到了七十年代的今天，朗誦詩的獨立地位依舊沒有建立，更惶論獨佔了。追究緣故，是因爲白話詩在近三十年來，不注重格律的研究與發展，不理會詩與大衆社會的關係；盲目因襲西方流行的主義與派別，不顧當時的國情；對西洋詩的音樂性與可朗誦的特性，了解太少，致使詩與民衆與知識分子嚴重脫節。許多詩，連自己朗讀自己聽，都無法終篇，更何況拿到大庭廣衆之前，對觀衆朗誦。至於朗誦詩的創作與討論，則幾乎完全付之闕如。

「朗誦詩」在此間雖沒有繼續發展，但「詩」朗誦的活動，卻不絕如縷，從未斷絕。新型白話詩的火種，由紀弦、覃子豪、鍾鼎文三人帶到臺灣之後，以朗誦的方式發表詩，漸漸也開始常見了。外加上許多詩人如紀弦、余光中……等人，都是朗誦能手，遂使舉辦朗誦會成了詩壇的主要活動之一。在這種風氣的影響下，詩的朗誦，打破了抗戰時完全以「宣傳」與「行動」

爲目標的做法，開始著重在把藝術水準較高，內容較個人化的詩，用聲音傳達給大衆。尤其是在最近幾年，經過新起一代詩人與讀者不斷的實驗與改進，朗誦方式及內容，都要比抗戰時期要來的高深廣濶得多，所用的技巧也日漸複雜。詩朗誦似乎成了詩活動的必要部分，僅次於印刷出版，在詩人與讀者的心目中，地位漸漸提高了。這個時期，詩人的目標不是去寫如何影響大衆的朗誦詩，而是去研究如何能使寫成的詩，找到最恰當的聲音發表方式。

朱自清對朗誦詩的技巧有如下的看法：「它有時候形象化，但是主要的在運用赤裸裸的抽象的語言；這不是文縐縐拖泥帶水的語言，而是沈著痛快的，充滿了辣味和火氣的語言。這是口語，是對話，是直接向聽的人說的，得去聽，參加集會，走進羣衆裏去聽，才能接受它，至少才能了解它。單是看寫出來的詩，會覺得咄咄逼人、野氣、火氣、教訓氣；可是走進羣衆裏去聽，聽上幾回就會不覺得這些了。再說朗誦詩是對話，或者三言兩語，或者長篇大套；前一種像標語口號，看起來簡單得沒味兒，後一種又好像囉嗦得沒味兒。其實味兒是有，卻是在朗誦和大衆的聽覺裏。」㈣朱氏的看法，大體上是正確的，但如果過分注重朗誦者的技巧，而忽略要求內容的藝術深度，則未免捨本逐末了。朱氏所處的時代，是一個急需政治宣傳的時代，論朗誦詩，當然要注重其宣傳的效果。然而政治不是朗誦詩的唯一主題，其他諸如社會、愛情、人生觀、理想……等主題，也可用朗誦的方式來表達。因此，我們時代詩人所面對的問題，不再是如何創作朗誦詩的問題，而是如何把各種適合朗誦的詩，用最佳的聲音出版。至於詩的內容，也應該具有相當的藝術深度，光靠朗誦者的表演，久而久之，終究會流於虛假的形式。過去，詩的出版總以印刷居首，聲音方面的出版，一直落後很多。我並沒有期望後者一定要趕上前者，但至少差距不應該太大。近來各詩社及大專院校的詩朗誦活動，非常頻繁㈤。在此，我願意將我的心得與經驗綜合敍述如下，以備有心人參考：

一、內容：

⑴所選的詩不宜太長，最好不要超過一百行以上。如果超過，則應以舞劇的方式推出。內容與主題則以能與大衆立卽產生共鳴者爲佳。過分晦澀的詩，或句與句之間跳躍太大的詩，都不太適合於朗誦。

⑵詩的語言應以鮮活的口語爲主。意象語與抽象語可以交互運用，不宜偏廢。節奏感與押韻最好都能注意到，節奏感太差的詩，是不宜朗誦的。

⑶幽默的詩與嚴肅的詩應並重，並在可能範圍內，盡量提倡諷刺詩與敍事詩。如可能，加上幾首天眞爛漫的兒童詩或童話詩，效果會更好。自剖式與玄學式的詩宜少，關心社會接近生活的詩宜多。其他如表達個人喜怒哀樂的詩，只要語言可誦，安排得宜，也値得多多提倡。總之，朗誦詩這個名詞或可取消，而以「可以朗誦的詩」代之，因爲在細心安排出來的表演之下，

任何詩，只要不令人無法卒讀，距離(1)(2)條中的原則不太遠，都可以用朗誦的方式來傳達給讀者。

二、誦者：

(1)誦的人一定要口齒清晰，即使因作品的需要，必須把聲音弄得模糊，也應模糊得清晰。最好在發音上經過相當的訓練，尤以經過平劇訓練者爲佳。因爲國語的四聲，差別微妙，沒有經過訓練的誦者，往往聲音一大，便不知所云。誦者的音調，應隨內容及氣氛而調整。有時應出之以平淡的對話，有時應出之以情緒的誇張，這其中運用之妙，全看誦者如何發揮。切忌把所有的詩都唸成一個調子，變成一種感情。

(2)較難立刻聽懂或領會的句子，應該配以動作表情，手勢，或用許多背景人物的舞蹈或表演，加以說明，以加深觀衆的印象，給觀衆思考、了解的時間，以便領悟其中含意。有些詩可用半誦半唱的方式，配以即興音樂演出。有些詩可與平劇的道白或地方戲的調子相互融合演出。背景配樂在必要時，可多加利用。

三、舞臺：

舞臺的佈景，燈光，音樂，都應配合詩情而做適度的發揮，以象徵與提示爲主，不可喧賓奪主。務必使觀衆不看原詩，也能聽懂看懂，並感到詩中的氣氛。誦者的服裝，也應力求變化。

至於用幻燈片打字幕，應是下下策，非不得已，不宜採用。

目前我們的詩朗誦，已從詩人的個人表演，進入集體合作的演出。各種可以動用的藝術媒介，包括聲樂、音響、繪畫、雕塑、舞蹈、服裝設計、燈光運用等等，全都可以徵召前來爲詩服務。不過，這種種的服務，只有在做到下例先決條件下，方能成功。那就是：一、詩本身要優秀，要適合朗誦；二、誦者要對朗誦的詩有透徹的了解，並能以自己的聲音，對該詩做獨特的詮釋。

沒有優秀的詩，沒有適合朗誦的詩，沒有誦者的了解與其獨特的詮釋方式，一首詩，卽算是得到各種一流的搭配來朗誦，還是無法眞正打動觀衆的。

註解

㈠羅青「讀草根詩社的小詩選」，「幼獅文藝」二七三期，民國六十五年九月，臺北，頁五〇～五一。

㈡朱自清「詩言志辨」，開明書店，民國三十六年，上海，頁八。

㈢Douglas Bush, ed., THE COMPLETE POETICAL WORKS OF JOHN MILTON (Boston,1965) P.211。

㈣見註㈢P.213。

㈤清望祖御製「全唐詩」，粹文堂，民國六十三年，臺北，頁一六八○。

㈥見註㈤，頁四三七九。

㈦紀弦「紀弦論現代詩」，藍燈出版社，民國五十九年，臺北，頁一○～一九。

㈧見註㈡頁六～七。

㈨鈴木虎雄「賦史大要」，地平線出版社，民國六十四年，臺北，頁二。

㈩如陸志韋的詩集「渡河」及「雜樣五拍詩」，康白情的詩集「草兒在前」等等都是。

(一一)朱自清「雅俗共賞」，啓明書局，民國四十六年，臺北，頁二六～二七。

(一二)同註(一一)，頁二七～二八

(一三)同註(一一)，頁二六。

(一四)同註(一一)，頁二八～二九。

(一五)例如民國六十五年，「艸根社」在耕莘文教院所辦的「艸根之夜」，就是把歌唱、吟誦、舞蹈、平劇、歌仔戲，卽興唱誦等揉和在一起的詩朗誦會，觀衆爆滿，十分轟動。

詩與後工業社會：「後現代狀況」出現了

1

《周禮，秋官，大行人》中說：「世相朝也」，注云：「父死子立曰世。」許愼《說文解字》解釋道：「三十年爲一世。」可見古代農業社會，對一個世代的計算，是以三十年爲基準的。《論語・爲政篇》，孔子曰：「三十而立」，便是從這個觀點出發，認爲一個人，大約要經過三十年的成長，方能堅定學行，成型成器，三十歲以後，仍不能有所成就建樹，「四十五十而無聞焉，斯亦不足畏也已！」（《論語・子罕》）

西方也有類似的看法。一七七六年，英國大文豪強森(Samuel Johnson)在《賀索羅三十五歲生日》(To Hester Thrale on her thirty-fifth birthday)一詩中便是如此寫道：

人生一過三十五
諸般努力皆徒勞
狂言掙扎俱成空
人生下坡三十五

他的看法要比孔老夫子悲觀得多。認爲不用等到四十，三十五歲就已經是要見眞章的年齡了。

以寫作而論，一個詩人的成長，大約也需要有三十年的時間，方能開花結果。即使是天才，在三十歲以前去世而又能被尊爲一代大師的，可謂少之又少。因爲人生最初的十幾年，也就是童年，只是寫作的儲備階段，到了青少年期，也多半只是練習階段。眞正開始創作的時間，是在十七、八歲以後的青年期，而創作的原動力，則泰半源自於自己情緒上的感受，多個人的抒發而少歷史的自覺。難怪艾略特在他那篇有名的文章《傳統和個人才能》之中，要高聲警告道：

「任何一位二十五歲以後仍想繼續做詩人的人，都非要有傳統的歷史意識不可。」對詩人來說，「三十而立」，便應該是立在這「歷史意識」之上。

2

二十世紀工業社會的發展及變化，比十八世紀的農業社會，要來得快速的多。人們對世代交替的算法，也自然產生了新的基準。一九四〇年於都柏林修道院劇場，艾略特在第一屆葉慈年會演講中，曾經指出：「現在，詩的世代大約以二十年為一代……新的一派或新的風格，大概要這麼長的一段時間，方能出現。換句話說，一個人到了五十歲，在他背後有七十歲的人寫一種詩，在他前面有三十歲的人寫另一種詩。這是我現在的位置，假如我再活二十年，我想我會看到另一個更年輕的詩派。」艾氏說這話時，所根據的是二次世界大戰前，西方工業社會的現象。他哪裏料到，戰後，以資訊掛帥的後工業社會，迅速發展，各種社會現象，變化愈來愈快：從二十年到十五年，到十年，到了現在，似乎每隔五年，就變化一次，五花八門的資訊爆炸，簡直把人弄到目不暇給，腦不暇思的地步。西方的學者，見此現象，不禁憂喜參半，紛紛設法做深入的研究，尋求因應之道。其中最有名的，就是蓋·第伯德(Guy Debord)寫的那本《奇觀社會》（*Society of Spectacle*），把資訊社會中，創造與消費合一，內容與形式分離的種種因果關係，剖析得淋漓盡致。

以文學藝術來說，西方從十九世紀開始，因工業社會的發展，產生了「現代主義」思潮，其間運動迭起，變化繁多，從波特萊爾一直到存在哲學，其中所產生的各種文學流派，大概都可歸諸於「現代主義」的旗號之下。其一般特色是，讀者與作者之間的關係，失去了和諧：作品在形式上獨特怪異，在內容上則驚世駭俗，技巧複雜難懂，態度有意刁難。作者既然不在乎大衆，大衆也就相對的疏遠了作者。於是現代主義的作品，只有在封閉的小圈子中流傳，並以反流行，反制度，反一切正統的形式與內容爲天職。這樣的態度，推到極端，便是反世俗價值——尤其是中產階級的品味——反禮教，反傳統，甚至於反對作家的傳統責任。這種精神，與十八世紀興起的浪漫主義，是一脈相承的。作家以懷疑爲信仰，以病態爲健康，以理性的方法否定理性，以浪漫的手法反對浪漫；在作品中有時自我膨脹至極大，又不時自我觀察至極小；有時不斷自我嘔吐內在，有時又絕對客觀描述外在。他們不斷向既成的制度與權威提出問題，但不設答案；因爲一設答案，他們就有變成另一種「權威」的危險。他們對他們所反對的，非常清楚，但對自己本身，則存疑不論。

「現代主義」在內容上，走的是與傳統分裂的路子，但在形式上，卻力求有機而完整。他們與傳統決裂，但基本上認爲歷史是一條長河，過去與現在仍有一貫的聯繫，現在與過去是對立而又統一的。因此，「現代主義」在大方向上，仍是屬於「理體中心」(Logocentrism)的結構主義式文化模子。模子中的元素一分爲二，又辯證的得到了統一與整合。可是這種模子，在資訊社會出現後，便遇到了挑戰。

二次世界大戰後，因電腦的發展，使人類累積運用知識的方式，有了革命性的改變。科技知識，在不斷「內在分類」的方法下，已漸漸能夠掌握所有物質與精神的「基本構成單元」，然後再加以無限制的重組、複製。這種巨大的「重組複製能力」，已接近神話中的「神仙能力」，使得古今中外，讀者與作者，內在與外在，理性與感性，浪漫與古典，傳統反傳統，中產反中產，主觀與客觀，內容與形式，高雅與卑俗，奇怪與平易，都市與鄉村，……全都變成基本資訊單元，可以無限制的相互交流，組織成一個龐大無比的消費社會。

由於後工業社會的「重組複製及傳播」能力，使得現代主義封閉系統中的各種密碼，完全遭到破解，迅速的被其他系統吸收轉化，並加以再轉播再利用。因此，現代主義的整體歷史感，被瓦解成個別的並時系統，空間透視感完全被平面化了，文化相互混雜，並置，分割又重組，歸類之後，又重新混同。一般人如果要想對某一種藝術親近了解，那他可以反複參看各種媒體——從書籍到錄影帶——所提供的解說與導讀。一切的陌生感及排斥感，在短時間內，便能完全消除。藝術家與讀者之間的關係，獲得了新的調整，而藝術與商品之間的關係，也出現了新的組合。於是各種新的「人工語言」不斷出現，產生各式各樣的「新品種」；形式與內容的關係徹底瓦解之後，又各自任意流動，相互交流。藝術家不再以「反叛」來求新求變，他們只要把傳統與現在的各種資訊單元，加以「絕對化」的重組，便可產生無數新的創造來。「現代主義」的「理體中心觀」，一變而爲無中心的「多元平面拼貼法」，一種全新的文學於是乎「誕生」。

西洋文學在一九五〇年代，還是現代主義的天下，存在主義如日中天，結構主義方興未艾。可是到了六〇年代，整個世界的政經結構，起了巨大的變化，「解構主義」開始出現，「去中心」的思想慢慢興起，第三代電腦混合集體電路已開始加入商業生產，第四代電腦也呼之欲出。整個西方文學界，便進入了一個羣雄並起，多元而沒有主流派別的時代。許多文學史家，在最近這一兩年，回顧一九六五年到一九八五年這二十年的文學藝術發展，無以名之，只好紛紛開始採用「後現代主義」這個名稱，來概括這一股新興的文學現象，並指出其與現代主義幾乎是背道而馳的特色。

後現代主義的文學藝術變化多端，幾乎到達一人一派的地步，故傳統的分派法或主流法，便不再適用了。文學研究者只好回到以出生成長的年代的方式，來區分組合作家。因爲無論社會現象變得多快，多複雜，一個作家的成長，總還需要二三十年，方才能成氣候。

3

臺灣過去四十年來的詩人，以出生及成長的年代來區別，可分爲六代。第一代詩人如紀弦，覃子豪，出生於一九二一年以前，二、三十年代是他們成長的階段，是一個百家爭鳴的時代。第二代詩人如余光中，羅門，出生於一九三一年以前，成長的階段是三、四十年代，那是對日抗戰的時期，在思想上，左派右派開始鮮明對壘。第三代詩人如鄭愁予、楊牧，出生於一九四一年以前，而在四、五十年代成長，他們成長的階段是戰前戰後參半的時代。第四代詩人如張錯、席慕蓉、蕭蕭等，多出生在一九五〇年以前，五、六十年代是他們成長的階段，是一個由農業社會快速轉變至工業社會的時代。第五代詩人如白靈、夏宇、黃智溶，多出生於一九六〇年以前，他們成長的階段是六、七十年代，是一個由工業社會邁向後工業社會的時期。一九六〇年以後出生的詩人是第六代，其中開始嶄露頭角的有孟樊、林燿德、林宏田，他們成長的階段是七十到八十年代，是一個已經開始資訊化的後工業時代。

由以上粗略的區分，我們可以說前三代詩人是戰前或戰爭中的一代，後三代詩人是戰後的一代。而臺灣由一九四六年到一九八六年四十年間，經驗了由「農業社會」過渡到「工業社會」

再過渡「後工業社會」三個不同的階段，這三個階段相互混雜重疊，令人有難分難解之感，許多複雜的社會問題，也隨之而來。西方工業社會二百年多的現代化經驗（一七六〇—一九六〇），被濃縮入不到半個世紀的時間裏，做快速演練，其間問題之繁複，過程之混亂，是可想而知的。尤其是在討論戰後世代時，即使以簡單的出生成長過程來區分，也都讓人覺得有力不從心之感。因爲戰後臺灣社會的變遷太過快速，在短短四十年間，有三種不同的社會互有消長的共存在一起，持有不同意識形態的作家，在這一段時間內活動，往往會以特定的觀點，選定一種他願意認同的社會看法，做爲寫作的依據。有些人選擇了農業社會，偏重於回顧過去，對工業社會的發展，無法接受。有些人正面擁抱工業社會，對所謂的「進步」，保著樂觀的態度。有些人站在工業社會的立場，以懷舊浪漫的心情，處理農業社會或環境保護之類的材料，以表達他對工業社會的憂慮與不安。有些人面對工業社會的問題，展望資訊社會的來到。有些人則對農業、工業、資訊社會做綜合的反映與處理。更有些人，一馬當先，闖入了資訊社會尚未開發的領域。

以臺灣目前的發展而言，遲早要在九十年代，完全進入資訊化後工業社會。臺灣島本身，將成爲一個大都會，中間點綴著經過「精心保護」的自然及田園。上述發展趨勢，在一九六〇年前後出生的詩人身上，已經隱隱約約的反映了出來。尤其是最近一兩年在詩壇嶄露頭角的詩人如歐團圓、夏宇、黃智溶、柯隆順、林燿德，林宏田（赫胥氏）、羅任玲，也駝……等，在他們的作品當中，這種傾向，最是明顯。年輕詩人之所以在詩中有這樣的表現，也許是因爲有這方面的自覺，也許是因爲直覺。因爲自一九六〇年後，臺灣社會中不斷的出現「後現代」的現象，滲透入全民的衣食住行當中，範圍之廣，涉及之深，實在是前所未有的。

臺灣在五、六十年所流行的現代主義及存在哲學，在形態上是屬於「封閉系統」的，只不過是在社會金字塔的頂端散播而已，根本未觸及金字塔的中層。而一九六〇年以後所興起的後現代狀況，卻是從金字塔的底層開始，是全民性的開放性經驗，上上下下都不知不覺的，受到影響而自然接受。以詩壇而論，一九七六年至一九八一左右，是詩人們反省並展望社會後現代狀況的一個最佳時機，可惜因爲「鄉土文學運動」的影響，使大家都錯過了。臺灣的科技經貿發展，沒有受到此一運動或其他政治事件的影響，以持續不斷的速度，向前發展，與全世界保持密切而正常的聯繫。最近幾年，科技經貿更上層樓，連帶著政治社會，也開始突破了許多觀念上及實質上的問題，把臺灣帶進資訊社會的範圍之中，一種新的世界觀，也隨之默默形成。

資訊社會的特色是，累積及運用知識的方式電腦化，隨之而來的現象有「強大的複製能力」、「迅速的傳播方式」、「商業消費導向」、「生產力大增」、「內容與形式分離」……等等。現在就讓我們以上面這幾個焦點，來回顧一下過去二十多年來，陸陸續續在臺灣出現的後現代狀況：

一九六二年：臺灣電視公司成立，開立體複製現實之先聲。經濟動員計劃委員會成立，形成以出口爲導向的經濟政策。

一九六六年：高雄加工出口區設立，複製產品的能力增加。第五屆亞洲廣告會議在臺北揭幕，預示消費時代的來臨。

一九六八年：《徵信新聞報》改爲《中國時報》，此後報紙銷售量激增，資訊傳播日益多元而快速。

一九七〇年：清華大學，交通大學開始有大型電腦。次年，小型電算機問世，並迅速流行。

一九七一年：第一座自建原子爐開始正式運轉。

第一屆國際比較文學會議在淡江召開。中華航空公司開闢中美航線。

一九七五年：影印機開始普遍流行，人工抄寫時代結束，知識流通大增。

一九七六年：全面開放外出觀光。次年，大學裏開辦教師電腦研習班。電子錶開始流行。

黃俊雄布袋戲溶合古今中外音樂做混合演出，反映出後現代的表演方式。

一九七九年：電影圖書館成立，鐳射藝術與全像攝影出現。

一九八〇年：第一屆資訊展舉行，蘋果牌個人電腦出現。消費者文敎基金會成立。仿冒事件不斷出現，如假酒、假名錶……等等。

一九八一年：八位元個人電腦開始流行，中文電腦在市場出現。錄影機及錄影帶出租業開始普遍流行。消費者文教基金會成長迅速，發行月刊。仿冒問題日益嚴重，假車票、假汽油不斷出現。建築業開始推出「後現代主義」風格的房屋。

一九八二年：傳統的光華商場中華商場漸漸爲電腦業所取代，成爲高初中生的消費市場。中文電腦開始流行，次年，電影法製定，公車票亭中開始出售小型電子錶。資訊工業策進會決定以「通用碼」及「全漢字碼」爲標準交換碼，試用兩年。帶有「後現代主義」風格的江南園林建築，受到了大家的重視。

一九八四年：教育部通過：「大學通識教育選修科目實施要點」，包括「文學藝術、歷史文化、社會學哲學、數學邏輯學、物理、生命科學、應用科學與技術等七大項。」「龍發堂事件」爆發，精神病分裂病患大增。試管嬰兒出生。第四代十六位元電腦開始流行。社會上要求貿易自由化國際化的呼聲漸高。

一九八五年：教育部開放成立大學之申請。消費者文教基金會因許多消費問題案件如奶粉、食水油……等，獲得全民的重視。建築界及流行歌曲中，不斷出現「後現代主義」的作品。十六位元電腦快速普及。國內各個階層的人民，上至知識分子，下至漁民農民，活動範圍擴及全世界，促進了新的世界觀之形成。

一九八六年：資訊展造成空前熱潮。數位電視上市。國科會公佈中文資訊標準交換碼。超大型積體電路工廠開放服務。「科技整合研究會」成立。國內多所大學電腦連線作業。文化大學成立「廣告系」。新型電子武器研製成功。「脫、現代主義設計展」舉行。電腦外科整型手術獲得突破。貿易自由化國際化的觀念，獲得上下一致的共識；開放進口的實施，使民族主義的部分內容及範圍，默默的遭到修正。

一九八七年：戒嚴解除，黨禁、報禁解除，外滙管制解除，開放大陸探親，關稅全面降低，示威遊行集會禁令解除。

由以上的回顧，我們可以看到臺灣社會正以全速衝向資訊社會，並開始與西方主要的經濟文化力量，同步發展。這樣的趨勢，有其正面的意義，但也有其負面的影響。而一切都在進行中，大家既然已走上了這條不歸路，那就只有拿出最大的智慧及勇氣，盡量面對所有的問題，時時希望並鼓勵自己，去做出最佳的選擇與決定。

4

最近，年輕詩人林燿德、陳克華、林宏田、柯順隆及也駝，把他們最新的作品，結集成册，以詩的方式，對臺灣近年來的各種現象，做一深刻的反映及反省。從這些作品當中，我們可以聞到相當濃重的「後現代主義」氣息。

也駝以科技式的語言，把歷史中國、科技中國與自然生態混同處理，在「現代主義」與「後現代主義」之間，徘徊掙扎，在農業社會與工業社會之間來回探索。其中以「十方」、「重疊的印象」、「鄉土記事」、「布娃娃」等詩爲最佳。今後，他如能更深入的把握自己與未來的關係的話，其作品在內容與形式上，一定會有新的突破，給大家帶來無限的驚喜。

林宏田的詩，在語言意象及詩想上，都早熟得驚人。他目前努力經營的主題是愛情與後工業文明的生活狀況，充滿了辛辣的諷刺與深刻的反省。他的「地址」詩組及「捨棄式鉛錘」，可說是一九八〇年代最重要的情詩，大膽、深刻而又充滿了藝術的控制，十分動人。他的「採煤者之歌」是少作中的精品；在「國際會議桌上」、「拾荒者」、「新世紀烏托邦浮繪」則是反映後現代情景的佳作。只有「說書者」與「三代墓銘」兩首詩，表現稍差，失去了藝術的焦點。他如能夠繼續對後工業社會及工業社會之間所產生的問題努力探索，成就不可限量，可算得上是近年詩壇最有希望的新人。

林燿德是五個詩人當中最多才多產的，創作與理論兼顧，並時與貫時並重。無論在內容上還是形式上，皆能推陳出新，有大將掠陣橫掃千軍之風。收錄在詩集中的十六首詩，總題「人類家族遊戲」，展現出一種與前輩詩人不同的世界觀。「日蝕」諷刺日本、「天空的垃圾」處理核戰問題，「艾奎諾現象」及「地震列島」反映菲律賓的政潮，還有印度、伊朗、美國、波蘭、利比亞以及難民潮等等，全都一一出現在他的筆下，顯示了他「心懷鄉土，擁抱祖國，放眼世界」的胸懷，同時也反映了近年來臺灣人民，上上下下對國際事務之關切態度。過去，一般人心目中的世界地圖是縮水變形而又嚴重曲扭的，除了歐美日本，其他的地方好像不存在一樣。林耀德在部分的創作中，顯示出他是一個以地球爲寫作對象的後現代詩人。

柯順隆是五個人當中，抒情性最高的詩人。他的「新兵特殊檔案舉例」，反映了在臺灣成長青年的共同經驗，如果他能夠放膽寫得更深入一些，讓社會學與心理學的知識與實際的經驗產生更微妙的戲劇關聯，那結果必然是可喜的。從他詩中所處理的題材與態度看來，最吸引他的，仍是從農業社會過渡到工業社會種種與抒情有關的問題。希望他能以六、七十年代所親身經歷的經驗，重新處理這些問題，一定會有更深刻的啓示，展現在我們的面前。

在這本詩集當中，陳克華是少數勇於擁抱未來的詩人。他的「恐龍海域」，運用人類學、生物學的知識，探索人類的最初，並暗示人類的未來。而「巨柱」、「對話」、「逃往阿邦利加」則探索人類滅絕後的未來。過去許多人想以科學入詩，然不是科學不精就是詩藝不精，很少有配合得當的佳作。陳克華擅用他的科學知識舖陳詩的構想，更用科幻的情節演義題材的深度，滔滔不絕，時有佳句出現。然而他在探索過去未來時，容易大而無當的動用詩人的「想像力特權」，稍一不愼，便失去控制，流入虛玄。如何把「外在」的奇異題材與「內在」的本土感受，巧妙的合而爲一，可能是陳克華未來努力的方向。

縱觀上面五個詩人，他們背景互異、詩風不同，然都或多或少，都在後現代狀況的探索上，盡了一些力量。大體說來，他們都似乎還沒有找到一個能夠有力處理後現代社會的內容與形式，而對二者之間應該產生什麼樣的新關係，也不甚了了。因此，總的說來，他們的作品，還是在「現代主義」的邊緣地帶掙扎，偶有十分漂亮的斬獲，但尙不足自立門戶。但我願在此預言，只要他們能持續不斷的努力，一九八〇年到一九九〇年的詩壇，將是他們的天下。

詩與資訊時代：後現代式的演出

1

最近一年來，「後現代主義」(postmodernism)一詞忽然在知識界頻頻出現：建築、繪畫、文學……都與它發生了關係。事實上，這個名詞之普遍使用，在歐美，也是近幾年的事。去年(一九八五年)，美國藝術史大家莫道夫(S. H. Madoff)應邀在北歐斯堪第納維亞系列講座中論「何謂繪畫中的後現代主義」時，便直接了當的說：

> 儘管大家都不太樂意用「後現代」這個名稱，可是在「現代主義」之後，許多數不清的藝術特色，可以顯示我們在「知性」上，已脫離了「現代主義時代」，向前邁進。(Arts Magazine 9, 1985, V.60 No.1 P.116)

所謂「後現代」(postmodern)，對社會而言，是所謂的「後工業時代」，在知識傳承的方式上，是所謂的「電腦資訊」，反映在文學藝術上，則是「後現代主義」。

「後現代主義」最大的特色，在於將所有的藝術類型，都分解成最小的「資訊單位」，可以無限制的相互流通重組。其結果是「內容」與「形式」完全分離，各自獨立衍生。以建築爲例，大樓本身的內容是鋼筋水泥，但其呈現的形式，卻可以任意選擇，或大理石貼面，或紅磚貼面，要什麼效果，就有什麼效果。柚木桌子，不必用柚木的內容，塑膠或保利板的印花貼面成品，已可亂眞，而且還可以防火、防蟲，比眞的柚木還好。

這種再造品有時候比原物還好的現象，常在電影藝術中出現。我們看到許多一流的電影，多半是由二、三流小說改編來的，便可證明。不同的「資訊單位」，重組某種內容時，不但創造了「新的形式」，也創造了「新的內容」。在這樣的情況下，形式與內容的關係，便變得越來越複雜了。

例如，某些內容，在作者錯誤的決定下，以「小說」的形式出現，結果當然不甚理想。然而在電影導演的安排下，重新以另一種資訊媒介出現，說不定會相當成功。就電影導演的立場而言，我們固然可以說是「形式」決定「內容」。但就「內容」的立場而言，我們何嘗不可說，某些「內容」，本身就含有特定的「形式基因」，要慧眼獨具的大作家，才能看出其中奧妙，一出手，就選擇到了那最恰當的形式，而把內容充分表達出來。

「艸根詩社」過去幾年來，一直在探索「詩」與其他資訊媒介之間的關係，希望透過其他「資訊單位」的重組，把「詩的內容」，來一次革命性的診斷。看看是不是所有的詩，都一定要通過「文字形式」來傳達，方爲上乘。是否有一些詩，會像小說電影一樣，在用「文字形式」呈現時，平平淡淡，一旦用其他方式表現時，便突然活了過來。

上月二十七、二十八、二十九三天，「艸根社」在青年寫作協會司馬中原先生的支助下，在南海路國立藝術館，作三天的「詩的聲光」發表會。把以文字形式出現的詩，用多媒體、綜合舞臺、幻燈、海報、音效、相聲、默劇、舞蹈……等不同的資訊方式，再創造，再組合，探索一種全新的可能。使詩，通過各種不同的管道，找到更多的知音。這樣做，應該不會對以「文字形式」(或書册形式)出現的詩，有任何不利或損害；反之，說不定會出現，觀衆看過電影再買小說的效果，那對詩的推廣，是會有相當助益的。

2

我在「詩的聲音出版」一文中，曾經提到，詩的發表方式，大致可分爲下列三種：

(1)印刷在紙上，以書報雜誌的形式與讀者見面。
(2)書寫或刻印在有關的繪畫雕塑或器物下。
(3)用聲音的方式來傳播。

以限制而言，用聲音方式的傳播是最不受限制也是最受限制的。因爲如我們用廣播電視或錄影卡帶的方式來傳播的話，那眞是隨時隨地可以直接體會詩人的聲音，以及其中所發出的思想之光。但，如果我們以朗誦會的方式來進行的話，那就要受到時間地點甚至於人數的限制。不過，朗誦詩的限制雖多，但卻有一項優點是任何其他形式都無法企及的，那就是詩人與讀者雙方可以當面交流溝通——產生無與倫比的臨場感及立體感。

最近幾年來，我們的社會發展趨向多元化，而詩的發展方式，卻多半仍停留在印刷或簡單的朗誦範圍，並沒有能夠與時代的脈搏相互呼應，例如多媒體的運用，短劇的排演，脫口秀的策劃，相聲的說唱……等等，都可以引進到詩歌的發展或演出中，豐富其表達的方式，增加其親和的力量，使之更能夠與觀衆打成一片。

「艸根詩社」成立十多年來，除了以印刷出版詩作以外，也舉辦過多次「生活詩畫展」及「詩歌朗頌會」，希望能以多種多樣的方式，與詩的讀者作立體的接觸。最近，我們更進一步，讓多媒體、短劇及相聲，加入詩歌的朗誦發表，並作整體性的策劃，使全部的演出，成爲一個首尾一貫的有機體。使朗誦會本身，也成為一個完整的藝術品。同時，我們在印刷出版上，也作了新的突破，把詩的發表，從傳統的「詩刊」方式，解放了出來，與彩色海報相結合。我們計劃全年出十二期，將來編成日曆，可以正反兩面懸掛，把詩與繪畫更緊密地結合在一起。

詩，本來就要依靠聲音來傳播的，若只是用眼睛閱讀或心中默唸的話，那等於與美女交往而不開口說話。不過單純的朗誦，有時也未必能夠完全詮釋詩的神髓，就像老是向美女誇個不休，也不是辦法，其中運用之妙，還要視個案而定。

例如這次在國立藝術館的演出，有我一首「隱形記」，原詩如下：

我站在這裏看你，你不看我
我站在那裏看你，你不看我
我耐心站在所有的角度所有的空間
看你——你都不看我

只有你才能看得到我，而你不看
你不看我，是因為所有的人都看不到我

所有的人都看不到我，是因爲
你不看我

你不看我，我就不存在
我不存在，哼！那你也就別想存在
你我都不存在了，嘿嘿，那所有的人也都……
無法存在

可是，可是即使一切的一切
都瀕臨不存在的危險
你還是不在不乎的不看我
不看看我

於是，我只好乖乖的站在這裏站在那裏
站在一切的內裏，看你看你

我只好把你看成一切，把一切都看成你
我只好把你的一切都看成，我自己

這首詩，由連安琦選擇改編並策劃朗誦。我原來以爲他要一個人獨誦。但沒想到他朗誦的方式，竟是把全場的燈熄掉，讓七八個朗誦員，手持打火機，或坐或站，分散在全場之中。每人只唸半句詩，聲音此起彼落，循環不息，或雜錯，或清晰，到了最後一句，才回歸到一個聲音。觀衆坐在黑暗裏，隨著打火機的明滅及朗誦發聲的位置，左右轉頭，眞正進入了一個立體的實況當中，體會了詩的內涵。

像這樣的朗誦方式，本身是一種再創作，藝術性極高，不但把全詩的神髓把握到了，同時也使演出本身成爲一種獨立的作品，令人印象深刻，回味無窮。

是的，詩的傳播方式，是該立體化了。我們不但要看，而且還要聽，不但要聽，而且還要在聲音之中，注入電流，使之發光，不但發視覺之光，而且還要發思想之光，創造之光。歡迎大家一起來，與我們共享一場「詩與光」的饗宴。

詩與後設方法：「後現代主義」淺談

十多年來，我不斷在詩創作方面，做多樣的嘗試，出版了四、五本詩集。最近發現，自己早期詩中，如「吃西瓜的六種方法」，一直到去年的「錄影詩學」，都呈現一種現象，和歐美近來正流行的「後設語言」及「解構主義」有點類似，反映出一種「後現代」的特色。

解構主義的主旨，爲「沒有中心」，即文學本身沒有固定的意義，可以容納各式各樣的解說，此與我寫「吃西瓜的六種方法」時，所採用的精神及手法，十分類似。而在解構主義出現之前，「新批評」是西方批評的主流，認爲文學作品有一定的意義。然而解構主義則認爲：文章句法和形式結構之間，往往會產生斷層現象，不同文章中，出現的相同字句，會有不同的意義產生；而文字符號本身，在不同時代中，也會產生不同的「指涉」。解構主義在修辭上，強調看不見的那一面，亦即「表現出來的東西，正好顯示出沒說出來，或沒表現出來的意義」。因此，意義可以衍生發展，永無休止，永不固定。解構主義出現在十五年左右，與「後現代」主義的發展，有密切的關係。

基本上，現代主義的社會是工業社會，後現代主義的社會卻是後工業或資訊社會。在社會的發展過程中，文學往往會以「落後」或「超前」的方式來反映社會的情況。

法國哲學家密歇爾·福寇(Michel Foucault)在他「事物的秩序 *Order of the Things*」一書中，述及思想事物發展的次序，對結構主義、解構主義和後現代式的社會觀照，影響很大。他說：社會發展和人類累積知識的方式有不可分割的關係，十八世紀以前，人類累積知識的方式只是盡量的增加，比較緩慢。可是，到了十九世紀，發展愈來愈快了，原因就在累積知識的方式上發生了根本的變化。十七世紀以前，人類靠著事物在「外形」上的分類，來累積知識，也即演繹法。自從培根提倡用歸納法來研究事物後，人類開始以事物的「內在」來分類。一直到達爾文發表「進化論」後，人類才開始警覺到這種方法，就是所謂的科學方法，可以對事物做不斷的分別、分析及歸類。

此後，分類愈來愈細密，最後分出了電子、原子等元素。至此，人類甚至可以改變物質的結構，於是乎，在質能互換之際，原子彈、核子彈陸續出籠。

由於這種對科學分析、分類的信心及信念，使得以前認爲不可分析的人類「精神狀態」，也在佛洛依德的「精神分析學」下，無所遁形。再加上對人類生理與心理的相關研究，人類居然可以藥物，來治療精神上的疾病。佛洛依德認爲，人作夢，就是潛意識的活動，可以清楚的反映人的日常外在的活動及思想。佛氏分析到最後，認爲人的精神與身體的器官、神經系統，都有生理物理的關係。所謂現代主義，便在這種知識發展的過程中，產生了。當人類把事物分類時，每樣東西都產生了自己獨立的歷史。逐漸的，兩個不同的歷史之間的溝通，慢慢產生了困難。於是，專業化的觀念就應運而生了。科學化就是一種專業化的過程，科學製造機器，是「爲生產而生產」，用到文學上，便是「爲藝術而藝術」了。

美國批評家蘇珊·宋塔(Susan Sontag)在她「以疾病爲暗喻 *Illness as Metaphor*」一書中，對藝術家，尤其是現代藝術家爲什麼被視爲「瘋狂」，有很深刻的研究，和德國藝術史家柏格(Peter Burger)看法，十分近似。柏格認爲，古代神權社會裏的藝術家，與社會和諧相處；大部分的藝術家，都在爲宗教的理想而服務。藝術家和教皇、大地主、平民是一體的；因此，在創造藝術時，他便想盡方法把大家共有的觀念，用大家共有的手法表現出來。藝術家用不著強調自己的名字，因爲構想是大家所共有的。到了王權興起時，貴族在相互競爭財富的風氣下，藝術家們開始爲貴族「贊助者」而服務。這時，藝術家們便逐漸注重發展本身的藝術技巧，以求與衆不同。從此，在作品上署名，便成了慣例。

工業革命後，中產階級興起，機械化與專業化出現，藝術家便失去以往的地位了。因爲，在社會開始專業業化之後，許多藝術家的「作用」，便被機器——如「照相」——所取代。於是，藝術家也只好開始專業化起來。然而，這些在專業精神下所完成的藝術品，未經解釋，一般人根本看不懂，於是，藝術家便和社會發生隔閡，造成了現代藝術的困境。依照宋塔女士的分析，藝術家不斷和觀衆產生巨大的衝突，弄到後來，藝術家們必須靠大衆的「反對」，才能建立自己藝術的殿堂，顯示出作品的「孤高」與價值。而藝術家本人的形象，也變得多「病」或不正常了。

二次大戰後，這種現象改變了。因爲在資訊社會中，人們累積知識的方式改變了，各種知識不斷以通俗易懂的消費型態出現，大家可以盡情選購，而且可以片斷的方式吸收，例如各種單元性的「電視節目」，就是最好的證明。

這種社會的特點，就是「複製」各種資料及知識。現今社會，人們已有能力把所有的東西，都分成最細小的「單元」，然後加以重新組合。所以，後現代社會的現象，是一些「最基本」的，沒有「個性」的「資訊單元」在互相流通，使人類幾乎可以「後設方法」，複製任何東西。現在就讓我們來簡單的回顧一下，臺灣後現代社會的發展：

——民國五十年，開始有電視，強有力的傳播媒體誕生；加工出口區設立，是「複製」形態的開始。

——五十七年，九年國教開始，使每個人有更大的管道吸收知識、複製知識。

——五十九年，清華大學有了電腦，開始用全新的方式累積或處理資訊。

——六十年，計算機出現，比較文學也登陸臺灣，使臺灣在資訊的處理上，從一般社會到高層次的學術圈，都與國外有更廣泛的接觸。

——六十四年，影印機開始流行，複製的手法進入大衆化的新紀元。

——六十五年，開放觀光，人民接觸各種資訊的管道快速增加。

——六十六年，國內教授接受大學資訊電腦的再教育，電腦知識開始普遍化。

——六十九年，消費者文教基金會成立，反映出消費型態的社會正在形成。

——七十年，中文個人電腦出現。

——七十三年，龍發堂精神分裂病患事件、試管嬰兒出生，數位電視出現。凡此種種，都反映出後現代社會的特色，如精神分裂、知識分裂等情況。

我們把這些社會現象和臺灣文壇的現狀，加以比照後，應該採取什麼樣的態度，才能使這些社會現象，與文學寫作發生關係呢？

所謂文學，就是用文字來表達思想、感觸。西方研究文學科學的語言學家德索須（De Saussure）晚年在日內瓦教授語言學，逝世後，學生把他的講義蒐集編輯出書，書名「普通語言學教程 *Course in General Linguistics*」。這本書對西方近代思潮所造成的影響，可說空前巨大。德索須將語言分成最細小的「單位」來研究，提出一個看起來簡單，卻影響深遠的說法，即「如果這是A，就不是B」。這個簡單的方法學原則，對西方後來的文化人類學，如李維師托等的結構主義理論之發展，有深刻的影響。德索須的研究和俄國評論家 Viktor Shkiovsky 在一九一七年所著的「*Art as Device*」一書，也就是「藝術即策略」的說法，有相當程度的關係。此後，整個西方的「結構主義」的理論，如語音中心觀，二元對立，「生和熟」的說法，都由此而生。

結構主義在二次大戰後十分盛行，一直到一九六八年，法國學潮爆發，學術界才開始對結構主義、存在主義等流行理論，展開深刻的省思。其中以德希達所提出來的解構思想，最具影響力。受了德氏的影響，耶魯大學布魯姆、德曼、米勒……等四位教授也形成了一個以解構思想為中心的學派，俗稱「耶魯四人幫」。他們認為，結構主義設定，每種東西都有一定完美嚴密結構的說法，是不夠精確的，因為結構本身就含有「解構」的傾向。

以我們中國人的看法，解構理論和莊子的哲學，是可以平行對比，相互參照的。因為二者都認為文字本身即可獨立發展出自由的生命，文字的意義也可獨立延伸出去，如「得意忘言」

之類的看法，就是例子。

解構主義的精神，就是從事物的另一面、或隱藏的那一面來看。而文字的表現與傳達，就經常利用到這一點。德索須的語言學理論，經過結構主義者的推廣，在二次大戰後流行了起來，爲語文研究打開了許多新的窗戶，各種學派紛紛而起，文學理論也愈說愈玄，甚至搞的大家都不容易懂了。

流風所及，文學批評也從根本上發生劇烈變化。以前，要先有文學作品，才可能有文學批評。現在不同了，文學批評家認爲他們已經掌握了文字的奧秘，可以獨立創造批評；在一部文學作品還沒出現前，文學批評理論就可以提前宣告誕生。德索須之後的語言學家，開始認爲，人類通曉世事的方法，就是透過「語言」，沒有語言，就沒有現實。這個理論，推到極端，就成了：沒有「桌子」這個「名詞」，就沒有「桌」這樣「東西」。這和我們慣有的經驗完全相反，然而，不少語言學者，在研究後都提出證據，對這種理論，加以肯定。例如羅青的「青」字，在中文裏，如「青天白日」、「草色青青」，都是同一個字，但在英文中，就只能翻譯爲「Blue」或「Green」。而事實上，「青」並非「Blue」或「Green」，英文中沒有「青」這個字，英美人士也就無法確切知道，自然間有這個顏色，這便是沒有文字就沒有實物的例證。

文學批評者一直是以研究社會和文學的現象爲主，如今他們自認爲已經能把社會現象，掌握得很準確了，當然可以不必再透過文學作品，來研究社會現象了。他們已經可以獨立了，能夠直接創作批評論文，把社會現象完整地分析演繹出來，從而產生新的批評理論。

也正因如此，文學作品地位便發生了劇烈的轉變，尤其是近幾年來，讀者注目的焦點，全轉向了文學批評。

臺灣一九七〇年以後的文學，在後工業社會的發展下，反映出一些解構主義式的特色，與老現代社會所產生的文學形式相比，出現了明顯的不同。老現代主義下的文學、藝術形式，比較封閉，講究透視，且經常有孤立的傾向，拒絕和讀者或觀衆溝通。例如王文興的作品，便從不想取悅讀者，有時還反而不斷鞭撻讀者，使人看了不太舒服。老現代主義文學作品的另一特色，是講求純粹性，和抽象畫頗有異曲同工之妙。

而後現代主義、後工業社會卻是多元的。許多不相干的東西可以同時存在，不一定要有空間、時間的次序關係。例如電腦，可以同時記錄許多完全不相關的資料，人腦就不能。正如一些後設式的「拼貼」畫一樣，後現代藝術家經常融汽車、火箭、維納斯於一爐，完成了一種新的藝術風格。這樣看來，「內容與形式分離」，正是後現代社會的一個寫照。這種現象在臺灣的社會生活當中，也由來已久。例如建築物，同是鋼筋水泥骨架，卻可以貼磁磚、玻璃、大理石而成爲不同外貌的建築。

一般人都認爲中國社會的現代化，是從鴉片戰爭後開始的。但根據晚近的研究，許多學者都認爲，應該從宋朝就開始了。因爲，根據研究，宋朝時期的軍事、經濟、科技、學術、都市型態、專業分工等，都到達前所未有的成就，例如霹靂炮、銀票、「格物致知」等事物的發明與觀念的發展，就充分證明此點。到了明代，繪畫、建築的「後」現代傾向就更強烈了。「芥子園畫譜」的出現，使畫家根本不必依靠大自然，就可揮灑出一幅像樣的山水或花鳥。導致有清一代，後設式的「仿古」風，吹了二、三百年之久，至今不衰。中國的假山、園林，在西方看來，都含有後現代主義風味，因爲其中充滿了形式和內容交錯變位的情形：例如幾塊小石頭，經藝術家擺擺弄弄，竟成了一座幾可亂眞的巍峨高山。

繪畫成了記號系統，開始可以獨立運行。很多人認爲畫家畫的是「理應如此」，而非「自然如此」，美的作品其實根本不寫實。例如畫馬，歷代畫家都是看了前人的畫法或依自己的理想而來的。至於眞馬（攝影機下的馬），從來就不會像畫家的那樣，前腿雙雙向前，後腿雙雙向後的奔跑。

總而言之，解構主義或後現代主義，是一種後工業社會現象的反映。人類累積經驗或知識的方法，已經徹底的改變了。藝術及藝術理論，當然也就跟著改變。

當代的社會、歷史、精神生活都是分裂的、片斷的。知識爆炸與專業化的結果，是沒有人能夠懂得其他人的專業知識。可是，現代人在這樣紛亂下，也慢慢過習慣了，一點也不覺得把亂七八糟的東西湊在一塊，有何異常，如我們看電視，便常常把許多風馬牛的廣告也一起看了，便是很好的例子。不過，儘管這樣，藝術家還是希望能在亂中，理出個頭緒來。後現代風格的「寓言」形式，於焉產生，這和中國「借古諷今」的藝術手法，是差不多的。後現代社會中，許多繪畫都是後設式的「仿古」，揉和了許多前人的技巧，拼湊而成，使看畫的人覺得很熟悉，容易接受。他察覺這張畫和古代的傑作有關係，而這關係又是截斷歷史，任意引用的。後現代狀況不管是好是壞，已經是我們大家現在正在生活的情況，至於藝術家要不要認同，那就見仁見智了。大家如不以爲然，也可以反其道而行，或可利用支離破碎的手法，甚至用機器的語言，用鏡頭的語言來表現。寫作的方式是多樣的，我的責任是讓讀者認識現階段社會發展的方向、內容及狀況，至於說藝術家用什麼特殊的方式來表達，倒是次要的問題。

說到這兒，要回頭說說我的「吃西瓜的六種方法」了，吃西瓜到底有沒有方法呢？——我覺得方法是有的，只要把握住一個原則，那就是不違背西瓜的「本性」，隨便你去發明各種方法來吃都可以，而且方法愈多愈好。這當然是一個解構主義式的後設寫法。

我的題目寫明了是「六種方法」，而內容只寫了四種，而且全與吃西瓜無關，第五種甚至只有題目。最後一種，是第零種還是第六種，則完全不能確定。形式的不固定使內容也完全開放了出來，產生了無數意義的可能。因此，表達的形式，是十分重要的，內容和形式的關係，已成了後現代主義最希望重新探討的問題。「吃西瓜的六種方法」這首詩，不只是象徵新寫作材料的開發，同時也可以用來暗喻體裁和寫作方式的新關係。這一點，可以說是臺灣文學中，「後現代」傾向的一個先聲。

希望今後的文學工作者，能以本身的智慧、能力，面對我們當前及未來的社會，爲文學的表達方式，找出許多條新的道路。

註：本講稿爲民國七十五年四月，在高雄中山大學的演說，由民衆日報記者劉鳳芸記錄，並以摘要的方式，在民衆副刊上發表。

後現代與未來：後工業社會的文藝

從一九八〇年到八六年，是二十世紀中國社會文化發生深刻變化的關鍵時期。在中國大陸，我們看到在經濟上「改革開放」的行動，雖然距離成功還有一段遙遠的距離，但卻總算踏出了第一步，帶來了一些可喜的變化。在臺灣，從八〇年消費者文教基金會的成立，及個人電腦的風行，到八七年的政治解嚴，及一連串隨之而來的開放措施，使臺灣——二十世紀中國文化的實驗室——展現了許多令人振奮的成果，爲中國文化的未來，提示了一個較切合實際的發展方向。

民國七十六年初，行政院主計處勞動力調查統計顯示，七十五年平均勞動力達七百九十四萬五千人，而其中服務業人口首度超過工業人口，佔百分之四一·五，工業人口佔百分之四一·

四，農業人口佔百分之十七。今後臺灣的情況是，工業人口將持續減少，而工業產品則因CAD電腦輔助設計製造系統及機器人的使用，將不斷增加，農漁人口更降到百分之十以下，而農漁產品因綠色革命及遺傳工程的進步，將不斷的增加。服務業人口會大幅成長，生產者與消費者會取得相當的共識，因爲每一個生產者同時也是消費者。服務業人口的激增，就是後工業社會出現的重要指標。

後工業社會的另一項特色，是古今中外所有的資訊，都可以做無限制的相互交流。農業社會的古典主義、農工業社會交替之際的浪漫及寫實主義、工業社會的現代主義，都變成了後工業社會中後現代主義裏的資訊單元，可以相互融滙，混合再生。以語言學及記號學爲主所發展出來的方法學，與電腦合而爲一，產生一種獨特的方式去處理文字，聲音、圖象的累積與創作。

後工業社會的出現，讓我們有機會以新的、資訊的眼光，去重新詮釋中國文化的過去。特別是唐朝以後，因印刷術發達而帶來的種種文化特質。在文字與圖象資訊之複製上，中國在十七世紀，曾經達到過一個相當的高度，値得我們做進一步的探討。在臺灣，自從民國五十一年臺灣電視公司成立後，後工業社會的現象，便逐年增多，一直到去年，可謂達到了第一個高潮，更是値得我們研究。

後工業現象是從臺灣社會金字塔的底層開始蔓延的，與一般民衆的食衣住行育樂有密不可分的關係。因此，在過去二十多年來，自然而然的，就產生了一些反映這些現象的後現代主義式的作品。其中以詩在這方面反映最早、最多，小說次之。凡此種種，也都值得我們進一步仔細考察。

過去四十年來，臺灣地區在科學技術上的發展，速度相當快。民國四十年代，社會還是以農業爲主；到了五六十年代，則是以工業爲主；在七十年代，又邁入了後工業社會。這三種不同的社會型態所產生的生活態度及標準，常常在同一個人身上，出現重疊的現象。這也就是說，一個人在處理商務時，用的是後工業社會的電腦；然在其他方面的活動，又以工業社會中的準則爲依歸；說到藝術欣賞，則又回到農業社會「雲山瀑布」的審美活動裏去了。

不過，總括來說，臺灣在未來，是一步步在向後工業社會的道路邁進。我們的文學藝術，無可避免的，將會遭到一個全新的社會環境之挑戰。而在文學方面，詩、小說、影劇，乃將是因應此一挑戰的主將。在此，且讓我們準備迎接一個新的文藝豐收季之來到。

——一九八七年十月中央日報

卷第三 兩肩傳燈

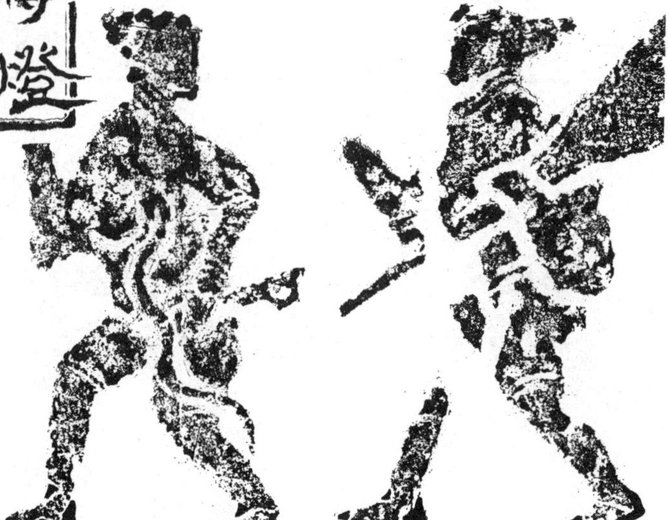

臺灣詩壇三十年

近三十年來臺灣詩壇的活動，大約可以十年爲一期來加以區分討論。從民國三十八年到四十八年，是調整重建期，詩人們大體上都厭惡「文學應爲政治服務」之類的教條，重新回到以藝術爲重的方向上，一時百家齊鳴，各種新舊形式的詩，紛紛出籠。而其中以紀弦的「現代派」，聲音最爲響亮，由於紀弦的提倡，自由詩漸漸成了最流行的形式。在民國五十年代及六十年代間活躍成名的詩人，大多在此時起步，他們大部分出生於民國三十年以前，因戰亂的關係，很少能順利接受從小學到大學一系列完整的教育。他們對傳統的文化，因認識不多，而有顯著的排斥或忽視，對西方文明，也因爲許多美麗的誤解，而無條件的擁抱模仿學習，以當時的社會環境觀之，這種情形的產生，實在是很自然的。

那是一個大動亂後，修養生息的時代，國家在政治上的分裂，使得文學的傳承硬生生的割斷，許多前輩優秀的研究成果，無法順利流傳下來，供大家學習。對當時創作者來說，無論古典傳統或現代傳統的壓力，都減至最輕，從好的一方面來看，這是可以激發大膽創作的好時機。再加上經濟力的薄弱，就業機會的稀少，對外接觸的困難，使得許多有才氣有創意而又求知慾旺盛的失學青年，紛紛投入文學創作，尤其是詩創作的領域，努力向內心世界耕耘。他們對舊大陸所知不多，迷戀不深，再加上環境的限制，於是很自然的把眼光放到新大陸及歐洲大陸上，以爲創作的精神寄託。因爲當時臺灣本身的文化狀況，實在乏善可陳，有文化沙漠之譏；而文化沙漠中的仙人掌——「現代詩」，便如此這般的生長了起來。

這些青年詩人，對文學藝術的瞭解雖然不夠深刻，但其雄心與抱負，卻是遠大的。對他們來說，古典的傳統不屑一顧，也沒有能力一顧；新的傳統無法回顧，至少是無法公開而有系統的回顧；本土的文化環境又貧弱簡陋，乏善可陳；爲政治而藝術是行不通的，爲大衆而藝術又變成了向商業低頭；要西化，不能徹底；要恢復傳統，則既無環境也無能力，而且還顯得有些不合時宜；農村時代要過去還沒有過去，工商社會要來臨而尚未來臨。在這樣一個相當封閉而又尷尬十分的環境中創作，成了他們肯定自己的唯一途徑，除了向自己的內心深處看，就是向前看、向世界看（實際上是向歐美看），以全力現代化，來證明自己的藝術成就，是超越時代的，是能夠與世界（歐美）第一流的作家平起平坐的；至少，也是能夠互通聲氣，志同道合的。至於本土的讀者，對他們來說，大部分都是「半票讀者」，根本無資格也沒有能力欣賞他們優秀的創作。

從民國四十八年到五十八年，是臺灣詩壇全力現代化（西化）的十年，許多詩集都有英譯附錄，歐美現代詩的中譯亦風行一時。經過前面十年的努力，新詩現代化的主張大獲全勝，所謂具有「現代」傾向的自由詩，已經定於一尊；其中有些作品譯成英文後，幾乎可以亂眞，十分類似歐美現代詩壇的副產品。

不過新詩人爲贏得勝利，所付出的代價也是很大的。原來就稀少的詩讀者，至此更加稀少了，報章雜誌紛紛拒刊新詩，詩集沒有銷路，詩只能在同仁刊物發展，詩的讀者好像只少得剩下詩人本身。因此，有少數詩人，發出了自我反省的聲音，引發了詩人內部的再檢討。

不過，詩的外在環境雖然惡劣，詩人本身卻鬥志高昂，大家紛紛慷慨解囊，自己創辦詩刊，自費出版詩集，對詩維持著一種宗教般的狂熱，一面向更年輕的一輩「傳教」，另一方面創作出許多引人入勝的佳作。例如，民國五十八年一年中所出版的詩集，竟達三十册之多，造成了新詩寫作的高潮。在詩藝的探索及挖掘上，這十年無疑是大大的豐收了。同時，許多詩人開始得到機會出國留學，有了與西方第一手的接觸資料，對西化、對古典、對新詩的傳統，產生了不同的看法，加強了新詩人自我反省的能力。

民國五十五年左右，臺灣的外銷工業開始擡頭，社會對外漸漸開放，觀光事業快速成長，出國留學的青年日多，再加上資訊的傳播方式也有了改變，電視、報紙開始急速蓬勃發展，新的一代，戰後的一代開始成長，爲詩壇注入了新血。

所謂戰後的一代，大多出生於民國三十年以後，在臺灣度過童年，他們對戰爭的記憶不深，感受不強，有機會在安定的環境下，接收完整的小學初中高中教育，進一步考入大學及研究所，接受更高深的訓練。對他們來說，保守的壓力不像以前那麼大，西化的需要也不像以前那麼迫切，他們對古典與現代同樣的好奇，對各問種文學理論都有興趣。他們對共產主義沒有什麼幻想，因爲他們成長的時候正是中共文化大革命的時候，他們對臺灣的未來充滿了信心，因爲那時正是本土工商業邁向空前繁榮的階段。

新的一代在民國六十年左右，開始在詩壇上活躍，工商業的繁榮，帶來了大量的就業機會，任何創意，都可以使一個年輕人在一夜之間成就事業，發揮才氣及想像力的地方，不僅限於新詩這個窄小的範圍了，廣播、電視、報章、出版、廣告、電影、民歌、……甚至於政治，都提供了許多機會，給年輕人參與，詩不再是詩人唯一的「宗教」了，詩還原至一個比較正常的位置上，不再鑽牛角尖了。詩人們走上了一條更寬更廣的道路，發現多彩多姿的花季，正重新降臨。

這十年是臺灣詩刊最蓬勃的時代，大小詩刊共出版了近三十種，眞是盛況空前，其中較有影響力的是「龍族」、「主流」、「大地」、「水星」、「秋水」、「詩人」、「草根」、「天狼星」、「掌門」、「陽光小集」……等十餘種。至於個人詩集的出版，雖比不上民國五十八年的高潮，但也有兩次（六十一年，六十四年）高達二十四册之多。此時，讀者對新詩的反應，也漸漸熱烈了起來。民國五十八年所出版的三十册詩集，大部分是自費出版的，而且發行不佳，銷路不振，很少有能再版的。到了六十四年，二十四本詩集中，大部分是由出版社印行，發行網比以前好多了，而且銷路不惡，有不到一年就再版的詩集出現。

這個階段新詩的特色是，題材拓寬了，表現方法也在「大衆」與「個人」之間，取得了平衡之道，太過晦澀的作品減少，淺白無味的詩卻增多。至於介乎二者之間，又能夠有深刻藝術表現的作品，則佔了大多數，臺灣新詩發展到第三個十年，可說已達到了成熟的境地。

如果文學也有生老病死的話，成熟期的來到，固然令人欣喜，但也預言了即將到來的衰頹；同時，也暗示了新生命的萌芽，民國六十六年以後的詩壇，便是在這種尷尬的情況下度過的。

民國六十六年八月，「鄉土文學論戰」開始，大家從經濟、社會、政治、文學等各種角度，來談文學的方向，規模之大，堪稱空前。其中一方主張文學必須反映社會、政治、經濟的發展狀況。這種主張可分爲兩個層次來討論，第一個層次是，文學作品應在特定的方法論及觀點、在歷史哲學或歷史決定論的綱領下，反映現實的「變化」。第二個層次是，文學作品不但要消極「反映」，而且還要積極的「領導」這種「變化」。從這種主張出發，再進一步，便要走入文學爲政治服務、爲工農兵服務的社會主義寫實主義範圍。反對的一方主張文學可以也應該反映社會變化，不過要在藝術化的先決條件下，方成。同時，作家所用的觀點及方法，應該是「個人」體會領悟所得，應該是誠實而深入的，而非「集體」性的強制法則。文學作品的目的是以藝術的手法，全面而深入的，通過娛樂或啓發，來潛移默化讀者，使之從事理性的深思與反省；而非以固定的史觀，片面曲扭或煽動挑撥，刺激讀者產生非理性的行動。雙方辯論得相當激烈，持續了將近兩年的時間。

事實上，這種辯論最先出現在詩壇上。早在民國六十二年八月的「中外文學」裏，就開始了類似的論戰，延續了一年多方告結束。這種論戰之所以會發生，其原因有二，其一是民國五十年代的新詩，有一部分因爲「惡性西化」的關係，變得十分晦澀難解，完全與時空脫離，許多反對新詩的人便趁機攻擊，製造了新詩全是如此的假象。同時，新詩人間本身的評論也不健全，沒有把新詩中的佳作，強而有說服力的介紹給大家，使得讀者與詩人之間的誤解，越來越深。民國六十一年，新加坡大學英文系教授關傑明在「人間」副刊發表「中國現代詩的困境」，立刻在國內受到了熱烈的回響。大體上說來，關氏的批評，是正面的，有積極意義的，激起了新詩人的再省思，比起那些盲目排斥新詩的人，要好的多。

關氏的文章，一年後，引起了在「中外文學」上的論戰。這次，反對新詩的文章，開始採用特定的方法、觀點、及歷史決定論等等，來否定整個詩壇過去二十年的貢獻。純文學的論戰，隱約之間，已變成了政治意識形態的「代理戰爭」。這種「代理戰爭」在民國二十年代就已經出現過，不久，即全面變成了政治鬥爭。民國四十年代，國家領土分裂爲二，國際局勢動盪不安，言論尺度緊縮，禁書禁忌增多，造成了詩人走向西化，走向極端內心世界的原因。但是曲折反映時代的作品仍然存在，在層層象徵及暗示的保護色下，作家寫下了他對社會現實的反映、感受及批判，一般粗心的讀者，是無法看出來的（如瘂弦的「船中之鼠」，就是例子）。這種曲折反映現實的作品，在民國五十年代的小說中，得到了進一步的發揮。到了民國七十年代，更轉入了文學理論，以補文學作品多義性的缺失，使要傳達的訊息更明確的表現出來。（參閱董保中「金水嬸與金水嬸的批評」，及陳映眞化名「許南村」評陳映眞小說的文章等）。如果有人認爲民國四十及五十年代的詩，完全是惡性西化，絲毫沒有反映現實的話，那是不正確的。

從六十一年純文學的討論，到六十二年詩方向的論爭，再轉到六十六年全面的社會文學論戰，使得政治意識形態的「代理戰爭」白熱化了。最後，主張文學社會化的一方，便直接辨起政論雜誌，拋棄了文學的外衣，正式加入了政治活動，積極的把自己的論點宣傳出去，把自己的主張付諸行動，一直到六十八年，「高雄暴力事件」發生後，方告一段落。

民國五十年代中期，社會經濟開始飛速發展，國際局勢穩定，政府自信心增強，禁忌逐漸減少。到了民國六十年代，政治管道慢慢通暢，言論尺度放寬，許多社會政治問題，漸漸都可以公開討論。再加上科技發達，對外交通頻繁，禁書之類的法規，已經形同具文。由於影印技術的普遍，書籍迅速流通的可能性大增，使戰後一代詩人的閱讀範圍，不斷擴大。

民國六十年代，新一代的詩人登場，他們沒有大陸經驗，他們所能擁抱的，只有自己最熟悉的土地：「臺灣」，無需口號，也無需提倡，一切都發生的十分自然。民國五十年代末期，此一趨勢，就已經初現端倪，對詩壇變化一向最爲敏感的余光中，早在民國六十一年就看到了這個趨勢，指出了回歸泥土，是刻不容緩的事。(見「龍族評論專號」：「現代詩怎麼變？」)

在這樣的潮流下，譯詩首當其衝，立刻迅速減少。民國五十年代出版的譯詩集、選集、傳記、論評等，雖然不多，但也有六十四種左右。到了民國六十年代，這方面的出版開始逐年遞減。尤其是關於歐美現代詩的譯介，更是一蹶不振，與民國五十年代風行一時的盛況，根本無法相比。翺翺(張錯)的「當代美國詩的風貌」出版於民國六十一年，介紹了當時美國最新的詩潮。此後十年之間，斷續零星的翻譯已不可多得，更遑論專書介紹最新歐美的詩壇動態了。

對歐美詩潮興趣的減退，也有其正面的作用，那便是對世界其他地方詩作興趣的增加。民國六十年代，翻譯雖然普遍衰退，但介紹的範圍卻比以前來得廣濶，連智利左傾詩人聶魯達的作品，都有了一些中譯（見「笠」詩刊五九～六〇期），可見大家對世界文學的好奇心，並未完全消失，而譯介的尺度與範圍，都拓寬了許多。

新一代詩人，在民國六十年代主要的工作，是建立自己對傳統對泥土的信心；在不斷的嘗試以各種詩的形式介入參與現實生活；在重新與斷裂的文學傳承，銜接溝通；在努力建立理性而客觀的批評體系，希望能肯定新詩的價值，並與讀者交流。凡此種種，其方向與做法，都是正確的，然因個人的體驗實行不同，也造成了一些流弊。其一是盲目的對傳統及泥土的偏愛，形成了一種浪漫得近乎迷信的態度，以簡單的二分法來區別都市與鄉村，傳統與現代，以過分簡化的態度，對一切做道德價值辨斷：矯枉往往過正，自信轉爲自大，甚至剛愎自用……，失去了理性的行爲及言論，時有所聞。

其二是在以詩的形式介入社會時，往往粗暴的把詩簡化成一種宣傳的工具，成爲另一種口號吶喊，對詩藝那種純粹得近乎宗教的感情不見了，失去了眞誠感，毀傷了詩的本質，同時也沒有達到宣傳的作用，可謂兩敗俱傷。這類的詩在民國六十六年左右，流行過一陣子，既無法獲得一般讀者的共鳴，又失去了詩讀者的支持，對民國六十年代初期所建立的讀詩風氣，造成了相當大的打擊。因爲從宣傳的觀點來看，在這忙碌的社會中，需要思索玩味的詩，是比不上小說的。當宣傳特定政治或社會意識形態的風氣，變成了文學寫作最「流行」的目標時，對年輕人來說，寫詩當然不如寫小說，或乾脆直接寫評論，來得有效。於是，許多青年詩人，紛改行寫小說，或投入政論雜誌的行列，造成了民國六十年代末期的詩壇隱憂。

其三，在對新詩歷史回顧的過程當中，詩評家往往流於片面的觀察，重點在禁書方面的點滴吸取，而沒有以歷史的透視，做全面客觀的探討。對新詩思想的發展，方法學的演變，藝術成就的評估，詩人地位的評價，都沒有深入的探索。部分青年詩人對新詩本身發展史的認識不足，對詩的「宗教感」或狂熱的喪失，都對新詩的發展不利。由於對新詩歷史不夠了解，對詩法探索的深度不夠，使得部分青年詩人在藝術上的創新，有力不從心的感覺。題材固然是拓寬了，但表現的手法卻有「千人一面」的趨勢，形成了一種不好不壞的平庸風格，這種詩，往往能夠附合教條化的文學批評標準，容易得獎，然卻失去了詩的活力與新鮮的衝勁，引不起讀者閱讀的熱情。當然這種現象，似乎在任何時代都會出現，民國五十年代過分晦澀的詩，與六十年代過分口號的詩，似乎是有異曲同工之「不妙」。

因此，對過去三十年來好詩評析解說的書籍，便大行其道了。從民國六十七年的「從徐志摩到余光中」新詩論文集開始，短短的四年間，有關新詩詮釋賞析的著作，竟出版了不下十種，近二十册之多，而且都有相當好的銷路（「從」書已有十版的記錄）。比較起來，詩集的銷路反而瞠乎其後，除了少數例外，又都回到了以前要銷一版都非常困難的境地。不過，新詩的賞析與研究，已爲回顧新詩史打下了良好的基礎，以長遠的眼光來看，這是有助於民國七十年代新詩的研究與創作的。

新一代詩人在建立對自己、對傳統、對泥土的信心之中，也產生了許多問題。反對惡性西化，回歸本土之後，立刻就面對了整理遺產的問題，如果沒有豐富的一手資料，以及恰當的學術訓練，「整理遺產」就會變成空話一句。然大家在回顧歷史時，馬上就會產生歸屬的問題，對新的一代詩人來說，古典的傳統十分可親，現代的傳統反倒生疏，尤其中共在大陸三十年來對現代文學的摧殘，使得大家很難瞭解大陸年輕一代眞正的心聲。樂觀的看法是臺灣新詩將塡補這數十年的空白，成爲中國文學史上重要的一章；悲觀的看法則認爲，在歷史的透視下，臺灣文學只是「邊疆文學」的一支，充其量只能在未來的中國文學史上，佔一小節而已。（而國內對「中國文學史」的寫作並不重視，大多只寫到淸代，而且主要的教本，也是中共方面劉大杰編的。三十年來，我們一直沒出版有分量的新編，也沒有人寫過從古代一直討論到當代的中國文學史。）

「心懷鄉土，放眼世界」本來是一句很正確的口號，但實行起來，卻有其困難之處，往往是顧此失彼，矯枉過正。民國五十年代的詩人，確實是「放眼世界」的，他們不斷的設法在藝術上提昇，如有新的突破，立刻會得到詩人們熱烈的反響。到了民國六十年代中期，似乎產生了一種錯覺，認爲只要主題或題材正確，就可以保證作品優秀。民國五十年代的詩，是「有句無篇」，經過反省後，六十年代認爲，最好的詩，應該是「有篇有句」或「無句有篇」(全篇就是一個精彩完整的有機體)。可是「有句無篇」的詩作減少後(是否眞的減少了很多，也很難說)，「有篇有句」或「無句有篇」的詩作卻不見增加，有許多作品仍在「無句無篇」裏掙扎，年輕詩人對藝術上的創新失去了興趣，實在不是什麼好消息。因爲新的手法或藝術技巧，與新的思想與內容是相輔相成，缺一不可的，時間以及時間所帶來的改變是不容忽視的，隨之而產生的許多新主題，不是六十年代或五十年代的老法子可以「輕易」解決的。坐在那裏套以前的「公式」，是行不通的。

民國六十年代，工商業迅速發達，就業機會大增，對創意的需求，也相應的擴大，使得許多剛剛起步的多才詩人，迅速消失在非文學的活動中。民國五十年代青年詩人的標準出路之一，是大學畢業，在國內或國外深造後，走上教書的崗位，繼續從事詩創作或詩評。到了民國六十年代，除了留學外，觀光或商業旅行，也成了出國的重要目的之一，高深的學位，不再具有絕對的誘惑力。詩人對詩、散文、評論……等等一把抓的雄心與努力也漸漸減少。

此外，壓力愈來愈大的大專聯考，對青年詩人亦產生了很大的影響。大專聯考始於民國四十三年，到了民國五十三年，已經發展到競爭白熱化的地步。此後，更是變本加厲，影響到初高中的教學甚鉅。民國四十年以後出生的詩人，能夠通過大專聯考的人數，漸漸有減少的趨勢。這種情形在一方面顯示，詩人的來源更多樣化了；另一方面則顯示，大專聯考式的教育制度，可能不太適合詩人的發展。

過去幾十年來，現代詩人常喜歡引用「詩有別才，非關書也；詩有別趣，非關理也」來爲自己辯護或攻擊「學院派」。誠然，宋嚴羽在《滄浪詩話》中是這麼說過。不過，他在下面又加了兩句：「然非多讀書多窮理，則不能極其至。」闡明才、學、識三者要會通，方佳。多年前，楊牧在「致余光中書」裏則慨然嘆道：「我發現今天的詩人不讀書，只知拾人牙慧，以爲讀書所得一言，不如「生活」所得（所謂「生活的詩」），最最可憂，提到李白，必以李白爲『生活的詩人』，浪漫的，反叛的，不應舉的詩人，殊不知李白也是『希聖如有立，絕筆於獲麟』的李白。我認爲現代詩人如必有不如所謂『盛唐』詩人之處，端在現代詩人疏懶固陋，不愛讀書。其實生吞活剝一百本西洋文學理論的曖昧課本，還不如按步就班熟讀一部『史記』。」（見「中外文學」詩專號，民國六十三年六月，二十五期，頁二二九。）這話雖然是針對民國四、五十年代的詩人而發，但也值得六、七十年代的詩人警惕反省。

民國七十年代，現在剛剛開始，足供民國三十、四十，甚至五十年代出生的詩人奔馳。五十年代出生的詩人，可稱爲「電視的一代」，民國七十年代是他們成長、吸收的準備期，他們所面對處理的問題，大部分將屬於八十年代了。而民國三、四十年代出生的詩人，也就是「戰後的一代」，在民國七十年代，都將步入人生的壯年期，是思想成熟，創作力全面發揮的時候。根據坊間的各種詩選及評論，我們注意到目前還不斷在寫作的「戰後一代」大約有下列數十位：杜國清、王潤華、劉延湘、張錯、淡瑩、吳晟、陳瑞獻、蕭蕭、黃國彬、沙穗、蘇紹連、謝清、德亮、白靈、鍾順文、渡也、萬志爲、陳家帶、王希成、楊澤、向陽、羅智成、夏宇、劉克襄、殷建波、楊笛、林彧、黃智溶、張國立……等，以地區而論，其中包括新、馬、港、澳、歐、美等自由地區的華文詩人；以職業而論，則包羅萬象，各行皆有。他們都能在各種環境及思潮的衝激下，保持對自己的忠誠，對詩的信心，繼續不斷，對藝術探索，對社會關懷。

不同地區的詩人，在不同的時代，各自面對著不同的問題。以臺灣爲例，對新生代的詩人來說，最嚴重而迫切的問題，是如何使自己的作品在中國文學史上定位。大家能夠「心懷鄉土，放眼世界」，當然很好；但我想還不如「心懷鄉土，獻身中國」來得實際一些。能夠代表中國，當然也就能夠在世界文壇上佔一席之地。我想，中國文化在臺灣的發展，在某些方面，有如英國文化在歐洲。我們知道，英國是歐洲最早的民主工業國，而其民主化工業化的過程，是溫和的不斷改進，而非暴力的極端破壞，對歐洲烈大陸有很大的影響。而反觀歐洲大陸，在政治改革上，有時就會流於操之過急，造成流血，如「法國大革命」便是例子。「法國大革命」在某些層面上，十分容易讓人聯想到中共的「文化大革命」。如果我們從較樂觀的角度來看，臺灣的民主化與工業化，與大陸的關係，當較英國與歐洲的關係更形密切，有其示範及引導的作用。當然，我們拿臺灣與英倫三島做如此的比較，極易犯了過分簡化或不倫不類的弊病。不過，這種比較，也可對當前許多等待解決的問題產生啓發，使我們在尋找答案的過程中，有了更豐富的參考資料。如果我們的詩人能深切的認識到這一點，那所寫出的詩歌必能像英國文學一樣，發出永久性、世界性的光芒。

新生代所面對的第二個問題是如何溝通古典傳統與現代傳統，如何找出一套評估文學史上各個時期文學作品的法則，使新文學史，正式歸入中國文學史裏，完成縱的繼承。對這個問題，五四以來的前輩，已注入不少心血，路已經開了一半，有待我們進一步的拓展與完成。

從三十年代以降，作家的政治意識型態，老是在左、右或第三種人之間打轉。時至民國七十年代，各種政治上的極端傾向，似乎應該緩緩減弱，取而代之的當是理性且溫和，寬容而堅定，顧私又爲公的態度。詩人當認清文學與政治的關係，使二者相互獨立又相互激盪，相輔相成而各盡其用。如果兩者之間，過分的相互干涉牽扯，那就容易同受其害，而兩敗俱傷。歷史的教訓，明擺在眼前，值得大家深思。

民國六十年代，臺灣的民間經濟有了突破性的發展，使全民享受到中國歷史上少有的富足。然快速工業化、商業化的結果，使得社會上各種結構，在短期中產生了許多階段性的變化，造成了文化失調的現象，帶來了許多問題，而類似「科舉」的聯考制度，使得上述問題更加複雜化。本土與西洋，工業與農業，鄉村與都市，海島與大陸，物質與精神，傳統與現代，專業與通俗，寫實與寫意……等等問題，紛至沓來，使中國文化在朝後工業社會發展的道路上，面臨空前的挑戰，如何面對這些挑戰而找到自己的信念與自信，是每一個當代作家所必須正視的。如何通過新的，恰當的藝術形式來探討，表現、反映上述種種現象，更是作家責無旁貸的任務。

民國五十年代，是第一代（或前行代）詩人全力現代化（或西化）的時期；民國六十年代，是戰後一代開始努力回歸鄉土的時期。經過二十年來的努力、爭論與創作，前後兩代詩人，大體上已獲得某種程度上的共識。畢竟，關注本土文化獲得創作養分，與接受外來刺激產生突破變化，是一國文學發展的必要條件。尤其是在二十世紀，交通如此發達，科技如此進步，本土與外國的交流是無可避免的。我們有了自信，才不會流於過分自傲或自卑，才能以正常的態度與世界文壇交流，而不只是偏重於歐美等少數的地區與國家。

在經過西化與鄉土的洗禮後，戰後一代詩人面對的，是如何以詩去探索整個中國的未來，去挖掘或標示一個更切合中國人與中國文化需要的理想，讓海峽兩岸的同胞，共同來追求。「心懷鄉土，獻身中國，放眼世界」當是所有中國作家的抱負。戰後一代詩人，當從詩語言的提煉，詩境界的開拓，詩藝術的提昇，詩美學的建立……等方面著手，以新的思想、題材、手法來迎接新時代的來臨。

詩，在臺灣文壇一直扮演著衛星氣象站的角色，總是最先測知未來文學氣候的變化。在民國七十年代的開始，詩人們似乎又站到一個新的路口上，在回顧過去之餘，還要展望未來。而展望未來的本錢，還在脚踏實地，一步步完成過去所未完成的工作。這是各種口號或各種過分簡化的意識型態，所無法輕易取代的。

好詩編目舉例

一、前記

一九七二年夏，由柯慶明處得知，李元貞將在淡江開現代詩研究課程，而苦於精簡教本的難得。一方面是因爲坊間的各種現代詩選本，不是失之龐雜就是失之偏窄，難以窺得二十年間臺灣現代詩的全貌；二來是因爲詩界對現代詩的嚴肅批評並不豐富，多籠統概括之言，少逐首分析之論。看到這種情形，我一時興起，開始著手此項編目，以記自己讀詩的心得。

我自一九六五年後，漸漸養成了勤讀詩集的習慣。無論古今中外之詩，讀後總愛在目錄上，把自己喜歡的加以圈點。以後重讀，若仍覺喜歡，則再圈上加圈；至於發現以前忽略而思構俱佳的好詩，則補以大圓點，以誌不忘。如是，數年後，有些詩已積有七八個圈點；有些，則仍停留在一、二甚至於無圈點的情況。

有了以上的基礎，從事此項編目，省事不少。不過爲了愼重起見，仍將入選詩集，重讀三四遍後，才予以編目，以期對自己負責。至於編選標準，詩義評述，亦皆計劃一一爲文附於目後。然，編目之初，正値夏去秋來之際，先因辭職業務忙亂，旋爲求學負笈異國，生活起了大變化，心境亦多所波動；書籍，草稿皆不在手邊，編目遂斷。出國後，又因諸事紛芸，課業繁重，未及二月，便將此事遺忘盡淨。

七三年歲，得家人寄舊稿乙大箱，多爲未發表者。翻揀近月，又重得此目之片斷。事過境遷，心情已不復當年，遂有捨棄之意。後，偶經友人過目，覺得所選諸集諸詩，雖片斷不全，然卻皆是代表之作。對初涉現代詩者來說，精簡當勝繁雜，如果照單細細精讀，或竟不無些許助益，値得付印。故抄錄於此，並識。

——一九七四年春於西雅圖

附：至於「補編」，當望儘速續成，然課業紛繁，一時無暇；又書籍不全，資料零散，若硬要雜湊成章，則實在失我本意。故，只有期諸來日了。又，編目中有※記號者，爲値得讀者特別留意的詩篇。

壹、書名：祈嚮集
作者：黃伯飛
出版：「人人文庫」臺灣商務印書館
民國五十八年初版

㈠種樹
㈡我要畫一幅畫
㈢尋找
㈣認得
㈤山的省發
㈥香港工展之夜
㈦花市
㈧聲音
㈨念亡友
㈩無水的玫瑰
㈩㈠五十二生朝
※㈩㈡坎離篇外
㈩㈢秋意
㈩㈣斷鴻

貳、書名：綠血球
作者：詹冰
出版：笠叢書之七，笠詩社
民國五十四年初版

㈠朝
㈡液體的早晨
㈢雨
㈣私小說
㈤春信
㈥思慕
㈦自畫像

※(八)追憶之歌

(九)AFAIR

(十)黃昏的記錄（未收入）

(十一)疑問號（未收入）

(十二)理想的夫婦

(十三)二十支的試管（未收入）

(十四)水牛圖（未收入）

註：此四首「未收入」的詩，皆發表於「笠」詩雙月刊。因作者似乎短期內沒有再結集的傾向，故併列於此，以存目。

叁、書名：夢或者黎明

作者：商禽

出版：十月叢刊，十月出版社

民國五十八年初版

(一)螞蟻巢（修訂）

※(二)躍場

(三)長頸鹿

(四)滅火機

※(五)鴿子

(六)木星

(七)遙遠的催眠

(八)樹中之樹

(九)逢單日的夜歌

(十)樹

肆、書名：在冷戰的年代

作者：余光中

出版：藍星叢書，藍星出版社

民國五十八年初版

(一)致讀者
(二)雙人床
(三)如果遠方有戰爭
(四)或者所謂春天
(五)狗尾草
(六)安全感
(七)在冷戰的年代
(八)一武士之死
※(九)老詩人之死
※(十)忘川
(十一)時常，我發現
(十二)一枚銅幣

伍、書名：還魂草

作者：周夢蝶

出版：文星叢刊，文星書店

民國五十四年初版

(一)九行
(二)朝陽下
(三)樹
(四)十月
(五)閏月
(六)六月之外
(七)菩提樹下
(八)托鉢者
(九)還魂草
(十)晚安！小瑪麗
(十一)絕響
(十二)囚
(十三)落櫻後，遊陽明山

※(十四)孤峯頂上

陸、書名：白萩詩選

作者：白萩

出版：三民文庫，三民書店

民國六十年初版

(一)春
(二)流浪者
(三)昨夜
(四)秋
(五)風的薔薇
(六)牽牛花
※(七)雁
(八)世界的一滴
(九)養鳥的問題
(十)路有千條樹有千根
(十一)春
(十二)無題

柒、書名：深淵

作者：瘂弦

出版：衆人文庫，衆人出版社

民國五十七年初版

(一)春日
(二)剖
(三)殯儀館
(四)主地祠
(五)山神
(六)乞丐
(七)鹽

(八)船中之鼠
(九)巴比倫
(十)紀念T・H
(十一)巴黎
(十二)倫敦
※(十三)印度
(十四)如歌的行板
(十五)下午
※(十六)一般之歌
(十七)瘋婦
(十八)深淵

捌、摘星的少年（紀弦自選詩卷之一）
（民國五十二年增訂再版）

飲者詩鈔（紀弦自選詩卷之二）
（民國五十二年初版）

檳榔樹甲集（紀弦自選詩卷之三）
（民國五十六年初版）

檳榔樹乙集（紀弦自選詩卷之四）
（民國五十六年初版）

檳榔樹丙集（紀弦自選詩卷之五）
（民國五十六年初版）

檳榔樹丁集（紀弦自選詩卷之六）
（民國五十八年初版）

作者：紀弦
出版：現代詩社
民國五十二年至五十八年

「摘星的少年」部分

(一)養痾

(二)烏鴉
(三)理想
(四)我願意
(五)脫襪吟
(六)人類與蒼蠅
(七)致或人
※(八)鴿子
(九)火災的城
(十)在地球上散步
(土)吠月的犬

「飲者詩鈔」部分

(一)亂夢
(二)七與六
※(三)足部運動
(四)無人島
(五)出發
(六)說我的壞話
(七)失去的望遠鏡
(八)致 PROXIMA

「檳榔樹甲集」部分

※(一)雕刻家
(二)我：檳榔樹
(三)案頭
(四)地上之星
(五)最後的一根火柴
(六)喫板煙的精神分析學

「檳榔樹乙集」部分

(一)光明的追求者
(二)距離
※(三)飛的意志
(四)爬蟲篇
(五)夜蛾
(六)夜歸三首
※(七)火葬
(八)夜讀書
(九)船
(十)詩法（原名「冷」）
(土)存在主義
(士)教師之夢
(圭)春之舞
(古)阿富羅底之死
(主)我來自橋那邊

「檳榔樹丙集」部分

(一)門
(二)悼某資深教員
(三)主題之春
(四)總有一天我變成一棵樹
(五)蒼蠅與茉莉
(六)B型之血
(七)八里之夜
(八)番石榴的秩序
(九)勳章

「檳榔樹丁集」部分

※(一)狼之獨步
(二)人間
(三)稀金屬

※㈣爲蜥蜴喝采
㈤冬天的詩
㈥倘若我是
㈦雨天
㈧番石榴樹下的祈禱

玖、書名：非渡集
作者：葉珊
出版：仙人掌出版社，仙人掌文庫
民國五十八年，臺北

「水之湄」部分
㈠刼掠者
㈡死後書
㈢冬雨
※㈣月季花開
㈤水之湄
㈥浪人和他的懷念
㈦黑衣人
㈧夢中
㈨消息

「花季」部分
㈠露宿者
㈡星問
※㈢行過一座桃花林
㈣揀花曲
㈤鬼火
㈥逝水

「燈船」部分

㈠日暖
※㈡馬纓花
㈢落在肩上的小花
㈣斷片
㈤給時間
㈥在黑夜的玉米田裏
㈦夏天的草莓場

拾、書名：夢土上
衣缽
窗外的女奴
作者：鄭愁予
出版：夢土上（現代詩社，民國四十四年）
衣缽（臺灣商務印書館·人人文庫·民國五十五年）
窗外的女奴（十月出版社，民國五十七年）

「夢土上」部分

㈠雨絲
㈡歸航曲
※㈢殘堡
㈣野店
㈤黃昏的來客
㈥小河
㈦琴心
㈧俯拾
㈨山外書

(十)山居的日子
(十一)崖上
(十二)結語
(十三)北投谷
※(十四)港邊吟
※(十五)小溪
(十六)隕石
(十七)島谷
(十八)我以這輕歌試探你
※(十九)小小的島
※(二十)水手刀
(廿一)如霧起時
(廿二)晨景
(廿三)星蝕
※(廿四)想思
(廿五)戀
(廿六)除夕
(廿七)晚雲
(廿八)鐘聲
(廿九)鄉音
(三十)偈
※(卅一)定
(卅二)客來小城
※(卅三)錯誤
※(卅四)夢土上
(卅五)風雨憶
※(卅六)賦別

「衣鉢」部分

※(一)革命的衣鉢

(二)召魂
(三)垂直的泥土
(四)盆地的城
(五)燕雲之六
※(六)旅夢
(七)生命中的小立
(八)改題楊喚遺畫

「窗外的女奴」部分

(一)下午
(二)草履蟲
※(三)靜物
(四)採貝
(五)姊妹港
(六)清明
※(七)當西風走過
(八)允諾
※(九)生命
(十)度牒
(十一)天窗
(十二)情婦
(十三)知風草
※(十四)窗外的女奴
(十五)水巷
(十六)夜歌
(十七)裸的先知
(十八)盛裝的時候
※(十九)右邊的人
※(二十)寄埋葬了的獵人
※(廿一)厝骨塔

※(廿二)卑亞南蕃社

(廿三)北峯上

(廿四)牧羊星

※(廿五)努努嘎里台

(廿六)鹿場大山

※(廿七)馬達拉溪谷

(廿八)壩上印象

(廿九)浪子麻沁

(卅)花季

(卅一)邊界酒店

(卅二)旅程

溫柔敦厚唱新聲

——序白靈的白話詩集「後裔」

民國三十八年，政府遷臺，詩壇重新振作，在民國五十二年到六十三年間，達到了第一個創作大豐收時期。彼時第一代的詩人尙未停筆，第二代的詩人精力充沛，就連第三代的詩人也勇猛崛起，大有羣雄對峙，互爭長短的味道。在那段時間裏，由於許多詩人求變心切，做了不少失敗的實驗，弄得不只是報紙拒登新詩，就連支持新詩的雜誌也頓時銳減。然發表園地的欠缺，並不能阻止詩人努力創作的熱忱。詩人自費出版的詩集詩刊，仍然不斷發行，慢慢的終於產生了許多精彩的實驗及優秀的創作。

由於詩人們的持續努力和不停的修正，漸漸的，所創作出來的白話詩，開始為大家所接受。報紙終於又恢復了發表詩的傳統，雜誌也把新詩列入編輯計畫之中，至於詩刊，則更起勁的在那裏前仆後繼的出版。可是第一代的詩人幾乎全部停筆不寫了;第二代的詩人也大部分走上創作「高原」,不是詩作減產,便是封筆改行。第三代的詩人,在社會結構急速的改變、小說突呈空前繁榮以及批評界過分強調「理論批評」的風氣之下,顯得有點步伐零亂,弄得許多人都無法專心埋首創作,能夠持續不斷發表作品且多方探索的,竟漸漸減少了。詩的發表園地雖然增加,但整個說來,卻有退居到小說甚至於理論之下的趨勢。就在這樣一個詩創作緩緩落入低潮的氣氛下,第四代的詩人們,一一出現了。

所謂第四代第五代的詩人,大部分都出生在民國四十年以後,其中有些人,已開始朝建立自己獨特風格的道路上邁進,有些還停留在摸索的時期。目前他們的聲音並不算響亮,但如果能夠繼續不斷的努力下去的話,在民國七十年左右,必定能開出燦爛的花朵。在這些詩人羣裏,較值得注意的有:吳德亮、李男、林廣、陳寧貴、林清玄、陳家帶、陳黎、王希成、夏宇、南方雁、萬志爲、白靈、游喚、羅智成、向陽、楊澤、江湖白、劉克襄、張國立……等,其中近半數都已經出版過處女詩集,可謂當今三十歲以下詩人裏的中堅分子。他們在創作上的動向,是值得讀者注意的。

詩人,顧名思義,當是以寫詩爲主。而寫詩之外如果還要旁營副業的話,那則以兼寫散文者爲最多,評論次之,戲劇又次之——如果詩劇算是戲劇中一種的話——至於兼寫小說的,可謂鳳毛麟角，少之又少。可是情況到了今天，已有些許不同。上述年輕詩人裏，兼寫小說者，大不乏人，有些還出版過小說集。民國五十幾年左右，是新詩向小說進軍的年代，許多小說家的作品中，都不知不覺的滲入了詩的筆法，到了今天，風氣爲之一變，小說當道，詩人的作品中，時時出現小說筆法。白靈就是其中寫詩並兼營小說的詩人。

白靈的詩齡不長，也不多產，但作品在質的方面，卻有很優異的表現。他細膩的抒發個人一己之悲歡，也敏銳的探索他人生活之苦樂。他的作品，大多都以「情」爲出發點，也以「情」爲目的地。就像他在「藏情」中所說的：

頭十年
它是我心之河流中的一座巨岩
每天，我花八萬六千四百秒磨它
磨——它。磨掉一點
就小心翼翼送到河口
跟它說再見
可是不行

我好疲倦

第二個十年
它是我心之廣大沙漠上的一株枯樹
從各個角落都可看到
它衰敗的姿勢
十二級風拔它，拔它不起
就呼來沙石蓋它埋它
可是不行
微風吹過就有一截小枝
露出

第三個十年
它已是我心之浩瀚空間下微小的一點
最強的陽光照它

花盡眼力找它
都猜不出，到底是一株草
還是一粒砂
我抖抖身子
長嘯數聲
向四面八方飛出
可是不行
我仍自那點
起飛

這首詩層層逼進，細細曲折，把詩人對「情」的執著，表達無遺。第一段以「巨岩」喻「情」，以示其堅；第二段以「枯樹」喻「情」，以示其再生能力之強；第三段中，「枯樹」化為「草」、「巨岩」化為「砂」，以草與砂喻「情」，以示其無所不在；眞可謂結構嚴謹、層次分明。惜二段五六兩行轉折稍稍不順，如改成

用十二級風拔它，拔它不起
於是呼喚沙石蓋它埋它

則可與下面「可是不行」一行，文氣一貫，以盡轉折之妙。

白靈的情詩中，包含了小我與大我、城市與農村、工業與自然。小我者如「四月暑後」，寫小家庭夫妻的閒情：

將熱的天氣又轉涼
陽光重返雲上
我歸回小屋
妻憐惜我瘦削的身軀
爲我加添衣衫
攬鏡
鏡面竟似去秋
小憩過的荷塘，花盡之後

清凝我久違的靈魂
四下沈靜
沒有煩躁來胸中走動
妻端來兩盅清茶
熱氣在我們之間　交談

喜歡這樣的微涼

此詩寫天氣的變化，夫妻的感受，細緻而生動。詩人用「小屋」、「衣衫」以及「兩盅清茶」等外在的物象來串連並象徵人物內在的感情，用鏡面與花葉落盡的荷塘之喻，來暗示主述者忙亂過後的自省。戀愛的激情及世俗的瑣事皆已落盡，留下來的是妻子奉茶的「熱氣」，與春天空氣的微涼。淡淡的筆下，含有豐富的情感，可謂擅於化小說的閒散，爲詩的濃郁。此詩在語言上十分淡雅宜人，自然流利，可謂成功非常。若論缺點，只有七八兩行中，「鏡面荷塘」比喻的字句安排，不太妥當，如改成

鏡面似去秋小憩過的
荷塘，在花葉落盡之後

如此一來，「鏡面」在排列上與「荷塘」平行對照，在視覺與意義上，都可收相互為喻之效。「竟」與「鏡」同音而微嫌重複，刪去「竟」之後，意思不變，但唸起來則順暢許多。「在花葉落盡之後」中的「在」字，可使句子變成倒裝補語，免去了像「鏡面似去秋小憩過的／花葉落盡後的荷塘」這樣囉嗦而又不討好的句法。加上「葉落」二字不但使語氣較順，同時也說明了荷塘只有在花葉同時落盡後，才會明亮如鏡。類似「四月暑後」的作品，還有一首叫「週末」，亦值得讀者注意。

「四月暑後」筆法是溫柔的，情境是小我的。「巨人——夜瞻 國父銅像」一詩的內容，則與大我連成一體，於敦厚中顯露出剛毅之氣：

仰首——
那人淨額微擡
成一種不變的姿態

宛如他是一顆星
永恆之星
而我是一泓潭
浸淫在他的清輝之下
他有多高在天上
就有多深在我潭中

此詩把對　國父及國家的感情融合在一泓潭水裏，語言簡潔而有力，比喻深刻而親切，是一首含蓄不露的絕妙小詩。尤其是最後兩行，可謂全篇的警句，表達一片赤誠於毫不造做的靈妙技巧之中，值得喝采。像這種與國家民族有關的題材，十分難寫，一不小心，便易落入八股口號。白靈能成功的避免落入俗套，實在不簡單。詩裏的語言雖然平易，但卻運用得十分有技巧，像「宛如他是一顆星」的倒裝句法，唸起來就比「他宛如一顆星」來得有力。但是「我是一泓潭」的語調則嫌太過急促，如改成「我是潭水一泓」，「泓」剛好與「星」押韻，效果就會好得多。

白靈對自然十分愛好，對鄉土亦十分關切。他寫過好幾首關於爬山的詩，都不乏可誦之句。

如「最初」一詩中回憶溪頭之遊的後半段：

想起橋上你朦朧的臉容
想起我們初期的愛情
木瓜青澀在木瓜的樹上
星子站在北北的家鄉

其中「木瓜」兩句，音義皆美，實爲不可多得的妙筆。其他如「神木羣——拉拉山所見」、「阿里山巔」等詩，都有可觀之處。在「大甲溪」一詩裏，白靈表現出他對鄉土的熱愛：

煙水七十里，從無到有
每一珠水每一珠
都是痛苦的堅忍灼心的等待
向體內最深處，祈求
……

大甲溪大甲溪，諸山沈重的倒影
因你而流
山影奔流，溪水奔流
……
細細注入、細細注入
直到每一株樹每一株
都奔流著溪水的聲音

谷地醃浸三季……
夏天來時，溪水堅實地凝結
在最細最尾端的每一枝頭
堅實的凝結
(葡萄　二十世紀梨　還有水蜜)
大甲溪大甲溪，東勢一出
天下都舔含你的結晶

這首詩由溪水開始滙聚到成澗成溪、成爲大水奔流，一直又流入每一種植物「最細最尾端的每一枝頭」，結出甜蜜的果實來。其過程是每一個人成長的過程，也是每一個農夫辛苦的過程。白靈這首詩，想像豐富，節奏流暢，間架恢宏，氣勢浩大，如果能細細重新經營每一個關結，當可成爲一首很好的「中型詩」。詩中把溪水與作物果樹，緊緊串在一起的構想，十分突出成功，是本詩最大的特色。

近來詩壇吹起一陣「鄉土」流行風，造成許多言必鄉、語必土的公式作品。寫出來的東西，想像力貧弱，組織力缺乏，毫無詩味，如同社會問卷或調查報告。而這些作品常假借「鄉土」爲擋箭牌，以爲只要題材選對，態度正確，作品就可以立於不敗之地；眞是浮淺可笑，不足以語詩。老實說，鄉土作品，在此流行風吹起之前，就有很多；相信在此流行風消失之後，仍會繼續；只有那些盲目跟隨流行的，或假借「鄉土」之名來從事政治勾當以飽私慾的，則註定會迅速消失，被埋藏在眞正的鄉土之下。

由於政府及全民的努力，近年來臺灣地區已步上全面工業化的道路，城市快速發展，大都會也慢慢興起。在樂觀進步之餘，也出現了隨之而來的社會問題。都市的景觀與山林田園是大不相同的，白靈的「庭院」於鄉土之外，也表達了生活在都市的感受：

來　趴下臉　與草一同呼吸
這恐怕是大地　少許可呼吸的皮膚了
其餘的像不像　用硫酸潑過

若天空是桑葉
則高樓大廈就是　一節節的蠶了
不信　翻個身看看　像不像
我是說你　像不像試管中　斜躺的侏儒

在這首詩裏，詩人以鄉土的眼光及意象來描寫都市的生活。高樓大廈蠶食了天空，人們在公寓中有如試管內的侏儒。詩中的同情多於諷刺，批判裏透露著敦勸的誠意，語氣和緩溫文，比起激烈的吶喊，要來得感人得多。白靈在詩中放棄標點，以空格來指示節奏及頓挫的法則。這在十六行以內的小詩中，是可行的。不過第二段第二行似乎應該連成一氣而不空格，以便表示高樓與蠶的節節不斷。而最後一行中的「斜躺的侏儒」是全詩的警句，似乎應該單獨列成一行，以求醒目。

處理生活的題材而又能得詩趣，是一件不容易的事。生活瑣碎細微，本來比較適合用小說表達。要想把鬆散的日常生活經驗，提昇至濃縮的詩歌經驗，則需要相當大的技巧與慧心。時下有許多人，嘗試以平凡的生活入詩，可惜多半是精神可嘉，成品太差，以平庸的手法寫平凡的題材，得平淺的效果。不但算不上是詩，連及格的散文都夠不上。白靈在這方面也做了不少的努力，而其中以「及時雨」最爲成功：

滿江的濃墨自兩萬英尺的高空
瀉下，瀉——下
下到山頭丘陵盆地以及我家窗前卻是
烏雲洶　湧
一似踢起煙塵萬丈
奔騰在宣紙下端的
萬匹黑馬
遲遲不肯下凡

新店溪的血壓正低
水龍頭們在我洗澡的當頭忽然
氣喘，太太守候門外的消防車旁叫著
水呀水呀
而昨天還在山上的
青潭直潭翡翠谷
今天都坐在報紙上飛進屋來
一道金鞭猛地抽了我眼睛一下
窗外千里之遠的山上馬蹄雷動
瞬間便殺到我浴室的窗前
爲首的一匹，定睛看去
哎呀！好個宋江

詩後有註曰：「臺北地區連續兩個多月乾旱，雖偶有烏雲，但均未成雨，逼得主管當局宣佈自八月四日起分區供水。不料當天下午黑雲密佈，雷雨驚到，下了一場四十九公釐的大雨，乾旱遂解。」此詩妙在能把夏天常見的乾旱經驗提昇至藝術經驗：「烏雲」化做「濃墨」，「濃墨」在天的『宣紙』上奔馳有如「萬匹黑馬／遲遲不肯下凡」。然後閃電化做「金鞭」。雷聲化做蹄聲，大雨於是傾盆而下。白靈不但把乾旱遇雨的那種興奮寫得入木三分，同時還賦予其文化的深度。在詩的結尾他用了一個「水滸傳」的典故，以外號「及時雨」的宋江，來形容此次大雨，貼切靈妙非常。此一筆，有如畫龍之後的點睛，令人拍案。只可惜第二段與第三段之間的轉折，沒有細加經營，如果此一小小缺點能獲改進，此詩可做處理日常生活題材的新詩典範。不過，小疵不掩大瑜，整體說來，此詩仍是佳作一首。

集內其他值得細品的尚有「訣」、「淡江寫生遇雨」、「假如」、「偷」、「老」、「新詩」……等篇，篇篇都顯示出白靈對生活，對自然的情意及玄思；處處都於溫柔敦厚中，透露出清鮮活潑的趣味。當然他失敗的作品也不少，且都屬於先天失調的那種，並非三言兩語就可以糾正改善的。不過，詩寫壞了並不是一件罪大惡極的事，一個詩人，從事創作多年，總有失手的時候。只要那些作品不致於對讀者產生不良的影響，苛責也就沒有必要。重要的是他能不能寫出優秀的作品，而這些作品能不能爲讀者所賞識。誠如白靈在「致讀者」一詩裏所說的：

這年代寫詩
彷彿在滿佈星辰的夜空
再安插一顆星

我們希望他能在未來的幾年，更加努力，把他的作品錘鍊得更光亮，然後牢牢的安插入「滿佈星辰的夜空」。

伸出海棠的手掌

——序黄智溶白話詩集「海棠研究報告」

1

民國六十八年我爲白靈的處女詩集「後裔」寫序時，曾例舉三十七位民國四十年以後出生的年輕詩人，認爲如果他們能持續不斷的努力，民國七十年代的詩壇，將是他們的天下。四年過去了，在爲德亮詩集「月亮與劍」寫序時，我就覺得有審愼調整名單的必要。現在，又過了兩年。把以前的名單拿出來檢查一下，發現又該做一些新的調整了。因爲民國五十年出生以後的詩人，已經開始在詩壇初試啼聲。而原來寫作勤快的詩人，有許多卻已轉變興趣，拋棄詩筆了。

寫詩，對年輕人來說，一直是一種「青春期」或「戀愛期」最好的抒發方式。在這一個階段，大家都是感情充沛，感覺敏銳，想像力活躍，創作慾旺盛。白話詩的型式，自由短小，似乎是一種「易寫易成」的文學類型，歡迎各種奇思妙想的大膽實驗，容忍各種激進狂野的意識型態，對以「才情」自負的青年來說，這正是表達自己的最佳工具。一旦這個階段過了，許多新的經驗新的事務，接踵而來，精力與理想，在現實與需要的引導下，有了新的對象，足資發揮，自然也就把詩棄置一旁，不再有暇眷顧了。

一般說來，人過三十，身上的責任，於無形中會漸漸加重起來，家庭事業，樣樣皆須操心。所謂「三十而立」，即使仍然詩心未死，對寫作的看法及態度，必然會有新的認知。如果毅然決然，不改初衷，繼續寫下去，那除了抒一己之情思之外，或多或少要加上一份使命感，一份歷史的透視，及一份對自己所處時代的深刻省察。寫詩成了終身的職志，詩觀詩學也應該順理成章的緩緩孕育而成。因此，詩人最可觀的作品，多半要在三十歲以後。

如果我們說三十歲以後的作品，是滋味鮮美的果肉，那三十歲以前的作品就是味道稍苦的種子。不過，種子雖不成熟，但卻暗含了一切成熟的要素與契機，在研究者來說，其價值亦是重要無比的。當然，也有許多詩人，作品在三十歲之前便已經多汁而又豐美了。然而，這畢竟是少數，無法以常情度之。

因此，我們對一個詩人的評斷，不能單靠他第一本詩集，至少要看過三四本詩集後，方能得中肯之論。不過，寫詩的路途，遙遠又艱辛，中間不知道要遭受到多少寂寞與磨難，好不容易熬出一本詩集，如果質量均佳，似乎也應該得到恰當的鼓勵。詩路迢迢，前途多阻，如無同伴加油，恐怕難以獨自走完全程。

由是之故，詩評家多半對新人的處女詩集，十分重視。如果發現其中有新鮮的素質及發展的潛能，大部分都會以樂觀其成的態度，爲文一一指出，並做預測性的評估。當然，他同時也應該指出其中的缺點或不利因素，以爲預警。如果預言應驗，那是詩壇的福氣，詩評家的光采。如果不幸失敗，對詩壇來說，當然是損失，而對詩評家而言，只要當初他的立論犀利而中肯，所做的預測不是無的放矢，那以詩論而言，仍然是有價值的。畢竟，詩人能不能堅持下去，原因既繁多又複雜，一個「盡責的」詩評家，預言不中，也不是什麼了不起的大錯，只要寫出的文章，有見識，有深度，不流於胡吹亂捧，那就算盡到本分了。

以我自己來說，過去十年來，我爲年輕詩人或小說家寫過序或評論之類的推荐文字，包括白靈、杜十三、德亮、鍾順文、李男、南方雁、張志雄、無忌、宋澤萊、江彤晞、陳煌……等，其中有些人，現在已經卓然成家，頻頻得獎，但也有許多，近年來已聲銷跡匿，停筆不寫了。

我不知道，成名成家的，今後會不會停止創作，也不知道停止創作的，會不會重拾銹筆。但回顧以前，我所寫的文字，捫心自問，可以說並沒有做違心之言，所提的論點，也都是從自家獨特的觀點出發，不敢人云亦云，敷衍了事。思前想後，覺得如欲爲詩壇貢獻一分心力，這種工作，仍有繼續下去的必要。

2

最近這兩年來，一直吸引我注意的年輕詩人有下面幾位，夏宇、歐團圓、萬志爲、梁翠梅、林燿德、黃智溶、……等。他們大多出生於民國四十五年以後，受九年國民教育出身，在經濟起飛的年代成長，算得上是臺灣新詩第五、六代的人物，民國七十年代及八十年代，是他們飛翔的天空。他們多半一出手，便聲勢不凡，引人注目，作品不是得獎，便是被編入詩選，或是由名詩人推荐。這對剛起步的年輕詩人來說，是十分幸運的。只有黃智溶，在上述詩人當中，是比較遭大家忽視的一位。雖然他發表的作品質量均豐，也有自己獨特的聲音，但也許是發表詩篇不夠密集醒目的關係，並沒有引起應有的回響。

黃智溶，民國四十五年出生於宜蘭，六十四年入文化大學美術系，接受水墨、油畫及水彩的訓練。六十八年畢業後，他入陸軍步兵連服役，兩年退役，決心獻身於文學藝術：七十年在臺北廈門街創辦「廈門畫室」，七十二年於基隆路創辦「大塊齋」，教授水墨、水彩、書法、素描；同時，他仍努力於詩文創作，精勤不懈，淡泊自甘，在新一代的詩人中，是屬於隱者型的才子。

黃智溶於大三時期開始發表作品於「艸根」詩刊，此後五年之間，寫成編定詩集一冊，題曰：「海棠研究報告」。可是出版無門，冷凍至今。我有緣數讀原稿，對他的才華，十分欣賞，但說到出版，也只能撫卷無語，愛莫能助了。

「海棠研究報告」分五卷，五十五首詩，精選精編，是詩人早期作品的總結。如果把其中詩組的詩加起來，全篇大約有六十多首詩。詩人一開卷，便在第一首詩「賭徒詩抄」上宣佈：

於是　我賭理念
　　賭時光
　　賭權勢
甚至　賭我自己

甘願把自己的一生全部都押在文學藝術上。這樣的豪賭，看起來十分浪漫，但我們細讀下去，便會發現，黃智溶基本上是一個「知性」頗強的詩人，下面這首「街景速寫」便可證明：

直直的雨下面　有一個
傾斜的我
直直的我旁邊　有一根
傾斜的站牌
直直的站牌前　有一輛
傾斜的公車
直直的公車下　有一條
傾斜的馬路

啊！這難分曲直的城市
令我迷惑　或許是
直直的馬路上面　有一夜

傾盆大雨

在這首詩裏，詩人的藝術修養，表露無遺；乍一看，有如蒙德里安的幾何圖形世界，細讀後，才發現原來與保羅·克利那種感性的理性世界，有異曲同工之妙。他另外一首詩「圓與直線」，在視覺與意象的聯繫上，有更複雜深刻的演出，知感交融，情景合一，使自然的圖形與人為的意義，緊密的連接在一起，沒有相當的繪畫訓練，是很難辦到的。

青年詩人的才情，有一大部分可以從他寫的情詩中，看出一個大概的方向。黃智溶在這方面的表現，亦是可圈可點，下面幾首詩如「聞採野薑花不獲」、「焚」、「傷痕」、……都可以算得上是情詩中的雋品，值得細讀。茲舉較短的「焚」一首，以見一斑：

盛夏時　當我情感的巨樹
落盡碧葉而枯朽後

姑娘　請點收我的殘肢
再細細的折磨我　成
一束古典的檀香粉末
纏綿的　繚繞著
那幽黑的小銅鑪
——恰似妳森冷的心房
請不要激動於我的自焚
那柔細的香絲
將是越淡，越冷
終也無力追究
死灰復燃的傳說

此詩意象突出而準確，發展也頗富戲劇性，把一段淡去的戀情寫得入木三分，不落俗套。其中香爐的意象，與古詩中「自君出之矣，香爐靜不燃」的句子，相互呼應，對照之下，詩味愈加醇芳，成功的連接了古典與現代，令人激賞。由此可見，詩人在古今交融與戲劇性的處理上，是頗爲擅長的。

對年輕一代的詩人來說，古典與現代的融合，是理所當然的事。他們不再死守著非「現代事物」不能入「新詩」的偏窄觀念，也不再冬烘的擁抱，非用典古套語不能成詩的陳舊習慣。現代也好，古典也罷，只要有助於詩情詩思的表達，都可以派上用場。黃智溶的「新三國演義」、「昭君怨」、「唐寅的墓誌銘」、「砝礄的身世」、……等等，都是這一類的作品。以類似「故事新編」的手法處理古典題材，一方面，當然是藉古人古事，澆自己胸中的塊壘；另一方面，則是希望用古典的故事，來訓練並探索自己想像力的深度。黃智溶在這方面的嘗試，以「唐寅」一詩爲最佳。上述兩個目的，都在這首詩中達到了。這可能是詩人本身也是畫家的緣故，所以才能把唐六如的一生，寫得如此動人。

誠如詩人在「三部曲」的「中午」一首中所說的：

既不迷戀東方
也不盲從西方
不偏不倚
站立在情感與理智的
中央

二十世紀八十年代的中國詩人，最關心的，不是如何復古，也不是如何西化，而是要在現實與想像之間，把古今中外，鑄溶於一爐，以備己用。在這方面，黃智溶的表現眞是可圈可點。詩集中的「三部曲」、「上下坡」、「春」、「村晚」、「營旅」、「海棠研究報告」、「藝術宣言」……等詩，都是值細品再三的佳作。其中，當然以主題詩「海棠研究報告」最爲突出：

既已序屬三秋，很自然的，便想起了那株秋海棠，輕輕的，我翻開
青色的書皮，隔著一層鐵欄杆，苦心，積慮，研究著：
多年生草本
又名斷腸花，相思草
（這是感情糾紛，不能分析）
葉呈心臟形
表層遼闊而翠綠
卻深藏滾滾鮮紅　在裏層
（這是血統遺傳問題，無法詮釋）
至於雌雄蕊是否依舊同株

我尚在觀察中……
一九七九年西北信風捎來未定的風聲
西伯利亞大寒流正逐漸退去云云
據說你已開始說話
但仍計較著
謊言

黃智溶寫這首詩時，年方二十三歲，正是屬於熱血愛國的青年期，擁抱百年的歷史，擁抱動亂的中國，關心變幻的時事，痛心國家的分裂。在這樣的年齡，這樣的心情下，寫出來的「感動」，多半會流於情緒化的吶喊，而少藝術性的控制。然黃智溶卻能以高度知性的手法，把一腔澎湃的熱血，化為冷靜深刻的詩藝；把陳舊的「海棠」意象，化為新鮮生動的象徵，與我們所處的時代，緊緊的結合在一起。

詩人把激動的情感埋藏在「科學似的」冷靜之後，細心觀察植物的生態，忠實描述，詳盡記錄，然在這貌似科學報告的背後，卻不斷隱現感情的浪花與象徵的波濤。中國百年來的歷史遭遇，令人「斷腸」，文化中國的博大，又令人「相思」。而事實上，中國疆域就是中國人的「心臟」、「翠綠」的國土，孕育中國的人文，皮膚的裏層，有著割不斷的血緣。而如今，國家的分合，仍有待時間的觀察，「大寒流」的退卻，已帶來了「北京之春」。黃智溶能在短短的一首詩中，以如此含蓄的手法，表達了他對中國過去一直到現在的看法與期望，深刻有力，意味雋永，實在難能可貴。

以黃智溶在「海」集中的表現，我們可以知道，他在寫詩方面的基本「拳脚功夫」，都已具備：凡舉字句的鍛鍊，比喻的製作，意象的經營，象徵的運用，戲劇化的處理，結構的設計，都已達相當的水準，當這幾方面都能相互配合時，佳作自然出現。

在題材的選擇上，黃智溶也是相當開闊的。對他說來，生活之間，處處是詩；大我小我都入筆下，拋棄了「現代」或「鄉土」那種兩極性的狹窄，回歸以人爲本的文學領域，不再動不動就以特定的意識型態掛帥。劃地自限或遮眼自囚，對黃智溶來說，都是沒有必要的。

不過，上述優點，雖然是一個好的開始，但卻不能保證他能成爲未來詩壇的中堅。我們還要看他在以後幾本詩集中的表現，方能下定論。目前，我們只能說他的基礎已經很穩固了，但一樓還未建造起來。這到底是一棟有潛力成爲幾層樓的建築，我們尚無把握預知。

希望詩人今後能讓更多「歷史的透視」，滲入創作活動中，讓自己的作品與二十世紀的中國文學與現實，相輔相成結合在一起。因爲只有心懷「承先啓後」抱負的詩人，其作品才有更上層樓的可能。也唯有如此，詩人才能爲自己與自己的時代，在歷史中定位。

註：黃智溶：「海棠研究報告」，智音出版社，臺北，民國七十五年出版。七十六年，黃智溶以「今夜妳莫要踏入我的夢境」一詩奪得「時報文學獎」。於七十七年四月同時以得獎的詩題爲名由光復書局春暉叢書出版。

詩心吹雨潤高雄

——談鍾順文的白話詩集「六點三十六分」

我民國六十三年自美國回臺北後，便與住在屏東的詩人李男，認眞討論創辦「艸根詩刊」的計畫。那時，我認爲：臺灣的文藝活動多集中在北部，這未免有些頭重脚輕。事實上，高雄發展甚速，人口增加亦快，將來一定會形成另一個文藝活動中心。詩刊辦在臺北，不過錦上添花，如能移到南部，發揮的作用，可能更大一點。

想法確定，便立刻付諸實行。於是「艸根月刊」便於民國六十四年五四文藝節，在屏東創刊了。當時，高雄地區的詩刊不多，只有「山水」（六十年創刊）還在斷斷續續的出版。「艸根」創刊後，「山水」變成不定期的年刊（後來便停刊了）。只有在同年十月創刊的「大海洋」（左營）及十二月創刊的「綠地」按期出版，持續了相當長的一段時間。「綠地」創刊的地點，非常巧，也是屏東。我們知道，在各種文學氣候的變化中，詩總是打前鋒的海燕，預知風雲如何興起，海浪如何排天。高雄地區前仆後繼的詩刊詩社，正是文藝活動蓬勃發展的先兆。

四年後，許多新起的詩刊，紛紛在南部創刊，重要的有「掌門」（六十八年）、「風荷」（六十七年）、「陽光小集」（六十八年）、「汎」（六十九年）等，其中以「掌門」與「陽光小集」活動力最大，最引人注目。「掌門詩社」同時還出版報紙型的「荷笛」（六十八年）及「門神」（六十九年）以補季刊之不足，重要同仁有鍾順文、古能豪、張志雄、簡簡、翁鄉雨……等。「陽光小集」則以高雄爲根據地，同仁遍佈全省，重要的同仁有向陽、苦苓、張雪映、陳寧貴、王希成、林廣、林野、沙穗、陳煌、林建助、連水淼、莊錫釗、林文義、陌上塵、李昌憲、何炳純、舒笛等人。由於他們的努力，使高屏地區的詩壇，呈現出一片蓬勃的新氣象。反觀北部這兩年，詩刊凋零，詩人減產，眞讓人有窘狀畢露的感覺。

在五四時代，北平與上海是中國兩大文學活動根據地。重要的詩社如「新月社」、「創造社」……等，都在這兩大城市活動。民國三十七年以後，因政經文化變動的關係，臺北成了臺灣文藝活動的大本營，其精力之充沛，作家之衆多，是其他城市所無法相比的。近年來，工商發達，社會繁榮，高雄港一躍而爲遠東最大的貨櫃集散地，人口也增至一百二十多萬，再加上國立中山大學的設立，使高雄具備了大都會的基本型態。因此，其文藝活動也隨之興起，一年比一年來得熱鬧。雖然目前，高雄暫時還無法與臺北相比，但相信於不久的將來，一定能發展出與臺北同樣蓬勃的景況，使臺灣的文藝活動，達到首尾平衡的地步。

上述預言，並非空談。我們從近兩年高雄詩壇活動頻繁的狀況，便可得到啓示。在衆多高雄青年詩人當中，我對王希成、張志雄、古能豪、鍾順文……等人的作品，最有興趣。我曾爲文細論張志雄的詩，肯定他的才華與豐沛的創造力。在此，我願以鍾順文的作品爲例，再次爲我對高雄詩壇的看法，印證一番。

鍾順文，民國四十二年生，廣東省梅縣人，曾爲「綠地詩社」同仁，民國六十八年，與古能豪、張志雄創辦「掌門」詩刊，任主編；同年九月，又獨資創刊報紙型的「荷笛」詩刊，推動高雄詩壇活動，不遺餘力。他從民國六十七年，開始在「綠地」等詩刊發表作品，數量甚豐，但還未建立自己的風格。一年後，他的創作經驗漸漸豐富，作品也有顯著的進步，開始慢慢摸索出自己的道路。

對年輕詩人來說，愛情往往是創作最主要的題材，於是情詩是否寫得清新動人，也就成了評斷青年詩人才力的準則之一。在情詩的表現方面，鍾順文可說是已經過關了。例如他的「電話亭」：

一間平淡無奇的小屋
經常關我在裏面
像短暫的坐關
不聞蟲鳴
不聞溪唱

俗家人
不像出家人心如止水
老愛玩號碼遊戲
去收穫心愛的笑語
去換取密談的欣喜
撥過了這個數字
又想撥別個數字
總想將自己撥給
對方

這首詩的詩眼在最後一段，把少年情懷的興奮與忙亂、好奇與渴望，一一表露無遺。普通人寫情詩，總以專一爲主，鍾順文的觀察深入一層，知道少年的情性未定，可能同時愛慕好幾個對象，總恨不得把自己全都「撥給／對方」，幽默中又能一針見血，格調清新，引人入勝。

除了情詩外，寫景亦是每一個詩人必須通過的關口。在這方面鍾順文也有不俗的表現。例如他的小詩「山」：

戇直的傻小子
幾度落髮
幾度還俗

這首詩，以情入景，情景交融，把春山夏山與秋山冬山做一對照，很活潑的描寫出少年人在戀愛中患得患失的心情，頗能得俳諧之妙。

除了寫景寫情外，鍾順文也很注重寫實。近年來鄉土文學運動出現，喚起了詩人們對社會人物描寫的熱情。可惜，大部分的詩作都平板造作，乾枯得毫無想像力，直似口號標語，失去了詩的本質。許多描寫社會現象的詩，都從一種固定模式的思想框框出發，所有的題材，一律硬套，平典似道德論，叫人讀之生厭。鍾順文在這方面的創作，亦下了功夫。早先幾首，還不能免俗，每每人云亦云的嘆息一陣或說教一番了事，如「郵票」、「走在鹽埕」、「夜訪前鎮」等。不過，其中也有幾首，注入了詩的感情，使現實與想像交融，更深一層表達了人物的靈魂。如「豆花歲月」，便是例子：

從風乾的雙手
攪出
軟綿綿的日子
他試著用杓子
撩回陳舊的往事
雪白的豆花
卻偏偏交出白卷
他也想把往事
像豆花那般清白的來傳遞

從風乾的雙手中
交代
一個磨滅了的過去
如同黃豆昇華成豆花
那般單純

此詩寫賣豆花的老人，把老人做豆花的原料，想像成老人過去的經驗與事蹟。而雪白的豆花，則象徵老人的現在。人與物，合而爲一；情與景，再度交融。過去種種有如磨碎了的黃豆，無影無踪；現在單純而空白的生活，有如豆花，軟軟的，白白的，與他風乾的雙手，成爲一個有力的對照。而他用「杓子」挖豆花賣豆花的動作，正可象徵他意欲追回過去光陰的企圖。然過去已是過去，黃豆已成豆花。他那種在豆花裏找尋什麼的動作，流露出一種無可奈何又依依不捨的情緒，引人深思。

鍾順文沒有濫情得隨便在詩中加進廉價的憐憫，也沒有故意加入一些公式的抗議。他只是平靜的觀察，綿綿的同情。體會每一個人在不同的遭遇中，可能擁有的相同境遇。他沒有機械化的把老人賣豆花，看成是老人的失敗。因爲「淸白」而「單純」的豆花生涯並不可恥，他又沒有美化老人的生活，把他說成關懷民衆，犧牲自我的大英雄。因爲，賣豆花是老人的職業，他並沒有免費奉送或不求報酬。老人只是個凡人，他有或成或敗的過去，也有平靜而勤奮的晚年，如此而已。鍾順文能以高度藝術的自制力，把一個很容易寫溜的題材，寫得不慍不火，實在不簡單。

鍾順文的詩作，大部分都在上述三個範圍中探索。其他還值得讀者注意的有「那年冬夜」、「不善言詞的小提琴」、「境界」、「我要把自己的心挖成孔」、「六點三十六分」、「長街」、「破鏡」……等，都是値得一讀再讀的佳作。他今年才二十九歲，正値創作慾最旺盛的時刻，希望他能好好把握時間，多寫多修改，使作品在內容與藝術上都能更上層樓。

在過去兩年來，他發表了很多作品，其中佳篇固然不少，平庸之作也很多。今後如能控制品管，把稍差的作品留在工廠中，等待時機，重新加工，然後再發表，效果可能更佳。

一個詩人，是慢慢成長的，少年及中年的作品會有不同；一個時代，也是慢慢成長的，五四運動初期的白話詩，作者可能是三、四十歲的中年人，可是作品則大多顯得十分稚嫩靑澀，不堪細讀。這是因爲時代本身尙未成熟的關係。只有才力大的詩人，方能跳出或超越他的時代。六十年後的今天，白話詩已經成長，而年輕的詩人，一出手，就能表現不俗。這是因爲，大家站在前人的肩上，能夠看得更遠，吸取了更多的寶貴經驗之故。從五四到今天，白話詩的發展，雖然緩慢，但成績卻十分紮實。希望所有的青年詩人，能更上層樓，以具體的行動，不斷的創作，爲中國新文學開闢更新的境界。

新月之下劍出鞘

——序德亮詩畫集「月亮與劍」

在衆多新生代詩人當中，出生於民國四十一年的德亮，是頗具代表性的一位。他在臺灣花蓮度過童年，受完高中教育；大專聯考失敗後，於民國六十一年入伍服役；退役後，他考入中興大學法律系，半工半讀，於民國六十八年完成學業。在讀書時，德亮便加入了蓬勃發展的商業界，在許多行業中，都施展過身手。在從商的同時，他仍難忘情於文學藝術、對詩的創作，忠誠專一，至今未變。我們從德亮身上，或可看到臺灣近二十年來發展的縮影，也是無數新生代成長過程的最佳寫照。他的詩有如在新月照耀之下，剛拔出來的一把新鑄的劍，放出奪目的清輝。

德亮寫詩開始甚早，在民國五十八年，便與秦嶽、陳錦標在花蓮創辦「風格詩刊」，時年十七，可謂早熟的天才型詩人。兩年後，他又與李男、黃進蓮等在臺北成立「主流詩社」，出版「主流詩刊」。他們的膽識抱負，壯濶無比，以詩壇「主流」自居，充分顯示出新生代飛揚的衝勁。除了寫詩以外，他對繪畫，亦有狂熱，畫筆不停，從未間斷，由此可見他多方面的才氣與興趣，隨處散射，銳不可當。

與德亮有相同傾向的新生代詩人甚多，幾乎形成了一種特色。例如李男、洪素麗、白靈、羅智成……等都是年紀相當輕，就詩畫兼擅了。這可以顯示，安定的生活環境，對詩人迅速的成長及多元化的發展，是十分有助益的。詩人多學習一種表現方法，對詩創作本身，是相當好的一件事。因爲如何用具體形象之組合來傳達感情與表達思想，一直是中國藝術家關心的事，如能將二者融滙貫通，當可有許多新的發現。

德亮寫詩畫畫至今十有二年，開過畫展多次，成績斐然，詩集則有民國六十三年「月亮節」，民國六十六年的「劍的握手」（與李男合著，高雄德馨室出版），民國六十七年的「畫室」（高雄德馨室出版）以及今年要出版的「月亮與劍」（詩畫集）。其中「月亮節」後來全部收入「劍的握手」，而「畫室」中亦將「劍的握手」中的全部詩作收入，新作甚少，只有「月亮與劍」不與他集重覆，都是最近四年的作品。

德亮作品主題大多環繞在下列四種題材發展：一是聯考對年輕人及家庭社會的影響，二是軍旅經驗及死亡冥想，三是商業經驗與對現代生活及流行價值觀念的諷刺，四是對詩及詩人身分的執著，對歷史的嚮往……凡此種種，在他的作品中，常常化成了悲壯的感懷。這四種題材，一個接一個，正是新生代詩人成長過程的寫照：考試、當兵、就業，仍然在寫詩。而就業一項大約可分爲出國、經商、從公、從軍、從政、任教及從事文化工作。這中間還有一項無可避免的重要事項，那就是「戀愛」。在愛情方面，德亮寫的很少，「情詩」並非他最重要的主題之一，對一個未超過三十歲的詩人來說，情詩少，未免是一個小小的遺憾。

德亮早期的詩，像大部分年輕詩人一樣，沈迷在奇怪而誇張的比喻裏，喜歡用「驚人」的動詞，往往用力過度，使人有做作之感。然從那些詩篇中，已經可以感到他元氣充沛，才思敏捷，有足夠的能力探索事物的核心。他的「護身符」、「詩集」、「或者神族」、「臉」、「十九歲」、「孤雁十九」，對聯考的感受，離鄉的情懷，都有不凡的刻劃。比較起來，他對軍旅經驗的處理就失之誇張，無法像上面那組詩那麼自然眞切。不過，此時德亮的詩藝已大有精進，他的「爆破兵」及「狙擊手」都比以前的作品要來得完整有力得多。

民國六十四年，德亮自軍中退伍，正式介入社會，開始半工半讀的生涯，次年他的詩風漸漸開始轉變，開始以較平易而生活化的語言，寫他的生活經驗。其中包括學校生活，商業生活以及在從商時所觀察到的社會生活之變遷。這一個階段値得注意的作品有「乞食」、「蟾蜍」、「打火機」、「延平北路的鴿子」、「新鮮人」、「火柴的鄉愁」、「臉的哲學」等，這些詩都收入詩集「畫室」，肯定了他在新生代中的地位。在反映現實時，他總是以一顆敏銳而富有同情的心，深入體會外在現實的內在涵意，有諷刺，但不惡毒；有批評，但總帶一些自嘲；有反省，但非教條式的；這些作品至今讀來，仍讓人感受到充沛無比的藝術力量。

有一段時間，一種化妝過的「社會主義寫實主義」的詩，甚為流行，許多詩人都以特定的方法、觀點、以及所謂的「歷史決定論」來寫詩，結果使詩成為政治意識型態的附庸，令人不堪卒讀，不但犧牲了藝術，又沒有達到原先的目的，眞可謂兩頭落空。德亮成功地避免了這一點，實在令人激賞。

民國六十八年，德亮自學校畢業，結束半工半讀的生活，全力在商場上衝刺，同時仍能寫詩作畫不輟，眞是難能可貴。他這個時期的詩值得注意的有「路經鳳山寺」、「大雷雨疾行高速公路」、「夜市」、「春天，林家花園的怪手」、「寫給爸爸」、「今晚冷風向西」、「吉他手」、「中元遙祭詩鬼李賀」，「月臺送別」、「國三症」、「國四英雄傳」等，都收錄在詩集「月亮與劍」之中。這些作品大體上延續「畫室」的風格，但在題材上有進一步的擴展，在語言上更形自然流暢，早期用力過度的句子及有意誇張的比喻，都被一種冷靜而有節制的藝術手法所取代；往日的激情仍在，但卻被埋入詩行之間，化成了一種含蓄有力的潛在效果，比起以前的吶喊，實在要高明許多。德亮此時，可謂已經完全成熟了，有足夠的能力，去處理更富挑戰性的題材。

「月亮與劍」中最重要的詩，就是反映高中聯考的「國三症」及「國四英雄傳」。這兩首詩處理國中三年學生面對高中聯考的種種問題，考上的，可以升入高中，考不上的，只好進入補習班，變成所謂的「國中四年級生」，也就是「國四英雄」，繼續努力，以期明年再考。德亮在經商時，曾經承攬過許多補習班的廣告，對其中種種不合理的現象，知之甚詳。於是，他開始爲國中生請命，執筆成詩，痛陳其中弊害，爲更年輕的一輩代言。

自從民國五十七年實施九年國民教育以來，高中聯考競爭便慢慢加劇。爲了考上大學，進入優良的高中似乎變成唯一的道路，這是一個值得大家注意而又必須解決的問題。像這類的題材，沒有親身經驗是無從下筆的；而這對新生代的德亮而言，是毫不陌生的，他本人就有過聯考失敗的紀錄，對此感受頗深，似有切膚之痛。因此，他筆一出套，如劍出鞘，不但爲新詩在題材上開拓了新的領域，同時也爲自己贏得了七十一年度的時報詩獎，可喜可賀，值得欽佩。

德亮的畫，最近幾年也走向現實，探討傳統與現代的衝突，農村與都市的消長，以及各式各樣的社會問題，成了他表達思想的另一種形式。他用色大膽，筆力雄健，假以時日，當能在平面藝術上，開拓出一片新的園地，放出耀眼的光芒。

德亮今年已到了三十而立的年齡，希望他能以他深厚的創作經驗，在詩與畫上，雙管齊下，精勤努力，不斷耕耘，在民國七十年代的十年當中，給大家帶來新的突破與驚喜。

註：德亮詩畫集《月亮與劍》，羣益書店出版，臺北，民國七十二年。

手術刀與水果刀之間

——評介南方雁白話詩集

南方雁是從臺北醫學院的藥瓶子堆中，走出來的年輕詩人，是國內一九六〇年以前出生的白話詩第五代的中堅。

民國三十八年政府遷臺後，第一代的詩人大多出生於民國元年前後，可以覃子豪、紀弦、鍾鼎文……等人爲代表。他們承繼三四十年代的詩風，並試圖在語言形式及詩想上做進一步的突破。第二代的詩人大多出生於民國十年到二十五年左右，重要者有周夢蝶、夏菁、蓉子、羅門、余光中、管管、商禽、楊喚、白荻、詹冰……等。他們完成了第一代詩人的願望，在白話詩內容與形式上，皆勇猛實驗，或激烈的反傳統，或極端的求西化，寫下了許多矯枉過正的失敗作品，使詩壇一度陷於晦澀枯窘的深淵。不過，這段實驗時期過後，上述詩人大多都能吸取失敗的教訓，修正過激的觀點，再度回歸中國，創作出許多豐碩的果實。

第三代第四代詩人，大部分都出生於民國二十五年到四十年左右，其中引人注目的有楊牧、鄭愁予、方旗、方莘、王潤華、張錯、蕭蕭……等，他們繼續在詩想上勇猛實驗，但所持的態度，則多半十分審愼而有節制，至於在題材上，開始強調面對現實、面對生活，不但努力回歸中國，而且非常重視本土性的發揚。最近，第三代詩人紛紛步入年富力強的中年後，反發生減產的現象，在創作上亮起了紅燈，有些人的創作力，甚至不如已垂垂老去的第二代的詩人，實在可慮。

第五代詩人，大多出生在民國四十年以後，目前皆未滿三十歲，詩齡平均也不足十年。他們的努力，一時間還不容易看到獨特而具體的成果；但，其中有許多人已經開始建立個人一己之風格。大體說來，第五代的詩人們多半仍繼續第三、四代詩人的創作路線，實驗的銳氣雖然減少了，但題材及風格上的變化卻拓得更寬。如果他們能持續不斷的努力創作不懈，當可在今後數年之中，爲中國白話詩開闢新的園地，爲民國五十年以後出生的詩人，鋪下平坦的大道。

在第五代詩人中，南方雁是頗爲突出的。他本名劉英山，出生於民國四十三年。在臺北醫學院醫學系唸書時，開始寫白話詩，曾任該校北極星詩社副社長，並爲艸根詩社同仁。民國六十七年，他畢業於北醫，由北極星詩社出版他的處女詩集「南方雁的詩」，薄薄一册，收錄詩創作二十八首，其中大部分的作品都發表於「艸根」及「笠」等同仁刊物。

南方雁作品的特色在其極強的諷刺性，短短一首小詩，往往鋒利如外科醫生的手術刀，直探病人要害，收發自如，不見血跡。例如他的「都是一樣的」：

不知燒一根香是否比點一支煙來得實際一點？
不過 灰燼是一樣的
不知日出是否比日落來得好看一點？
不過 地球是一樣的
不知愛人的還是被愛的來得幸福一點？
不過 痛苦是一樣的
不知靡靡的還是健康的來得有氣質一點？
不過 歌星是一樣的
不知朗聖經是否比誦佛經來得虔誠一點？
不過 天堂是一樣的
不知現實的還是超現實的來得人生一點？

不過　無聊是一樣的
（你這個人怎麼搞的
這麼沒原則）
不知有原則是否比沒有原則來得積極一點？
不過　問題還是一樣的
（眞是無可救藥）

在詩中，作者設計了兩種不同的聲音，第一種聲音的口氣有如莊子的「齊物論」，對世間事情的正反兩面都一視同仁，等量齊觀。因此，以「人生」觀之，人無論是燒香拜神也好、點煙自娛也罷，到頭來總會化做灰燼一堆；以「地球」觀之，日出日落本是同一個太陽；以「愛情」觀之，愛人與被愛，都免不了痛苦；以「歌星」觀之，唱靡靡之音與健康歌曲的，目的都在賺錢……。詩中另一個聲音。則反對這種頹廢消極的論調，他要求講「原則」，口氣是儒家式，非常執著而不知變通，兩種聲音在詩中相互反駁，把人生荒謬的那一面，點了出來，諷刺得恰到好處，讓讀者在發出會心的微笑之餘，又不得不反省沈思。

這首詩，節奏起伏有緻，用字平實淺白，內容深入淺出，非常適合於朗誦。去年「艸根社」在耕莘文教院舉辦朗誦會，作者上臺朗誦此詩，低頭垂肩，用的是陰陽怪氣的調子，唸到一半，忽然臺下有一名觀眾猛站了起來，大叫：「你這人怎麼搞的／這麼沒原則」。緊接著，作者又陰陽怪氣的把下面兩行唸了。那名觀眾，於是一摔椅子，大喊一聲：「眞是無可救藥」，拂袖而去。此時，觀眾如大夢初醒，報以熱烈的掌聲。

此詩唯一的缺點是「燒香」、「日出」、「歌星」、「天堂」、「現實」這幾行相互之間的關係，不夠密切。如果詩人能夠選擇相互關聯的事件及意象，來暗示整個人生中的各種面貌，那會使這首詩更耐咀嚼。

「都是一樣的」是輕鬆的諷刺小品，「網球的話」則在諷刺中深刻地描寫出，人生當中的某些困境：

眞不知道你們是什麼意思
非把我這一襲美麗的毛衣磨平不可
大熱天

你們這樣趕盡殺絕
也不怕人家笑話
鐵絲網內
我就是你們唯一的理想
網就是你們唯一的高度

從來
我未見過如此癡心的場面
眞的　如果你們不信
我會拿我擦傷的面龐
在你們眼前逛　看看小球我
是如何的忍辱負重

你們知道吧　壞就壞在我這天生的彈
性　或是說惰性

你們怎麼打　我怎麼跳
你們怎麼旋　我怎麼轉
你們管這叫出汗的快樂
我卻樂得看鐵絲網外那
一畝草地　一窩天空

我是最最虔誠的基督徒了
看我圓圓的面龐
哪一個角度不深刻　不江湖

網球的獨白也就是世上許多軟弱無能者的獨白，他們在生活現實逼迫下，逆來順受，隨波逐流。說好聽一點，這是「忍辱負重」，富有「彈性」；說難聽一點，則是任人凌辱，充滿「惰性」。作者在此，諷刺了無能卑賤的小人物，同時也嘲笑了那些只知欺壓小人物的大人物。因爲那些大人物所擁有的「理想」與「高度」，只不過是去欺壓一些小人物罷了：「我就是你們唯一的理想／網就是你們唯一的高度」，這兩行可謂全詩的警句。

網球的獨白中，充滿了自嘲的口吻。最後一段，作者還暗用了一個聖經典故，來加強詩中因自嘲而產生的反諷。「我是最最虔誠的基督徒了」三行，典出「新約全書」「馬太福音」第五章：「只是我告訴你們，不要與惡人作對；有人打你的右臉，連左臉也轉過來由他打。有人要想告你，要拿你的裏衣，連外衣也由他拿去。有人強逼你走一里路，你就同他走二里。」作者讓網球式的人在「忍辱負重」之餘，還阿Q式的借聖經上的話來裝點門面，筆力如刀，十分辛辣。這個聖經典故，運用得十分含蓄而成功：詩中的「毛衣」、「面龐」等意象，恰好可與聖經中的「臉」與「衣」的意象相呼應；而詩中「打」「跳」等動作，也與典故中的「打」與「走」有關，十分貼切中肯。讀者若無法看出其中有典故，依然可以了解全詩；但如果看出了字裏行間的典故，那對作者的意圖，當有更深一層的體悟。這樣的手法，可以說是典故運用中，最理想的一種。

此詩的缺點不多，只有兩處需要修改：一是第三段第一行的下半句「壞就壞在我這天生的彈」，似乎該單獨列爲一行。作者把「彈」與「性」二字分開，在視覺上有跳躍的效果，無可厚非。然「你們知道吧」與「壞就壞在我這天生的彈」這一行，分別表達兩個意思，節奏也不相同，讀者唸完「你們知道吧」必須換氣，再唸下去。分行的作用本在幫助讀者調整呼吸和節奏，因此兩句連在一起，唸起來看起來，都不太自然，還是以分開爲妙。另一個缺點是「一窩天空」

的「窩」字，在詩中並無特別的作用，亦無其他意象呼應，看起來十分突兀，如改爲「片」字，當會貼切平易得多。

類似上述以自嘲的口吻或反諷語氣所寫下的作品，還有許多，以「也是禱詞」、「故作瀟灑——給自己」、「車禍」、「徒然」等，最值得一讀。四首之中，以車禍一詩最短，只有兩行：

閻王爺正忙著將一羣該死的傢伙
集合在同一輛車上

短短的兩行，呈現出一幅忙碌生動的小小戲劇，令人在啞然失笑之後，又不得不爲生死之無常，慨嘆萬千。另外一首小詩「徒然」，原發表在「艸根」「廣告詩」小輯之中，曾在省立博物館的「艸根詩畫展」中展出，寫在一只裝冷氣機的大紙箱上：

太陽坐在冷氣機上
沈思

燃燒自己的意義

這對夏日躲在冷氣房的人們，做了一個側面的諷刺，且喚起人們去沈思如何重新面對自然，精簡有力。小詩的創作一直是戰後詩人的重要課題之一，希望作者能在這方面繼續努力下去。

除了以手術刀諷刺矛盾荒謬的生活與生命外，南方雁有時也以輕鬆的心情刻劃周遭的事件與情景。這個時候，手術刀變成了水果刀，一切下去，或甜或酸的果汁，芬芳撲鼻，令人食慾大振。例如他的「颱風」，就是水果刀下的佳作：

不是臺灣的
是進口的
不是溫柔的
是潑辣的
不是蓋的
是拆的
不是氣象局的

是大家的
不是沒有來頭的
是他媽的
不是走路不長眼睛的
是有眼無珠的
不是男的
是女的

颱風是臺灣每年夏秋之交的自然災害，人人都有深刻的感受。一般人寫颱風，多半從正面入手，寫其肆虐之狀，恐怖之情。但多年來，眞正造成巨大災害的颱風較少，狂風暴雨一陣過去的颱風卻很多。這種不大不小的颱風一來，但見街道積水，學校停課，公司放假，大家都樂於得空偷閒。此時，市街有如新洗，空氣倍覺清鮮，使人人感到了颱風的輕鬆面。南方雁此詩，不從正面寫颱風，而從側面調而侃之，節奏輕快，造語幽默，眞是甜中帶酸，十分爽口。

這首詩最大的特色是現代口語字彙的運用，例如「進口」「蓋」（吹牛之意）、「氣象局」……等等。結尾兩句尤妙，因爲颱風多以女子名命名，而其行踪之變化無常，亦與女子的性格十分接近，以「不是男的／是女的」做結尾，確實是神來之筆，絕妙而貼切。此詩十分適合於朗誦，在夏夜集會時，大聲唸上一遍，定可消暑。

在南方雁甜美的水果刀下，有時，也會流露出淡淡的哀傷。例如「母親」，便是一首充滿同情的作品：

最小的都這麼大了
好福氣

星期天
福氣都走了
獨留
天井裏的洗衣聲
和媽
一個人

母親節
孩子們送媽一臺洗衣機
天井裏的洗衣聲
依舊不斷

飯桌上
又是媽
與涼了多時的菜

媽上教堂去了

這首詩，粗看平淡，細味後，方覺感情眞摯，技巧圓熟。全詩以一親友的誇讚語開始（由是觀之，開頭兩行應加引號，表示是對話），第二段寫兒子們星期天都不在，獨留母親在家洗衣的寂寞景象；第三段寫一年一度的母親節，兒子送母親洗衣機以示孝心，而母親卻不覺得需要那機器，依然用手親自洗衣；第四段寫母親節過後，一切如常，兒子們照樣在外不歸，母親燒了一桌子菜也沒人吃。第五段寫兒子們不能給母親精神上的安慰，母親只有上教堂去了。當然，教堂也可暗示天堂或死亡。南方雁在處理此詩時，透露出來的諷刺之語少、哀怨之情多。兒子們並非不孝，然長大後各有各的事要忙，無形中就忽略了老母。老母也無法要求兒子們整天在家陪她，只好上教堂尋找精神的慰藉。作者反映了工業社會中，親子之間無可奈何的疏離感，是機器與金錢無法彌補的。詩中，「星期天」與「母親節」相對；「飯桌」和「教堂」相對：「星期天」是兒子們的假期，每個月都有四個，而「母親節」則一年只有一次。「飯桌」是母親對兒子們表達愛意的地方，而對兒子們來說，吃飯只是解決民生問題而已，在哪裏吃都一樣；相對的，教堂則是安慰人類精神的場所，子女不能安慰母親，母親只好變成上帝的子女。

在「母親」一詩內，詩人表示出他對旁人的關愛，這種關愛，在「既不是那一款赤裸的男性」、「解剖室」、「實習」、「醫生」、「計程車司機」等這幾首詩裏，有了更深刻更廣泛的表達。上述詩作，大部分皆與詩人的醫院經驗有關，其中以「實習」一詩最完整最佳。其他諸作，多半是佳句多於佳篇，情感淹蓋藝術。這可能是詩人所處理的題材與自己的生活太過接近，以至於失去了美學距離的關係吧？

當然，詩人不是不可以用詩去處理身邊所發生的事情，但在創作時，卻應該注意把生活經驗化爲藝術經驗。達成這個目標的最好方法是把寫下的作品，冷藏數月或半年後，再重新加工處理，讓美學距離因時間距離而產生。

最後，還有齣短小精悍的詩劇「計程車司機」，值得一提。此詩原發表於「艸根」「計程車專輯」當中，是一首處理都市生活的作品，對生活在工業文明中的小人物，做了一個生動活潑的素描，十分適合於朗誦或演出。詩人利用甲乙丙三個司機的聲音及一些旁聲，寫下計程車司機經驗裏的形形色色。然後，更進一步，讓司機的生活變成了現代社會一個小小的縮影，批判裏含有同情，嚴肅中藏有幽默。最後，詩人把計程車當做人生的具體象徵，結束了全詩：

（轟然一聲，起於剎車聲後）
旁聲：唉唉　生活是計程
　　　　　生命也是計程
　　　不論長途或短途
　　　不能拒載
　　　不能拒載
（沙啞的收音機正播放著那些不堪入耳的廣告詞）
（母親給的護身符在殘破的窗前搖晃再搖晃）

老實說，最後括號中兩行，可以插入前面的段落當中。雖然，這兩行放在最後，會產生電影結束淡出的效果，但這個效果對於前面那幾行並無太大的幫助，甚至有破壞已經形成的力量及氣氛的反效果。如果全詩以「不能拒載」爲結，則易令人產生回味無窮的感覺。

「南方雁的詩」是他的處女詩集，其中生澀失敗的地方當然不少；但整體說來，他已經開始建立自己獨特的風格。他失敗多失敗在謀篇不愼，鍊句不精；成功則成功在觀點新鮮活潑，諷刺銳利見血。上述缺點的克服改進之道，只有一途，那就是多讀多寫，多創作。

目前國內詩壇最大的危機是許多詩人紛紛停筆或減產，連年富力強的年輕詩人也不例外。南方雁在學校畢業後，因工作的忙碌開始減產，使他的創作生涯亮起了紅燈。如何恢復旺盛的創作力，如何使自己手上那把刀運用純熟到既可爲病人動手術又可爲大家切水果，是南方雁今後努力的目標，我們希望他的第二本詩集能夠早早問世，爲中國詩壇帶來更鮮美更多汁的果實。

生活在動植物裏的人

——評介無忌白話詩集「速描手記」

十幾年來，文壇一直流行著一種說法，那就是從事現代文學創作的，大部分是外文系畢業的。相形之下，中文系在這方面的成就，便黯然失色了。這話，乍聽有理，細察則不盡然。外文畢業從事寫作的，當然很多，其他科系出身而躋身作家之林的，亦復不少。如陳之藩、張系國、黃用、林冷、方旗、夏菁、夐虹、方思……等，都不是外文系出身，他們或學理工，或讀法商，但在文學創作方面，都有驚人的成就。可見，能否成爲作家，與就讀系別的關係少，而與個人才情的關係大。

近年來，因教育普及，讀書風氣改進，非文科出身的作家，也有越來越多的趨勢。這表示了現代文學的力量，已慢慢的滲入了各個階層，實在是令人可喜的好現象。在年輕詩人中，如南方雁、白靈等，都不是文學系的學生，卻能寫出相當高水準的作品，便是最好的例子。無忌是近年來在詩壇上頗受注目的新秀，他學的是植物，愛的是詩，又是一個非文科出身的詩人。這再一次證明，無論讀什麼科系，只要有創作的慾望及才情，有努力不懈的恆心，都可在文學的殿堂上，佔一席位置。

無忌本名蕭承龍，江西永新人，民國三十九年生於臺灣，父親是醫生，家境小康。他小學畢業於新莊國小，初中則入萬華國中，後來考上了建中補校，三年畢業，但沒考取大學。幾次聯考失敗後，他入伍受訓，被分派爲衛生兵，在臺中一帶服役。退役後，他再參加聯考，終於在民國六十二年考入臺大植物系。

進入大學後，他對文學創作慢慢發生了興趣，開始嘗試學詩。民國六十五年，他參加「耕莘文教院」所舉辦的寫作班，堅定了在詩創作上的信心，於是他們開始在「艸根」月刊發表作品。一年後，他加入「艸根社」爲同仁。六十六年，無忌畢業於臺大植物系，同時，也考入臺大植物研究所，專攻花粉研究。兩年後，他畢業得碩士學位，並出版處女詩集「速描手記」，由文聖圖書出版社印行，列入「文聖叢書」。其中的詩，大部分都在「艸根月刊」發表。

因爲讀植物系的關係，他經常獨自一人進入山川樹林、觀察鳥獸蟲魚，種種經驗，都一一反映在作品裏，成爲一大特色。「速描手記」全書有六輯，分別爲「動物篇」，「植物篇」，「都市景象」，「生活篇」，「入夢篇」，「圖象詩」。

喜歡大自然，而又不得不住在都市裏，這是現代人最普遍的矛盾之一。無忌的作品在這方面有深刻的體會與諷刺，例如他的「獅子」：

獅子呀！你不得不化爲犬
在文明的都市裏
不得不戴上口罩繫上項圈
斯斯文文的走路過斑馬線
對隔壁的小姐禮貌且冷冷的打招呼
在四壁貼著森林與草原的籠子裏
想著：「明天是否可以散步

是否應該更乖一點」
雖然明知道同樣的紅磚路到紅磚路
然畢竟是可以把森林裏的鳳凰
草原裏的火鶴帶出來放上一放的
畢竟還可以嚇一嚇那眞正的飛鳥
畢竟畢竟，畢竟你是不能吼的
在這戴慣口罩的家裏

此詩自嘲的口吻很重，諷刺性很強。詩中的主述者，可能是在自言自語，自己稱自己爲「獅子」，也可能泛稱所有被都市文明所馴服了的「人」。試想百獸之王的獅子，狗一般的戴上口罩項圈，是何等的尷尬模樣；而其活動的空間竟縮小在公寓的籠子裏，背景則是印著「森林與草原」的壁紙而已。詩中「斯斯文文的走路過斑馬線」一句，極盡雙關及諷刺之能事。原野中的獅子原來是可以海闊天空追獵斑馬的，現在竟斯斯文文遵守起交通規則來了，豈不可笑。類似上述這種對都市機械文明諷刺的詩，還有「鳥」與「都市之孤」，但在處理上，都不如「獅子」來得成功。

除了對工業文明諷刺的詩篇外，無忌最愛處理的題材是自然、親情、友情。例如「蒲公英」，這是一篇細心觀察自然的鮮活記錄，生動異常。

種子在土裏尋找了一個冬季的自己之後
才破土而出
重新回到陽光的懷裏
伸一伸久被壓屈的身體
打一個大哈欠
然後捧出一本本心愛的書葉
細心地讀著
直到……
直到太陽下山的時候
他才穿上他金紅色的絲袍
站在枝上
學蝴蝶

飛去

這首詩是在講蒲公英生長繁殖的過程，以植物喻人類，輕快可喜。在詩人的筆下，陽光成了蒲公英母親，葉子成了書頁，蒲公英成長開花的過程，也就是一個人成長受教育的過程。「書葉」一語雙關，片片「葉」子如書「頁」這樣的比喻，不但顯而易見，而且恰當非常，充滿了新鮮的感覺。最後幾行「學蝴蝶，飛去」，則是暗示對自我的追求及對繽紛理想的追求，同時也象徵了散播種子繁殖後代的志向。全詩比喻生動，句法流暢，以物喻人，深入淺出，十分耐人尋味。

這種寫景而含情，以情入景的手法，是無忌常用的。例如他的「野塘蒿」：

世事如野地的塘蒿
不時奮勵的在齒輪下掙扎
不時帶著煩惱唱歌
如纖細而又柔軟的女人
喜愛她，受益不盡

討厭她，除之不盡
總是這麼悄悄的混入你的生活

此詩最後一句是全篇的「詩眼」，詩人把「世事」比喻成「塘蒿」，又把「塘蒿」比喻成「女人」，使戀愛、家庭、社會……等等，全都混合在一起，成了一大片野塘蒿，總是「悄悄的混入」每一個人的生活之中。是的，在無忌的詩裏，人與植物是分不開的，或象徵自己，或暗示他人，植物生活的種種，也就是人類活動的種種。例如他的「木棉花」，便是另一個例子：

南來北往的車輛都不是我的方向
來來去去的匆匆也不是我的意願
佇足在這似乎迷失的街頭
有誰會推我一把

萬王之王隱沒
道德可恥而脆弱

我該披上什麼色彩站在這裏
還是脫光自己讓人們受點驚奇
還是點上燈繼續等候
如等待一個遠洋不歸的水手

這首詩的主旨在藉木棉花來象徵都市中迷失的女子，例如落翅仔、太妹、妓女或酒女之類。木棉花開時，葉子早已落盡，赤裸裸的枝幹上，開著一朵朵豔紅的花，站在街頭迎風招展或墮落。「萬王之王」及「道德」兩句是指宗教式微，而「道德」則淪爲假道學。於是迷失的木棉花，只好繼續迷失下去。所謂未來，所謂希望，只不過渺茫得像一個「遠洋不歸的水手」。當然，此地的「水手」，可暗示所有的浪子，或花花公子。

除了寫植物外，無忌最擅長的，就是寫他在野外爬山的經驗。例如「野營」就是他在露營後所記錄的感受。

漫漫長夜

誰在那裏歌唱
漫漫長夜
誰在那裏舞蹈
把遠的星星拉近
把近的太陽逐放
調皮又可愛的人啦
我滾成淙淙的珮水
潛成冷冷的霧
向你們靠近

開頭一句「漫漫長夜」，可以當「形容詞」講，但讀了三四兩句後，則這第一句也可以當野營者所唱的「歌詞」講。此詩的最大特色在詩中的主述者不是詩人自己，而是山神的化身。山神先是聽到了野營男女的歌聲，繼而發現他們在舞蹈。歌聲而舞蹈使太陽沈沒，星星出現，使山神覺得這些人眞是「調皮又可愛」。於是，他就化成淙淙響如玉珮的流水，向他們靠近，然後又化成冷冷的霧水，潛向他們。由水到霧的過程，是空間的過程，但也暗示了時間的過程，從黑夜到有晨霧的過程。這首詩之所以能夠動人，完全是在主述者觀點的選擇，充滿了新奇的趣味。這一類的詩，無忌寫過很多，另一首「假日」，在此也值得一提：

在這裏
我可以用溪水洗臉
沒事，讓水漫漫的爬上褲管
像石頭讓小溪慢慢滑過
依水我躺成靜靜的潭面
聽鳥低低飛過
讓晚陽緩緩覆蓋
直到
直到眉間的星子
輕輕的將我叩醒

詩中主述者先是用溪水洗臉，然後變成溪水中的石頭，然後又化成溪水所滙聚成的潭水，聽鳥飛過，看晚霞在水中映照。最後，天黑，星星出現在水中，使主述者從幻想中醒來。此詩閒閒著墨，緩緩道來，想像豐富，意象貼切，把獨自臨水的那種憩靜舒適，表達無遺。

在山水草蟲之外，家庭人情亦是無忌詩中的主題之一。例如他的「祝福」，淡淡寫來，卻把兄妹之間的那份情感，眞誠含蓄的表達了出來，十分難能可貴：

妹妹結婚
是一樁大事
兩件禮物
只是祝福的拙辭
窮得咬原子筆的哥哥
如冬之弦月
露著平淡的笑
怎掩得掉
滿天星語的誠祈

只一動念
往昔的紛爭、笑語
　補衣、逗氣
如楓香綴地
撿拾遽成泡影
之子于歸矣

想　他日相見
兒時的歌謠
應已輕溢在妳的唇底

新詩中寫兄妹之情的作品不多，此詩感情眞摯，手法平實，第一段寫現在，第二段寫過去，三段寫未來，按步就班的發展下去。「冬之弦月」與「星語」的比喻，相互呼應，恰到好處。回憶兒時一節，亦生動可取。最後一句寫妹妹結婚，引用「詩經」「桃夭」句「之子于歸」，以示隆重。「之子于歸」下一句是「宜其室家」、「宜其家人」。因此，很自然的，詩人便在最後一段，描寫未來妹妹做母親，搖寶寶入睡的情景。以家庭爲主的詩，在無忌的詩集裏，還有「阿弟」「飛鷺」等，都值得一讀。

在年輕詩人的作品中，情詩應是不可缺少的一部分。而且，通常來說，寫得最好的，也該是情詩。因爲年輕人感受最深刻的，就是愛情。不過話又說回來了，古今傑出的情詩很多，要想能有所突破，有所新創，其困難是可以想見的。無忌的情詩不多，下面兩首，尙有些新意，值得一讀：第一首是「情書」，訴說戀愛受挫的情景：

每天讀你，想你
在一個星夜
我暗暗的抄下妳的地址
挑一片櫻紅的欖仁葉
寫下一片嫩芽，一片新葉的隱密
記下花想要說的言語
不信任信差

我漏夜偷偷的投遞
一天一天的等待
蜜蜂銜回
「查無此人」的一封情書

戀愛中人的行爲，未免有些癡儍，然把初生的愛情，比喻成初吐的嫩芽、新長的葉子；把成長的愛情，比喻成含苞欲吐的花朵，卻須要有相當的想像力及組織力。而最後一句「蜜蜂銜回」，「查無此人」的一封情書，亦耐人尋味。「情書」是寫戀愛失敗的經驗，「兩隻手」則是寫戀愛成功的甜美：

走在遍是大頭茶，虎皮楠的山上
嚙著疏疏的嫩草
安安和我，愛看遠處的海
靜靜的坐著是一種過癮

走在黃槿，露兜樹的海邊
嚙著焦岩上的白水草
安安依樹任風撩她髮，藍藍的海呀！
細細的望著是一種過癮

走過竹籟編成的籬
吱吱啞啞的耳語忐忑的心
安安和我笑著，默默目送伊的背影
輕柔的踏步呀！亦是一種過癮

這首詩，用的是民歌的手法，不斷的重複變化，十分宜於譜成歌曲。詩中的主述者把自己和情人，幻想成兩隻在海邊吃草的羊，可謂情景如畫。再加上他不斷的，點出許多奇怪的植物名稱，更增加了一份浪漫的情調。最後，「伊的背影」取代了海的形象，熱情與柔美合而爲一，十分清新動人。

「速描手記」是無忌第一本詩集，收入七十七首詩。其中值得一讀的，還有「織女」、「事件」、「花戀」、「畫」、「採集者」、「奪」、「太陽」、「蠟燭」等。「蠟燭」是圖象詩，造形十分成功。近十年來，在圖象詩上實驗的人不多，無忌肯在這方面下功夫，實在難能可貴。只可惜，圖象詩一輯四首詩中，只有「蠟燭」一篇較佳，希望他今後能在這方面，加倍努力。

「速」集中失敗的作品當然也不少，就是我提出來討論的作品中，也有許多缺點。但我想我們對一個詩人的處女詩集，不妨採取寬容的態度，多欣賞他成功的作品，從而遺忘他那些失敗的劣作。希望無忌能繼續努力，創作出更優秀的詩篇，出版一本能面對嚴格批評或挑剔的集子。

註：無忌，「速描手記」，文聖圖書出版社，臺北，民國六十八年。

撥霧的過程

——評介張志雄白話詩集「殘缺的圓」

過去四十年來，臺灣文藝界的活動，大多集中在北部，舉凡文學、藝術、音樂等，皆以臺北爲中心，畫廊、詩社、出版社等，也都以臺北爲主要集散地。於是，臺灣在文化上，便形成了頭重脚輕的現象。近十年來，國內社會結構迅速改變，由於工業發達、教育普及的緣故，讀書人口激增，城市居民暴漲；臺北市的人口已三百萬，高雄市的人口也急起直追，突破了百萬大關。照這樣的速度發展下去，不久，整個臺灣將變成一種以大都會爲活動中心的都市島。

目前，臺灣文化活動的中心仍在臺北，臺中次之，最後才輪到臺南、高雄。不過，這幾年來，高雄在各方面均有長足的進步，自從改爲院轄市後，其文化的發展更形蓬勃，假以時日，當不難超過臺南、臺中而直追臺北。我們從最近高雄詩壇充滿了朝氣這一點來看，便可證明在不久的將來，其他形式的文藝活動也會隨之而起。因爲詩永遠是文化探索的尖兵，文壇氣候的風向球。

在高雄詩壇，勇猛創作的青年詩人羣中，出生於民國四十二年的張志雄，是較突出的一個。當他還未滿二十六歲，詩齡也未滿一年之時，便在短短的幾個月裏，寫下了七八十首詩，語言流暢，情思充沛，完全不像一個初學者。詩人幼年失學，僅僅國小畢業，然他表達與組織的能力之強卻足以讓許多大學生感到慚愧。後來，他把自己的詩，集結成書出版，名之曰：「殘缺的圓」，出書之快，可能也是詩壇過去四十年來少見的。

「殘缺的圓」分二輯，第一輯以「殘缺的圓」爲主體，探討戀愛的悲歡離合；第二輯：「撥霧集」，題材的範圍擴大了很多，開始對人生做深刻的挖掘。「殘缺的圓」中諸詩，充滿了少年對戀愛的憧憬和失望，多熱情的發洩，少藝術的制控，偶現佳句，絕少佳篇。例如「殘餘的故事」中描寫情人對時間流逝的悵惘，全詩拙於謀篇，但卻有下列佳句：

眼神不是電流
心是流電
僅僅感覺著又一個流失的年

三個「流」字連續運用，把流光流年青春易逝的那份感情，貼切的表達了出來。「未了愁」一首較完整，結尾兩段可圈可點：

長長的髮絲貼著妳的臉妳的臉貼著我的臉
心事貼著心事
(此刻傘是累贅話也多餘)
讓妳的心跳默數我的心跳
讓妳的靜默傾訴我的靜默

雨停了
雨後還是雨

在妳的臉上

戀愛中人總是多思多愁，爲情所苦，積鬱難拂，恨海難塡，最好解決方法，就是將一切的痛苦，化爲詩歌。例如「第一件事」的開頭幾行，就非常精警動人：

或許是時候了
寫封信給妳，寄去我整個人
你必能折閱必能提攜並感覺
繾綣的重量

情人常做癡語，而癡語常能動人。不過，戀愛是一回事，成功與否又是一回事。少年男女的婚姻，常受家長的左右，而產生悲劇。這是一個老問題，電影、電視、小說、戲劇裏都一再的重複類似的故事，警告世人；而這種故事，仍不斷的一再發生在現實世界當中。讓我們來看看詩人如何面對這類問題：

孤軍

那個晚上，話很少
卻談了很多
妳靜靜靜靜的
坐在一旁
此刻妳已不存在
只有一個青年一個老頭
在研究一種生活程序
研究愛情幾何

研究愛情的質量
麵包的份量
沒有爭執
沒有妥協

沒有氣氛
只是兩個不同時代的陌生人
在談一抹微塵
一座高山

下一盤棋總得分出輸贏
我很愼重
事實上，我已遇到
一個不狠卻很勁的
可怕對手

妳只是旁觀者
在他與我對弈的刹那
妳只能旁觀，至此

我是失血的孤軍
我輸了
輸在妳必須是孝女
輸在我持的情棋
力量潰散後
只能防守
不能攻擊

「孤軍」一詩，相當完整，詩中主述者與情人的父親談判，口氣簡潔俐落，與所要表達的詩情頗能相配。「情棋」之喻，十分生動可喜；「微塵」「高山」，也用得恰當有力。全詩平淡記實，而情感卻眞摯充沛，激情被藝術控制住了，沒有濫情濫感的毛病，十分不容易。這一輯中，值得細讀的，還有「不是重逢」、「還有另條路」、「還有你還有我」……等幾首。初學寫詩，能克臻此，實在不簡單。

在「撥霧集」中，張志雄向前跨了一大步，開始擺脫狹窄的愛情題材，向別處多方發展。

這一輯的詩，大部分皆在「艸根」月刊發表過，反應相當不錯，是詩人建立自己風格的開始。「撥霧集」中的詩，多採取分段形式，有些作品，頗有向小說侵略的野心。例如「舊」：

早安，夫人！你欠我一顆心，趁著你丈夫上班，請還我一顆心。我不討前債，我只要一顆心，那是我的，我必須自己保管，我曾輕易的拱手送了你。

現在，就現在，請還我，夫人；我會小心翼翼，謹愼的，納進我無主的胸際。

趁著你丈夫上班，
夫人；我不帶賬單；
不帶日記；不帶情；
不帶慾——我只帶來
了一個空的胸臆。

這是一首處理一個年輕人，與有夫之婦畸戀的故事。手法是戲劇性的獨白，主題是感情的失落。「戲劇性的獨白」這種手法的主旨，在利用「獨白」挖掘展示主述者的「個性」，及故事的「象徵意義」。張志雄在這方面都還未臻理想，規模有了，如果能深入探索，當成佳作。另外一首「謔」，是從一個較幽默的角度來看戀愛，客觀生動而不落俗套：

總覺得好笑，你堅持
要走，我執拗的要你

留下，結果，你留下
我走了。

想想眞可歎，你在
尋我，我在尋覓自己，
結果，我找到了自己，
卻失去了妳。

在短短兩段對照之間，把自由戀愛中男女聚合離散的心理背景，刻劃入微。其他諸詩如「循」、「蹤」、「迹」、「癡」等詩，也都有可取之處，值得一讀。

張志雄肯努力在分段詩上勇猛實驗，精神可嘉。然分段詩強調整體詩想之設計，重點往往放在結尾的變化上，如無高超的技巧，奇警的構思，便容易變成散文，隨想，或斷章。由這一個角度來看，「撥霧集」中的分段詩，有許多是適合用散文去表達的，與詩無涉。希望詩人今後能在這方面的創作上，多下功夫。

張志雄的創作歷史很短，但從以上的表現上看來，他實在深具繼續發展下去的潛能。然而，有潛能並不表示將來一定會成功。寫詩的道路本是漫長而孤寂的，要忍得住寂寞，要培養長跑的耐力，要能夠持續不斷的吸收、消化、創造，方能眞正有所成就。在此，我懇切的希望他能夠埋頭苦讀苦寫十年，不要因外在環境的變化而影響到對詩創作的熱忱，更不要因一時的橫逆而放下了詩筆。要知道，寫詩的過程，原是摸索的過程，有如人在大霧中，以藝術爲指南針，爲自己爲他人指出正確的方向。唯有持久有恆的人，才能撥開濃霧，迎接燦爛的金陽。

「草原文學研究社」緣起

民國六十三年夏，我修完學位，環遊世界歸來後，便立刻返輔仁任教。重回母校的心情是愉快的。輔仁，曾是孕育培養我繪畫寫作的搖籃。當時在校園交的朋友如陳芳明、蕭蕭等，現在仍繼續不斷的從事寫作。後起的如古蒙仁、碧竹等，也都能在創作方面樹立自己的風格。回到這樣一所人才輩出的學校，教授英國文學與比較文學。我心中的激動與興奮，可想而知。

一年下來，課堂上的教書生活，使我感到喜悅，課堂外的文學活動，卻令我頹喪萬分。誠然，輔仁的校舍增多了，樹木亦成長得婆娑有緻，學生人數，也多達令人吃驚的程度，社團的名目更是千奇百怪，活動頻繁；這一切的一切，都超過我唸書時的情況。只有文學活動，卻死寂非常。廣大的校園內，連一個詩社——一切文學的尖兵，都沒有，更何況其他文學社團。兩年來，我曾應邀到臺大、師大、政大、淡江、東海等南北大專院校，做文藝演講。看到人家朝氣蓬勃的情況，使我不得不為輔仁的荒涼感到納悶。常與林明德、方莘等老師談及此事，大家都覺得十分難解，而相對無言。

最近，這種蕭條低沈的情形，開始有了變化。從上學期開始，輔仁校園內，不斷有潛力雄厚的青年作家出現，他們各自孤軍奮鬥，興緻勃勃的排除萬難，在競爭激烈的文壇上嶄露頭角，可謂得來不易。林明德教授試辦了一次詩朗誦會，結果非常成功，聽衆爆滿，顯示出大家對文學的熱情，還是有的。我想，在輔仁校園內重新展開文學活動的時機到了，便有成立文學性社團的構想。此議一出，響應者衆，經過兩個多月的籌劃，「草原文學研究社」便誕生了。

草原文學研究社的宗旨，可分為下列三項：

一、文學創作：以詩、小說為主。散文、戲劇為輔。

二、文學研究與欣賞：以文學理論及實用批評為主，作品了解與欣賞為輔。

三、聯合校內各國文學語言學系，為比較文學的發展作鋪路的工作。

「草原社」是創作與欣賞並重的。大家在日常生活中，或多或少都有接觸文學的機會，電影、小說、報章雜誌之內，都有文學的影子，如何加以價值判斷，卻是一個大問題。我們的高中教育，對文學類型的介紹與指引，十分貧乏，弄得大家都看小說，但卻不懂得如何欣賞小說。

以致瓊瑤之類的「故事書」大行其道，這是十分可悲的現象，古典文學需要有人指導欣賞，現代文學亦如是。任何層次的心靈活動，都須要深刻的探討才有透徹的了解。一個知識分子，縱然自己不能創作，但至少也應該能夠懂得欣賞人家創作出來的精美藝術。如果欣賞有得，進而著手創作，那更是理想。

本著以上的原則，草原社未來的活動大約以下：

一、從事輔仁文藝史料的編輯搜羅。輔仁復校至今，產生了許多傑出的作家校友，舉辦過許多活動，翻譯過許多書籍，如果我們把上述種種，仔細編輯起來做成資料。不但可以吸取前輩的經驗，爲後來者做參考，同時亦可以聯絡畢業校友的感情。使輔仁的文學活動，不只侷限於校內，而且也擴展至校外，不只侷限於現在，同時也延伸至過去與未來。這樣一本文藝史料的編輯，可使同學深切的察覺到繼往開來的一份「使命感」，也可以使畢業同學產生一種「歸屬感」，更可以使未來投入的同學，興起「參與感」，可謂一舉數得。我們應該知道，文藝活動的影響，是要比其他活動更來得深遠而持久的。

二、邀請海內外名學者，作家蒞校演講，爲大家現身說法，同時也順便把輔仁的優良傳統，向外宣傳介紹。

三、在假期中，舉辦文藝營活動，使同學有機會與作家及自己的同好生活在一起，共同研習創作及欣賞深刻的文學作品。

四、出版雜誌，讓同學的作品有地方發表。目前，我們擁有的基本刊物有「草根月刊」及「輔仁文學」等二種。希望在學校的支持下，這兩本刊物都能夠欣欣向榮，達到國內一流的水準。

我們希望這些理想，在不久的將來都能夠實現。更希望同學踊躍參加，共襄盛舉。「草原」是心胸開濶，兼容並包的。不斷的生長，不斷的發展，是「草原」唯一的目標。希望青青的草原，不久就能開出各色各樣的奇花異卉，讓大家在清新驚喜之餘，更感到生命的活力與智慧的光彩。

——一九七七年三月輔大新聞

後記：上面這篇短文，雖說是專門爲輔仁同學而寫的，但也可供其他學校的同學做參考。畢竟，文學藝術的推廣工作，不只是一家一校之事，而需要所有的有心人，共同來參與。

艸根詩月刊的軌跡

一、評估過去，預示未來
——「艸根詩月刊」復刊感言

1

「艸根」月刊於民國六十四年五月四日，由羅青與李男在屏東共同創辦。從第七期開始，改在臺北出刊發行，頁數由二十四頁增至四十八頁。民國六十七年八月，自三十七期開始改為雙月刊。一直到六十八年六月暫時休刊為止，總共出版了四十一期。

「艸根」休刊後，同仁仍保持聯絡。五年後，爲紀念「艸根」創辦十周年，決定從七十四年二月起，繼續出刊，恢復月出一期的做法，以彩色大型海報形式，正面刊名畫，反面刊詩文㊟。

2

「艸根」在過去四十一期當中，出版過「小詩專號」（十三、十四期），「春聯專號」（二十一期），「戰爭詩專號」（二十三期），「兒童詩專號」（二十九、三十期），「分段詩專號」（三十三、三十四、三十五），「評論專號」（三十六期）等；又刊出過「計程車司機」（十八期），「山水有清音」（十七期），「素描」（十九期），「現代簡報」（二十二期），「圖象詩」（四十期）等專輯；同時，還設有「新詩選」、「新樂府」、「開講篇」、「職業的旋律」、「民歌集」、「小詩大觀」、「詩集連載」、「生活創作選」專欄。並於民國六十五年五月在臺北新公園省立博物館舉辦「艸根詩畫生活創作展」，又於同年十一月，在耕莘文教院舉辦「詩的聲音出版」朗誦會。

經常在「艸根」大量發表作品的詩人作家有萬志爲、黃智溶、王希成、詹澈、胡寶林、邱豐松、孟梁、李男、張國立、林國彰、張大春、林明德、白靈、劉克襄、夏宇、苦苓、無忌、葉海煙、楊弦、秋聲、江湖白、向陽、游喚、陳寧貴、譚雅倫、廖雁平等。

此外，國內的林月容、何志詔、林煥彰、趙天儀，香港的余光中、黃國彬、王偉明；美國的方莘、張錯、楊牧；新加坡的王潤華、淡瑩；馬來西亞的溫任平、蔣晚筠……都曾在物質上及精神上大力支持，或鼓勵或賜稿，使「艸根」能在一個較為寬廣開濶的視界上，發展茁壯。

3

今後「艸根」將本著過去的經驗，繼續向前做各種形式的探討，向後做各種角度的回顧，評估過去，預示未來。

我們仍將以詩、小說、散文、戲劇、民歌、繪畫為研究及創作的重點。並將推出下列專輯或專題，希望大家踊躍賜稿：㈠科幻詩；㈡自然生態保護；㈢寫我臺灣‧寫我故鄉；㈣街頭詩（或「訪得詩」found poetry）；㈤大檢討；㈥每季推薦詩人。

回顧過去十年，我們發現民國六十四年「艸根宣言」中的種種理想及理論，到目前都已為大家所認同；關於以分行、分段、圖象為新詩形式的研究範圍，也已為大家所接受採用。此外，小詩的提倡，詩史的整理，以及詩與其他藝術媒體的研究，如詩畫關係，詩樂關係的探討，也都得到了相當的回響。民國六十五年神州詩刊還出版過「集體評艸根專號」，開「詩刊論詩刊」

之先聲，筆法公正，意義深遠，至今幾成絕響。凡此種種，都値得我們珍惜、懷念。

民國七十年代，是一個科技迅速發展，社會問題急速增加的時代，各方面都急須專精的知識來認識問題，硏究問題，進而解決問題。而各種新的秩序，也等待建立。「專精」與「秩序」，將是今後「艸根」的兩大重點，希望能通過這兩方面的探索，能爲民國八十年代的詩壇勾畫出一個輪廓出來。

二、艸根月刊簡介

艸根月刊於民國六十四年五月四日在屛東創刊，原則上是以詩、散文、小說創作爲主的刊物。在詩創作方面，主張將白話詩分成㈠分行詩、㈡分段詩、㈢圖象詩等三大項來探討。散文則是抒情的散文爲主。小說以短篇小說爲主，並企圖承繼魏晉南北朝的「志怪」文學，發展一種現代的「志怪」，使之獨立於短篇小說及散文之外，成爲一種新的「文類」。

艸根由李男、羅靑創辦，一年後，社員開始增加，中堅成員有林月容，詹澈，邱豐松，孟梁，胡寶林，萬志爲，南方雁，……等人。在創刊前期，致力於分行詩中小詩及短詩的寫作與探討。第十三期（五月號）及第十四期（六月號）爲「小詩專輯」。以後擬出「分段詩專輯」、

「圖象詩專輯」，準備對白話詩的形式做統盤的檢討。至於內容方面，艸根月刊預備在不久的將來，出版「抗暴專輯」，以展示二十年來臺灣白話詩界在這方面的收穫。

艸根社除了專心於文學創作外，對文學與現實生活之間的關係亦十分注意。六十五年五月二十五日至三十日，曾在省立博物館舉辦「艸根生活創作展」，企圖將文學與其他藝術形式如繪畫，音樂，雕塑結合在一起而打入普通人的生活當中。艸根社最大的希望，是將夠水準的創造活動，帶入一般大衆的生活。艸根月刊的對象不是少數知識分子或靈魂的貴族，而是一般受過大學，高初中或小學教育的普通人。編輯羣曾籌劃過一個「計程車司機」專輯，便是我們以實際行動來配合理念的最好證明。

三、艸根談心

1

艸根第一卷，一至六期的合訂本，終於出版了。金黃的一册，靜靜的躺在面前，使我有說不出的喜悅。埋在地下的種子，開始破土發芽，那份嫩綠，是要令人愛得心痛的。這種經驗，原本平常，在文字上及口頭上，也不知聽過看過多少。但輪到自己親身感受時，才發現，那喜悅是如何的豐足——一種純然付出而不求償獲的豐足。

是的，「埋在地下的種子，開始破土發芽」了。這句子原本平常，或簡直可說是陳腐，一點都不奇警驚人。換了從前，我一定要自鑄新句，來表達這份感情。但，「用功」的東西往往會犯「過分」的毛病。雖然，要做到「不過分」，仍需更大的「用功」。但我現在已滿足上述那樣簡單的句子，因爲他「恰如其份」的表達了我的感情。是的，有些感情是大家都可以共同領受的，自鑄新句，固然很佳，能從舊句中發現新意，亦是佳妙。世上平常的事物，平常的感情很多，原不必件件突出驚人。然若懂得在欣賞平常的東西時，用新的角度，新的精神，去領受時，那萬事萬物又都件件突出，件件驚人了。讓我們來聽聽種子破土發芽的聲音吧！那是要把耳朵塞起來才能聽見的聲音。

2

艸根六期，共刊出詩創作一百一十四首，文七篇，新詩史料五十四首。其中每一首詩，每一篇文章，我都細細讀過，熟悉而親切，親切熟悉到，無法以客觀的態度來批評的地步。

我深知對艸根最好的頌讚，應當是對作品本身做最嚴厲最客觀的批評。然不經過「主觀」

的層次，是不會有「眞正」客觀的，就好像不是從溫柔出發的，也必不是眞正的「嚴厲」。主觀就讓我主觀一些吧，溫柔就讓我溫柔一些吧，我願在此記下六期中，我所喜歡的詩篇及我認爲不錯的文章。

第一期 廖雁平：賭※
葉誌成：可能
詹　澈：酒甕
李　男：寫生※

第二期 邱豐松：林絲緞・林絲緞的舞
白　軒：死之物
吳　晟：輓歌，意外，月橘※

第三期 莊世和：時與空
掌　杉：蠢動
洪錦章：路
詹　澈：古井

第四期 黑教徒：剪紙鶴
華　白：若干年的前後

第五期 廖雁平：夜遊神※
苦瓜信徒：無心
林　梵：動靜
莊世和：燒香
苦　苓：聲音
態　嘸：詩二首之一
孟　梁：計程車司機的

第六期 莊世和：求圓
溫瑞安：飛花六首
萬志爲：老貓的哲學※
呂龍裔：數星星

詹　澈：竹梯　　　　詹　澈：肉粽葉，洗脚盆

至於其他如：蘇紹連的「書牆」，梵靈的「棉花糖」（第一期），陳寧貴的「雲山居」，葉誌成的「人間遊戲」、「你是否願意」，吳晟的「回歸線上」（第二期），戴佩卿的「小詩一首」，呂龍裔的「雲與雛鳥」（第三期），掌杉的「早夭」，陳寧貴的「劍客」（第四期），萬志爲的「天」、「雲的妄想」，南方雁的「平凡人」（第五期），南方雁的「自有山泉以來」，慧陽的「酒的步伐」，胡寶林的「車未停好不開門，門未關好不按鈴」（第六期）也都是我喜歡的。一百多首詩中，竟能找出四分之一到三分之一我能欣賞的詩作，這是我讀詩以來從來沒有的經驗。

文章方面，因爲發表的不多，故也顯得弱了一些。其中最重要的有兩篇，那就是「艸根宣言」和「陶淵明韓愈『當然爲』兒子的學業操心」。「草根宣言」闡明了詩刊的主旨和精神；「陶」文則奇警風趣，眞是妙絕之作。批評文字至此可謂高手，「學術」與「抒情」合一，諷而不刺，令人絕倒，是值得讀之再三的。

3　「新詩選」是一個重要的專欄。體例分爲「正選」和「附錄」，已有批評的成分在內。現在看起來，尙稍嫌零散，整體完成後則必有可觀，值得讀者細細品味。

由於篇幅的關係，我無法對上述「主觀的」選擇做一番分析性的說明。也許會有讀者不同意我的看法，而願意就其中的各點加以條舉、剖析、反駁或討論。那對我來說是再歡迎也沒有的了。我希望在這一番討論之後，我的觀點或可得到修正，眞正的美玉，也能得以顯其華光。從而鼓勵破土的嫩芽，繼續生長，開出奇麗動人的花朵來。

四、新踩的脚印

㈠國內唯一的詩月刊

艸根第十二期終於在今年五月初出版了，我們大家都鬆了一口氣，回過頭，靜靜看著過去一年所留下來的脚印，那些用汗水及愛心所播種下來的脚印。在這一年當中，我們堅定的守護著我們的理想和信念：辦一份每月都出的詩刊，辦一份眞正深入民間的詩刊，辦一份年輕人的詩刊，辦一份有目標有計劃的詩刊；一份強調中國強調本土的詩刊；一份容納小說容納散文的詩刊；一份在藝術的大衆化與專業化之間，探求平衡的詩刊；一份沒有門戶不事謾罵、尊重且研究新詩傳統的詩刊。上述種種，我們不敢說艸根社在短短的十幾個月中都實現了，但朝此一方向邁進的實績，卻是有目共睹的。

在短短一年多的時間內，「艸根」成了國內唯一按時出版的詩月刊：作者與讀者包括了大、中學的老師，學生，工廠的工人、技師、村中的農人、漁人、現役的軍人，醫師還有貿易界的商人，範圍不可說不廣，品類不可說不盛。當然，質量並進，仍是我們今後努力的目標。

(二)「小詩專輯」的推出

內容方面，「艸根」對詩的信念是「內容」與「形式」並重，對散文與小說的發展，則重在抒情散文及短篇小說。關於詩內容之拓展，我們的方向之一是希望與現代的生活打成一片，例如「新樂府」、「生涯之歌」、「職業的旋律」等專欄，以及「反暴政專輯的徵稿」，都是本著「言爲心聲」這個原則，讓讀作者有自我抒發或爲別人抒發的機會。在「形式」方面，我們也準備對「小詩」、「分段詩」、「圖象詩」、「格律詩」分期出版專輯，加以討論。「艸根」十三期、十四期，就推出了上、下兩册小詩專輯，對五四以來的小詩加以介紹及檢討，對現在的小詩和未來的小詩提出了具體的建議與展望。這次專輯，雖然在許多地方仍未臻理想，但縱觀五四以來的詩刊，艸根社的「小詩專輯」，可說是空前的創舉。我們希望，在兩年之後，再來一個專輯，對我們所獲得的結果，做一次反省、檢討與改進。爲了替第二次「小詩專輯」做鋪路的工作，我們準備開闢一個「小詩專欄」，每期都登小詩，以供讀者、作者互相觀摩切磋。

㈢艸根生活創作展

配合著「小詩專輯」出版，艸根同仁胡寶林設計了一個「詩畫展」，從五月二十五日至三十一日在臺北市新公園省立博物館，展出一週，一方面是紀念「艸根」一週年，一方面是想把「詩畫同源」——這個自唐代以後所發展出來的獨特觀念——加以推廣及實踐，使白話詩與現代的繪畫，以嶄新的方式結合在一起，走進大衆的生活，走進藝術的殿堂。或者，把藝術的殿堂搬至街頭，使詩與畫，在每一個人的日常生活中出現。我們把詩以及請帖，用綠色印在一方鵝黃鑲白花的手帕上，貼在紋理如亂雲的厚棉紙上，素雅大方，令人欣喜。我們要讓人知道，藝術的表現，就是要從出自日常生活的事物著手：請帖當然可以以手帕的方式出現，詩也可以在手帕上發表；手帕除了實用的價值外，也可以開放出來，做爲人們藝術創作的場地。因此，邱豐松的詩可以寫在電視機上，詹澈的詩可以寫在保麗龍板上，翱翱的詩寫在算盤上，胡寶林的詩寫在名片上。此外，水缸上可以寫詩，衣服上也可寫詩；寫在木板上的詩可以放在水盆裏漂流，寫在卷子上的詩可揷在口袋裏，任人取閱。

我們還請到攝影家謝春德先生，提供照相技術來詮釋詩；孟梁把她和邱豐松的詩，用錄音機出版，胡寶林更是把木匠工具，聲光電化都利用了上去。至於詩的展出，我們認爲以小詩爲最佳。因爲靜態的展覽，不宜展出無法一次讀完的長詩。小詩精簡準確，容易在短時間內，直指人心，抓住觀衆。爲了配合展覽，邱豐松特地把他的第一本詩集「詩三十五」，趕印了出來。邱君的詩，氣騰勢奔，警句連連，妙語串串，在當代詩壇，別樹一幟。他的詩集能與畫展同時推出，對艸根來說，可謂雙囍臨門。展覽期間，胡寶林在中國時報發表「七十年代藝術思潮與艸根生活創作展」，對此次展覽的理想有深刻的闡釋。此外，三家電視公司也都做了現場報導，在宣傳方面的效果，實已出乎我們意料之外了。展覽結束的前兩天，我因開會，至香港一遊，順便把展覽的幻燈片，播放介紹給香港的藝文界，也算做了一次文化輸出。「艸根詩畫展」，是頭一次試辦，一切都還在摸索實驗當中，展出的作品，當然不能盡如人意，但由一般觀衆的反應來說，我們向生活向大衆大膽踏出去的步子，是穩健而受歡迎的，這證明我們的方向並沒有錯。希望在兩年之後，我們還能在同一地點，舉辦類似的展覽，向社會大衆提供我們最新的觀念，及最富創意的藝術。

(四)艸根佳作舉例

在「艸根」第九集的「艸根談心」裏，我對「艸根」第一卷一至六期合訂本中的詩，主觀的品評了一番。艸根第七期改版以後，內容版面以及封面設計都有了新的氣象，每一期都有很大的變化。表面上看來，好像沒有固定的風格。其實，這正是艸根的精神所在，我們不墨守成規，我們勇於實驗及改變，我們不怕從錯誤中吸取教訓。

「艸根」第一卷七至八期，共刊出詩創作一百四十五首（比上半卷多了三十一首）。散文九篇，評論介紹七篇，小說三篇，譯詩五首，新詩史料二十五首。現在，我願意把我對上述作品主觀的印象記錄下來。以備讀者品評。

第七期：楳　澹：菓園

　　　　　　　下淡水溪※

熊　嘸：巴士的話

翺　翺：我們漸漸知道

詹朝立：焚寄

邱豐松：癮※

第八期：萬志為：影子的話

　　　　　　白千層

葉誌成：小井和雨的路燈

呂龍裔：孟春

苦　苓：詠箭五首

第九期：廖雁平：魚和雁

向　陽：花之侵

萬志為：我怕

詹　澈：飯盒

胡寶林：在越南的祖母死了※

第十期：謝　固：夜襲※
黃　曼：玻璃缸內外
南方雁：網球的話※
盧本眞：晚天
李　男：爸爸和媽媽
　　　　公鷄※
　　　　夢

第十一期：連　璃：鸚鵡島※
苦　苓：她在誕生※
孟　梁：樹的組曲
　　　　孩戲※
胡寶林：團體遊戲
詹　澈：鉅齒

第十二期：萬志爲：祖父的臉※
黃　曼：枯樹記
奏　雅：計程車司機
南方雁：颱風※
詹　澈：蝴蝶
孟　梁：煙
　　　　報紙
苦瓜信徒：可愛的泥巴※
黃國彬：歸
方　莘：祈求
邱豐松：日子一頁頁翻過去

其中有※記號的，都是我認爲值得特別推薦的詩。

此外，如關渡的「固執」、后里的「小偷」、「手手」；李男的「元宵夜」、「狗」、「電話」；詹澈的「春蠶夏蟬」、「護身符」；林章旭的「街燈的獨白」；黃曼的「破船篇」、「影子」；苦苓的「我溫順的妻」；萬志爲的「小乞兒的心願」；南方雁的「醫生」、「實習」；孟梁的「無言日」；邱豐松的「讀紅樓夢」、「半夜的小販」；方莘的「在春天裏」；天荒的「簫聲」；梁滄的「口笛」也都是我喜歡的。

由以上的資料顯示，我們可以發現有幾位極富潛力的新人正在草根的園地裏默默的成長，如梁滄、苦瓜信徒、萬志爲、南方雁、林國彰（盧本眞）、苦苓、詹澈、廖雁平、黃曼、向陽等人，他們都是「艸根」未來的新希望，我在此虔誠的祝福他們能在今年寫出更多成熟佳美的詩篇。

散文與小說的收獲，雖不如詩來的豐碩，但佳篇時見，佳句亦夥。其中最值得一提的是熊暉的短篇。他那種「故事新編」的手法，在日本見諸於芥川龍之介，在中國則有魯迅，臺灣的作家除了舒凡及張曉風偶爾實驗過一次外，其他尚不多見。這條路實在值得一試，我們且在這裏拭目以待。近年來我十分想在「艸根」的短篇小說方面，提倡一種叫做「志怪」的文類。讀作者若有心的話，不妨藉「艸根」這個園地來共同開墾一番。

(五)新詩選

「新詩選」是「艸根」創刊以來最艱鉅的工作之一。因爲資料的缺乏，以致我們配合「新詩選」的「開講篇」，也無法順利展開，實在有愧讀者。同仁原來的構想，是把一九四九年以前的中國新詩，向大家做一個介紹，同時，在評論上，做一些別人所沒有做過的工作：那就是就詩論詩，把五四以來的新詩做一番整理及批評，學習其中的好處，指出其中的劣處。可惜，一年多來，讀者及作者在這方面的反應非常的微弱，使這個專欄的意義減低很多。因此，我們想暫時停止這方面作品的選刊，至少，這樣可使讀作者有一段時間靜靜回味思考，甚至執筆爲文，品評得失。

停止重刊一九四九年以前的作品，並不意味「新詩選」這個專欄要取消。我們準備繼續選刊自由地區二十多年來所發表的好詩，以爲代替。事實上，這也是「新詩選」這個專欄的初衷。我們希望藉此欄，對半個世紀以來的新詩做一次通盤的回顧及檢討。因此，本年度「新詩選」的對象，是以臺、港詩壇近二十年來的詩作爲主。希望各位讀者作者，能把你們看過的好詩推荐給我們，並爲文在「開講篇」中，指出其佳妙之處。

五、喜見新人與回響

(一)建立小詩專欄——「小詩大觀」

艸根從第十三期起，開始步入了第二個年頭。我們以兩册「小詩專輯」，來慶祝這個新的一年。白話詩發展至今，已歷半個世紀。在開頭的前二十年，「內容」與「形式」尚能齊頭並進，均衡發展。然近二十年來，詩人的注意力，始終集中在內容和技巧上，而忽略了在「形式」上的探討，十分可惜。本刊「小詩專輯」的推出，可說在這方面的一個起步。專輯的出版，只是開頭，爲了使小詩的寫作能在詩壇生根，我設立了小詩專欄，以「小詩大觀」的名義，從十六期起，每期都推出小詩一束，歡迎大家投稿。希望若干年後，我們能擁有許多像唐朝律詩、絕句那樣佳妙的傑作。「春聯專輯」是我們繼「小詩專輯」後的新構想，希望藉此能把小詩的寫作向大衆推廣。

除了「小詩」之外，我們也對「短詩」、「中型詩」、和「長詩」做一番探討，希望草根的讀作者與我們合作。以上「小」、「短」、「中」、「長」的區分，是以分行詩爲對象的。此外，我們也擬以「分段詩」及「圖象詩」爲主題出版專輯。目前兩方面已有部分來稿，我們將會衡量時機，推出專輯。希望讀作者耐心稍候，並預先在此爲我們所造成的延誤致歉。

對形式的探討並不表示我們忽視了內容。十七期的「山水專輯」（「山水有淸音」），十八期的「都市專輯」（「計程車司機」與「都市象徵」）都是我們在這方面的努力。另外還有「戰鬥詩專輯」（原名「抗暴專輯」）及「廣告詩專輯」都在籌畫中，不日可以推出，望大家拭目以待。

㈡喜見佳作新人倍出

草根十三期到十八期，共刊出詩創作二百六十九首，譯詩一首，小說兩篇，散文九篇，論文三篇，新詩選五十一首。現在，我仍依照往例，把我喜歡的作品，十分主觀的列在下面：

第十三期

成　純：發現
　　　　木偶※
余光中：夜讀
蘿蔓蘿：痣
胡寶林：在巴士上
奏　雅：彼此在想※
方　莘：假日感覺
孟　梁：約※
熊　嘸：躲
詹　澈：回音
劉秀一：夏夜納涼
黑教徒：小品三、四
萬志爲：臉譜之外
黑　野：六行
　　　　握著一枝從前的鑰匙※

第十四期

王潤華：山雀※
　　　　火鳥※
胡寶林：一則分類小廣告
林煥彰：秋
慕　隱：示範公墓
孟　梁：立
林　野：寸草集之十

王希成：友情
黑　野：遇
　　　雜說一二
天　荒：現代的賊
　　　黑巷的過客※
李　男：小詩

第十五期

林月容：火花
龔銘釗：小風箏的獨白
胡寶林：嬰話
　　　公寓
王潤華：兀鷹
詹　澈：感懷
萬志爲：給陌生的女孩
易　蓉：鞦韆※
張春榮：陰天時
蔡忠修：雨落的日子
劉秀一：口袋破了
萬志爲：問※

第十六期

陳瘦桐：井湄※※
林興華：圍巾
張子伯：情人約會時的脚步聲
盧本眞：情緒四章※
南方雁：車禍
林　梵：高山觀日
陳寧貴：洗臉記※
詹　澈：文字與地圖※
葉　香：鞋
舟山：絕響

第十七期

何福仁：西西利雅
陳瘦桐：沙灘※

第十八期

胡寶林：接客
苦　苓：海濱所見
劉秀一：計程車司機
翺　翺：傾訴※※
萬志爲：新舊之間（二首）
林　野：事件A
張子伯：老天要你坐下來
凌　青：手掌的研究
無　忌：生
廖雁平：存在
向　陽：聲聲慢（淒淒）
陳玉凰：一隻蝶
詹　澈：交棒※※
闕　渡：雨書
煎魚※
故事
晚雲與晨曦
劉秀一：屠

此外溫瑞安「天問」，呂龍裔「天空」，中行「搖」，陳珠彬「牽牛花」、「杜鵑」，黑野「五行」，王潤華「貓頭鷹」，奏雅「遠去了的」、「像交通警察」，詹澈「春夢」、「貧婦」，盧本眞「懷香火」，王希成「詩人」，翁懷之「山之戀」，西河舟「山・水」、「練習曲」，伊雯「雲的覺醒」，胡寶林「蝸牛」、「無題」，柳雲棨「愛」、「足跡」等，也是我喜歡的。其中，成純、蘿蔓蘿、劉秀一、王希成、天荒、龔銘釗、易蓉、蔡忠修、陳瘦桐、林興華、無忌、凌青等，對「艸根」的讀者來說，都是新名字。然他們所展示出的才力，已爲「艸根」帶來了無窮的希望及美麗的遠景。

祝福他們不久能在「艸根」這塊園地中，開出燦爛奇異的花朵出來。

我在第一次「艸根談心」中所提到的萬志爲和詹澈，一年以來成熟發展得十分迅速。他們驚人的潛力與才氣已經開始四射奪人。尤其是萬志爲的詩柔韌細密又深刻尖銳，觀察入微，眞摯動人，假以時日，當有大成。

㈢更上層樓

從第十三期起，我們也開始向詩壇各家邀稿，余光中、翺翺、王潤華、方莘、趙天儀、林煥彰、黑野等先生給我們多方的鼓勵與支持，使我們感激非常。而林梵、溫瑞安、苦苓、陳寧貴、林興華、慕隱、張子伯……等優秀詩人對艸根的愛護，已成爲本刊發展的基本動力之一。在此我們願意獻上最誠摯的謝意，希望他們繼續不斷的在精神上輔助「艸根」，源源賜稿。

「艸根」五月份在臺北新公園省立博物館所舉辦的「生活創作展」已獲得了廣泛的回響，評介的文字紛紛出現，褒貶都有(例如李鷹在「夏潮雜誌」九月號所發表的評文卽是)，讓同仁們有機會，吸取了許多寶貴的經驗。因此，我們覺得有必要把這次展覽的內容，以照片的方式在封底設一專欄，向讀者評介一下。胡寶林是本次展覽的主要催生人，由他介評，當然十分恰當。目前，他已攜妻女返歐，除了介紹「艸根」的作品外，他也將介紹一些歐洲的藝術活動，及前衛動向。

小說一直是「艸根」最弱的一環，主要的原因是本刊不設稿費，因此佳作難求。時代不同了，像早期「現代文學」及「文學季刊」那樣的盛況，如今不復存在，令人浩嘆。不過我們發掘深刻優秀作品的決心仍在，因爲我們堅信金錢並不是創作活動最大的原動力。「艸根」以能刊登連璃的「小鯉魚」及林章旭的「變」而自豪。他們都是初寫小說的新手，一在美國，一在臺灣。但初出手，就是如此的不同凡響，如此的深刻動人，眞是叫大家高興。他們加上寫「夜奔」的林門，寫「故事二則」的熊暉，或可爲我們預言「艸根」未來在小說方面的發展。

至於散文，本刊在質與量都提高了。我們很高興能得到溫任平的散文，簡潔親切之中，有一種幽深迷人的力量，値得細讀。此外廖雁平、奏雅、林抱燓……等人的散文，也都能獨樹一幟，令人激賞。希望大家在看了他們的作品之後，也來參加「艸根」散文的行列。這幾期的論文乏善可陳算是「艸根」最弱的一環。我們在創刊時就闢有「開講篇」，然一直未能持久，總是斷斷續續，投稿者十分稀少。於此再次向大家伸出索稿的手，敬請支持。

㈣聲音的出版——詩與歌的結合

我們一直認爲詩的發表形式不限於印在紙上。因此繼「艸根生活創作展」後，我們應邀於今年十一月中旬，在耕莘文教院舉辦了一次朗誦會。內容分爲朗誦及歌吟兩大部分。朗誦是由同仁組隊訓練，而歌吟則由中國現代民謠作曲家楊弦主持，他在會中發表新曲新詞，爲國內詩朗誦會開創了前所未有的先例。希望經過這次實驗以後，有更多的詩人與音樂家，能把他們的思想用「詩歌」的方式傳達發表出來。

「艸根」已在十九期把楊弦新作的詞譜刊登了出來，有志於此的人士，可以做爲參考，或直接與楊君聯絡。

(五)結語

爲了保持「艸根」的活力，我們希望更多的才人來參加草根，爲我們提供計劃，設計遠景，並充實我們的內容。我們更希望「艸根」的讀者能幫忙把這份刊物推廣入社會各個階層，使之眞正的與我們的時代結合在一起。

(六)後記：驚訝意外見「神州」

上文寫完後三天，我接到一份新的詩刊——「神州」(「天狼星詩刊」之新面貌)。該期是「詩刊論詩刊——集體評草根」專號。神州詩社這一番策劃，是自「五四」有詩刊以來，從未有的創舉。而這麼大的一件事情，「艸根社」從社長到編輯到成員，事先竟一無所知，這是一驚。再驚，則驚的是「艸根社」同仁詹澈居然也參加了批評的行列。從此項行動中，我們可以看到一羣誠懇、踏實而又有創見的青年，正默默的爲他的理想在努力而無絲毫朋黨觀念。我爲這次秘密組織又誠實的行動感到欣喜。這證明我們這一代的青年並未完全喪失了「誠敬處世」的爲人與作風。

此次專號大體可分爲兩大項，一是對草根內容及精神方面的批評，另一則是對「艸根」封面編排的建議。我相信「艸根」同仁能抱著有則改之無則嘉勉的態度來接收這份專號。

看完專號後，我個人認爲「艸根」應有如下的擇善與改過：

內容方面：(1)詩刊以登好詩爲原則。但初學而可取的習作，有創意的實驗（卽使是不太成功）也應該予以刊登，以獲鼓勵後進之效。不過這方面的稿件，以每期不超過四分之一爲原則。

(2)只要在藝術上能達到相當的水準，反映時代的詩我們迫切需要，表達一己之情緒遭遇的詩，我們也要。決不偏廢一端。

(3)努力發展評論。古今中外都包括在內。先從一首詩談起，大部頭的作家評論並非當務之急。不過，有的話我們也不拒絕。

(4)極積從事「白話詩」在形式上的探討，辦好「新樂府」及「小詩大觀」等專欄。積極發掘優秀的散文及小說作家。

編排方面：(1)今後請李男、林國彰聯手合作。使「艸根」永遠保持清鮮生猛的活力。

(2)發揚「艸根生活創作展」的精神——畫與文之間的關係是相互啓發的，不是相互註解的。只要畫好詩好，可以讓畫與詩各自獨立的演出。但註解式的揷畫，如果恰當完整，也有可取，當與前者並存。

最後我要在這裏向所有的讀作者呼籲，希望大家多多投稿，巧婦難爲無米之炊，有多方面的稿件，我們才能編出使多方面都能滿意的詩刊。因此「艸根」所有的專輯，主要的作用在提醒大家，不要忘了還有一些未開發的路等我們去探索。作者們不必每一個專輯能響應都參加。只選自己有興趣的卽可。而專輯也只不過是一個探索的開始。一切都還沒有定論，一切都還有待我們在未來的歲月中繼續耕耘墾拓。詩的涵蓋面太廣了，絕不能以提倡其中一兩種爲滿足。不過，我們總得有個開始，才能達到涓滴江河的境界——達到詩的境界。

「艸根」還年輕，還有時間，「艸根」不願定型，也不能定型，只要我們堅守誠敬純眞的精神，根植在土壤中，只要我們有理想有抱負，肯努力，能實行，那豐碩的成果，終將會來到的。

註：艸根從七十四年二月四十二期復刊，至七十五年六月五十期再度停刊，共出版九期。

長鯨海外掀詩浪

——新加坡詩壇一瞥

五月是每一艘龍舟在河上探索源頭的月份，是每一粒粽子在水中尋找屈原的月份。大家心中所探索的源頭，即是中華文化發祥的地方；大家腦中所尋找的屈原，就是中國詩人開始的源頭。在中國，詩這條浩浩蕩蕩的傳統，從漢唐流到宋元，從明清流到民國；其間有詩經楚辭的波瀾壯濶，有七言五言的變化百出，有宋詞元曲的巧妙舒展，有白話詩歌的勇猛革命；從歷史的觀點來看，可謂淵遠流長，多彩多姿；從藝術的觀點來論，則稱得上是博大精深，美不勝收，是值得我們大家去擁抱去犧牲去奉獻的。

自從民國七年新詩運動以來，已經過了六十個年頭。白話詩不但在新起的一代中生根茁壯，同時也飄洋過海，傳播到海外有華人有中文的地方。香港、新加坡、馬來西亞、美國、歐洲……

等地，都有新詩人的蹤影與作品。尤其是最近幾年來，有許多地區的中國詩人，紛紛開始試著去創作較能代表當地風格的作品，形成海外中文新詩運動的花季。

就在這樣的一個花季中（一九七九年），在五月的晴空下，我有機會飛往東南亞諸國一遊，會見當地在新詩園地裏默默耕耘的詩人們，心情之愉快與興奮，實非筆墨所能形容。在所到的國家當中，以新加坡及馬來西亞的詩人們最爲熱情，給我的印象也特別深刻。他們有如一株株的鳳凰木，站在熱帶的土壤上，張開綠色的枝葉如手臂，吹出火紅的花朵如詩歌；在大大的太陽下，讓我感到友情的蔭涼，看到天才的花朵。

到了新加坡後，首先和我聯絡的是王潤華淡瑩夫婦，他們不但爲我們一行人在南洋大學安排了座談會，會見校中的教授與當地的作家，同時還策劃在新加坡國立圖書館，做公開演講座談的活動，盛情可感，熱忱可佩。

新加坡，對我來說，是陌生中帶著熟悉的。當王潤華的聲音從電話的那端飄來時，我便驟然憶起了五年前在曼谷與他通電話的情景，於是我笑著說：「這次，我是連人帶行李都來了！」因爲，五年前，我的行李來過新加坡。

那時我正在做環球旅行，新加坡的簽證是在英國辦的。因爲旅行地址不定的關係。故辦好後，便委托主辦人寄到王潤華處。我到了曼谷，玩了幾天，臨走時，與王潤華電話聯絡了上，他告訴我說：「淡瑩已買了一冰箱菜，等你來吃。」我掛了電話，提起行李，大步衝上往機場的旅行車，一路風馳電掣而去。豈料到了機場，臨上飛機時，新加坡航空公司的務服人員發現我沒有簽證，大爲緊張，立刻阻止我登機，他們說，允許沒有簽證的人登機入境，是要受到新加坡政府嚴厲處罰的。我只好請他們跟新加坡機場聯絡，設法把王潤華找到，因爲簽證在他手上。新航人員試了半個鐘頭，毫無結果。於是我人只好轉飛西貢，而行李卻不得不飛去了新加坡。在飛機上，我想到在機場枯候的王潤華，想到在家中燒了一桌子菜的淡瑩，眞是懊惱不已。

這一次，情況不同了。我打電話時，人已在新加坡的半島酒店，於是信心十足，聲音響亮，宿願得了，愉快非常。短短的四天當中，我會見了許多當地的詩人，及文藝社團，接受了許多贈書與詩刊。大大的增進了我對新加坡文壇的認識。

幾天下來，我會見的詩人有「五月詩社」的南子、文愷、謝清、流川……等，有「度荒文藝」的林益洲、辛白、林苑文……等，還有寫詩多年的周粲先生、翻譯法國文學的艾驪馬琳女士、西雅圖華盛頓大學的校友黃孟文博士（黃氏爲新加坡寫作人協會會長，王潤華是副會長）、新加坡教育出版社的總編輯陳德復先生。大家幾次聚會，有時談到深夜，十分盡興暢快。

新加坡近年來，寫作風氣開始慢慢興盛了起來，從事嚴肅文學的作家，一日多似一日，純文學的刊物也漸漸掙扎著生長發展。再加上政府有計畫的鼓勵與支持，不久的將來，當地的文壇定會有一番盛況出現。目前新加坡出版的文學刊物中，以下列五種分量較重：㈠「紅樹林詩刊」，㈡「五月詩刊」，㈢「樓半年刊」，㈣「度荒文藝」，㈤「北斗文藝」。「五月詩刊」是由「五月詩社」所主編。「紅樹林」及「北斗文藝」則與南洋大學有關，前者是「南大詩社」主編，後者是「南大中文學會」主編。「度荒文藝」是由新加坡大學的一羣學生所主編，而「樓半年刊」則是由社會青年所支持。上述刊物，編印得都很精美，印刷大方，紙質亦佳，美工版面，皆脫俗而有新意，眞是難能可貴。

除了上述文藝刊物外，新加坡國家教育出版社，亦贊助作家出版作品。教育出版社自己編的叢書已有十四種之多，其中包括了淡瑩的詩集「太極詩譜」，周粲的詩集「捕螢人」，與「新詩評論集」，艾驪馬琳的「艾驪散文集」，林瓊的「香國隨筆」……等，此外，他們與「新加坡寫作人協會」所合編的叢書，也有七種之多，其中有周粲的小說集「雨在門外」，辛白的散文「音樂雨」……等。上述叢書中，以詩與小說最多，散文雜文次之，可見詩人在新加坡純文學方面，扮演著相當重要的角色。

新加坡寫詩的風氣雖然不是頂盛，但詩人卻也不少。較有名的有周粲、王潤華、淡瑩、苗芒、南子、文愷、謝清、賀蘭寧、鄭英豪、流川、牧羚奴、蓁蓁、辛白、黃念松、楚風、孟仲季、李有成、思采……等。他們大部分都出版過詩集，有些人還兼寫小說。賀蘭寧曾編有一本

「新加坡十五詩人新詩集」，爲上述部分詩人，鈎劃出一個大概的輪廓，是瞭解新加坡詩壇的入門詩選。

在上述詩人羣中，國內讀者比較熟悉的，當首推王潤華與淡瑩夫婦，他們在臺灣唸過大學，又與翺翺、黃德偉等人在臺北辦過「星座詩刊」，作品經常在此間報章雜誌詩刊上發表。在此，我就不多做介紹了。除了他們夫婦之外，牧羚奴是較受此間詩人注目的一位。他是新加坡詩壇的中行代，詩齡甚長，是現代主義的信徒，近年來作品有漸漸減少的趨勢。去年十一月號的「蕉風月刊」，有一首他的近作「灶」，仍持繼著他一貫的風格，例如下面幾句：

一女童在結煙的鑊底畫一指墨
嬉向老嫩的臉劃去
驚鳥躲過驟雨，啾一聲出廚房
卽時化爲婦人

還有結尾時那兩句：

女子套上T恤，乳房扁下去
背部現出醒來吧浪漫主義的標語

可見他的詩仍堅持在怪異及樸實之間，捕捉趣味，發展主題。

牧氏常喜歡在現代主義的技巧中，偶爾露出一點超現實的精神，及一點對現實的諷刺，其成功處，靈妙非常，令人激賞。但整體來說，還是造句勝於謀篇，感覺揮灑強於智性組織，難以獲得廣大讀者的共鳴。

相形之下，周粲的詩則與牧羚奴背道而馳。周氏曾出版過十本詩集，五本散文集，四本小說集，五本論文集及一本遊記，可謂多產作家。他的詩，承五四及三十年代作品之遺風，偶爾也加入一點現代主義的技巧，大體上是走明朗可誦的路子。這樣一來，又不免有篇無句。當然，在他平易的語言中，也是有神來之筆的，例如下面這首「霧」的最後一段：

是以曉得
霧不是霧
不是食指與中指

夾不牢的一縷煙
霧只是
他　已遠去
你　猶未來
我　剛剛趕到
的中年

杜工部云：「老年花似霧中看」。在周氏筆下，霧成了中年的象徵，青年時代已遠去，老年還未來到，中年是一個位於白天與黑夜之間的黃昏可疑地帶，充滿了濛濛的「煙」「霧」，如此的意象經營，可謂十分準確有力。

在年輕詩人中，較突出的有謝清、文愷、南子，流川，林苑文，辛白……等。例如謝清的「讀信」：

我展著
你
的
信

來
讀
竟讀出一壁溫暖
許是相識前已鑄成的相識
這絲絲如雨的
溫馨，從翻折而出的字句裏逸出
一甕陳年香酒
未飲，先醉
夜，依稀還留著你的音韵
燈光檬黃
我已是一洶湧澎湃的海
將潮聲卷成千行
回投
給
你

此詩寫燈下讀信時所感到的友情與溫暖，使詩人心中生出「溫馨」絲絲如雨，繼而聞到字裏行間的「酒香」，最後感動成一片洶湧的海水，使他的回信變成潮聲千行，投回彼岸。全詩字句篇章，處理的都還算恰當，是佳作一首，值得細讀。此外其他青年詩人的佳作亦夥，此地限於篇幅，無法一一舉例。以後有機會，當再爲文細述。

新加坡與馬來西亞的文壇，唇齒相依，來往密切。作者作品，時常相互交流。例如王潤華夫婦，原本是屬於大馬文壇的，現在南洋大學教書定居，也就變成了新加坡詩人了。因此，要瞭解這兩個地區的詩壇文壇，必先要瞭解其間作者與作品的關係。以後有暇，當再寫一篇馬華文學的介紹，以供讀者參考。

蕉葉詩畫夜傳燈

——馬華文壇一瞥

飛機自新加坡起飛，飛過一叢叢載滿了翠綠樹葉的沙洲小島，飛過一片片裝滿了熱帶森林的陸地原野，終於在一條反射強烈陽光的水泥帶子上，滑行了起來。當飛機滑行的速度緩緩減慢時，「吉隆坡」這個地名，也緩緩地由抽象轉變成具體，眞眞實實的在我的眼前展開。

下了飛機，我們住進「總統大酒店」。當天下午，我便與「蕉風月刊」的主編姚拓先生聯絡了上；同時，也接到了溫任平的電話留條，說是晚上八點到酒店來會我。

「蕉風」是馬華文壇歷史最悠久的文學刊物，創刊於一九五三年，現已出版至三百一十多期，一直維持著很高的水準，是南洋一帶最具權威的純文學期刊。在上面寫稿的作者，除了馬來西亞及新加坡外，同時也網羅了所有東南亞諸國的華文作家，對傳播中華文化及現代文學，有很大的貢獻。

「蕉風」與國內文壇，也一直保持著密切的聯繫，經常發表或轉載我國作家的創作，諸如余光中、張系國、瘂弦……等作家，都可在「蕉風」上看到，他們對余光中的作品尤其推崇，光是最近，就曾先後三次發表長文推荐他的詩文，其中有一篇「蟋蟀與機關槍聲中的月」便是出自該刊執行編輯詩人張瑞星之手。此外，「蕉風」也常常轉載國內文學刊物上發表的評論作品，對促進兩國文化交流，功不可沒。

主編姚拓先生本名姚匡，字天平，河南人。大陸淪陷後，由香港輾轉來到吉隆坡，在友聯文化事業有限公司服務。他現在雖然停筆不寫，但對純文學的推展仍十分熱衷。因不忍見「蕉風」這份有二十六年悠久歷史的刊物停刊，他辛苦獨立支撐，對馬來西亞的文藝工作者，鼓勵很大。

由於經銷書籍的關係，他與國內的出版社如大地、純文學……等，都有聯繫。除了文藝外，他亦雅好平劇書畫，在吉隆坡開了一家裱畫店，及一家畫廊，爲當地畫家提供多種務服。

他對平劇十分著迷，在馬來西亞那樣艱難的環境下，他仍奮力組織平劇研究社，並在政府舉辦的藝術季中公演，對發揚傳統國粹的工作，不遺餘力。去年，他趁著兒子回國讀書之便，到臺北看了一下書籍市場，及畫壇菊壇的情況，對國內文化活動的蓬勃發展，十分欣羡。

我與姚先生以前沒通過信，來前亦未及聯絡，但卻一見如故，談笑甚歡。那天晚餐時，他特地前來會見所有的團員，當他知道大家在吉隆坡並無文化活動時，便自告奮勇的，願意代為安排與本地的作家畫家見面。馬來西亞的華人作家，與國內文壇有來往的很多，有些已在臺北定居，有些則還在唸書或已學成返國。這些作家大多與姚先生相熟，國內的讀者對他們也不會陌生，例如林綠、溫任平、溫瑞安、商晚筠……等。至於國人較不熟悉的，則有小說家宋子衡、菊凡、潘友來、小黑……等，詩人梅淑貞、張瑞星、沙禽、張塵因、川谷、何棨良……等；散文家邁克、麥秀、朝浪、江上舟、葉嘯、李系德……等。十幾年來，他們默默的埋首開墾馬華文壇，精神與毅力，都很可佩。這些作家在作品的風格、語言、題材上，與國內的作家稍稍有所不同，但對文學創作所持的態度與看法，則是差不多的，那就是堅信自由是文學創作的基本要素。

他們一致認定「百鳥爭鳴，百花齊放是文壇自然的趨向」（見「蕉風」雜誌第三〇二期葉嘯「統一創作路線？」）。他們對時下馬華文壇有一小撮人藉提倡「統一創作路線」，打擊「現代派」作家，十分反感，紛紛起來為文反駁。「蕉風」上就刊出過評論家葉嘯及詩人梅淑貞等的反擊文章，針針見血，扔地有聲。

當晚八時，溫任平準時率領「天狼星」詩社的社員趕到酒店。我與他雖然從未謀面，但彼此熟悉對方的作品，又通過幾封信，一見面，打開話匣子，便如故友，能夠無所不談。談到九點多鐘，又來了一些詩社的社員，直把小小的房間，擠得滿滿的。此時，林海音女士與司馬中原亦先後過來坐了一下，更增加了挑燈夜話的氣氛。他們二位寒暄走後，我們又繼續的談了下去，一直到零晨方散。

第二天晚上，因爲團方臨時有事，姚拓先生所安排的聚會，便由我爲代表出席，以簡單的餐會方式，在「大人餐廳」進行。到場者有馬來西亞藝術學院院長鍾正山先生，老畫家黃堯先生，「蕉風」執行編輯張瑞星先生，建國日報編輯及小說家潘友來先生。「熱門」雜誌執行總編輯及評論家葉嘯先生……等。梅淑貞、淩高與商晚筠都臨時有事，不克參加。

鍾正先生在臺灣的畫友不少，國內的藝術家對他當不會陌生。他致力於水墨畫的提倡，喜爲大寫意人物及花鳥走獸，得嶺南派畫法而有所變革，去其甜俗，補以厚重，時有佳作。馬來半島產虎，鍾氏因而擅畫虎，由於觀察獨到，故亦生動傳神，獨樹一格。此外，鍾氏更是一位馬來西亞美術教育的拓荒者，他主張純美術與實用美術並重，培養了不少人才。黃堯先生則以簡筆人物畫見長，早年在大陸，他以「牛鼻子」爲筆名發表漫畫，馳名大江南北。民國三十八年，他避亂移居泰國，後又遷至吉隆坡，從事教育工作不輟。現已退休，專心研究甲骨文，頗有心得。他認爲如果畫家能從其中吸收養料，化爲現代繪畫，當能有一番表現。他這種構想與國內從事文字畫的畫家諸如呂佛庭等，有相似之處；與趙無極早期的繪畫理念，亦十分吻合。

張瑞星是詩人也是小說家。他的詩，在語言上，比其他馬華詩人的，要來得透明流暢些。例如他的近作「沐浴鳥」：

在清晨的水中醒來
她發覺
浸沐在河裏的時候
羽翼便繽紛在風裏
像片片風帆
散落在河上漂浮
像朵朵春花
她聞到陽光的菊香
在漸亮的金沙河岸
她聽見自己的聲音
依然迴旋在沐浴之前

七情六慾在天際在大地邊緣
她是甦醒的流水冷冷
在一朵花葉墜落的寂靜間
冥思青山之後的草木山水
始終於看見新月雨花中
赤裸的自己
像晶瑩的星子拈露
墜落河裏
在清晨的水中醒來

此詩的格調，與「七十年代詩選」中的許多作品類似，有點晦澀，但又充滿了清新的「感覺」。詩人把清晨沁人的涼意，比喻成水，把從「七情六慾」夢中醒來的主述者（不一定是詩人自己）比喻成鳥，然後又把醒來的過程，比做「星子拈露墜落河裏」。這樣的寫法，不算頂成功，但已能讓人窺見詩人的才情及其個人風格形成之端倪。張瑞星除了寫詩外，也寫小說。他的「草地上的鞋子」一篇，頗爲引人注意，論者謂他的作品與「七等生的小說藝術似乎頗有點淵緣」。

（見「煙火」叢刊「編後話」，頁一一五）。

潘友來的創作以短篇小說爲主，三年前曾由新文藝出版社出版「潘有來小說集」，論者謂他的作品「從生活中取材，卻敗在技巧手中」（見「蕉風」三〇二期，西門泥之評介），是有潛力但尚待磨練的小說家。葉嘯則以寫散文雜文及短評爲主，作品尚未結集。截至目前爲止，馬華小說家中給我印象較深刻的有宋子衡，菊凡和商晚筠。尤其是商晚筠，他在臺灣留學時，初次嘗試投稿的那段日子裏，我主編的「草根月刊」曾刊登過她的散文多篇，所以對她的作品相當熟悉。她的創作力旺盛，才氣亦高，短短四年的留學期間，竟留下了一本小說集「癡女阿蓮」，由聯經出版印行，還得過「聯合報小說獎」的佳作獎，眞是潛力十足。

那天晚上，我們一起去參觀了鍾先生的馬來西亞藝術學院，及姚先生的裱畫店，談到國內的「藝術家」及「雄獅美術」，他們十分欣賞，讚不絕口。後來又提到了振興國劇的問題，我對他們介紹了一下「雲門舞集」最近在這方面的努力及做法，大家都非常感興趣。

在三位長輩面前，張、潘、葉三人，甚少發言。後來，他們送我回酒店時，才把話匣子打開，一談，又是談到深夜。他們三位與溫任平一樣，十分關切馬華文壇的未來。不可諱言的，國內的出版物，變化較多，內容豐富，而作者的一般水準，也比馬華作家來得高些，因此，常常把當地的文學人才，吸引到臺灣來，一來就不再回去。目前，如何與馬來西亞認同，便成了一個困擾馬華作家的大問題。

這個問題，早在民國六十一年，中國時報「海外專欄」裏就有人討論，接著，兩年後，「蕉風」上又掀起了爭論。民國六十四年，南洋商報的「讀者文藝欄」，再度舊事重提，可見這個問題一直深深存在於馬華作家的心中。例如土生土長的馬華詩人林綠就說過：「我在馬來西亞時是不成熟的，而且尚未定型。赴臺後，變成另一個人。這個人已非當年同樣的人……我個人對馬來西亞並沒有深厚的感情，雖然我在那裏『土生土長』」。（引自葉嘯「抉擇一條要走的路」一文，見「蕉風」三〇三期，頁三十六。）另一種態度則是在臺灣留學受教育，練習寫作，發表或出版作品，然後，仍然回到馬來西亞定居，如商晚筠、賴敬文、凌高……等。在上述兩種不同的態度外，還有第三種，那就是人雖在臺灣或世界其他地區，心卻在馬來西亞，經常寄稿件回去；不過，他們也同時向臺灣或新加坡、香港等地投稿。至於第四種，則是身在馬來西亞，除了向本地投稿外，也在臺、港、新加坡等地發表作品。

近年來，在馬華作家羣中吹起了一陣向馬來西亞認同的要求，希望出生於當地的作家能忠於馬華文壇，並為其未來的成長而努力，不再做我國文壇的「附屬」（葉嘯語）。但在實行的過程當中，我認為還是要以文學及藝術的標準來衡量，方才恰當。我希望馬華作家都能創作出深刻而又富有馬來西亞地方色彩及個人風格的作品，但也希望這些作品，不僅僅能深深吸引打動馬來西亞的華語讀者，同時也能吸引打動世界上所有的華語讀者。只要能做到這一點，那無論這位馬華作家，在哪裏發表作品，或在哪裏定居，都不是最重要的事情了。我相信每一個華文作家在創作時，都有一個共同而終極的信念與希望，那就是他的作品能夠爲世界上所有的華語讀者所接受；或者更進一步，透過翻譯，能夠爲世界上所有的讀者所歡迎。

我們生存的環境是自由世界，我們對創作的信念亦根植在自由的基礎上。無論是馬華作家也好，臺灣作家也好，都有自由選擇在自由地區發表作品的權力。如果有馬華作家願意向此間的文壇認同，或是臺灣作家願意向馬華文壇認同，那純粹是個人的自由行動，別人無權置喙。上述現象在英美文壇之間，也時常發生。例如美國大詩人羅勃特·佛洛斯特，在美國寫了二十九年詩，都快四十歲了，還是默默無聞。於是他便決定到英國文壇去試試運氣，結果甫一出馬，就名聲大噪，成了紅極一時的大詩人。這時美國人又急急忙忙把他迎了回來，禮遇有加，視爲國寶。此外，美國大詩人艾略特入了英國籍；英國大詩人奧登，入了美國籍，兩國文壇都引以爲榮，絕無排斥他們的現象。由此可知，只要作品好，藝術成就高，便能夠打破地域及國家的限制。畢竟，華文作家的最高認同目標，應該是華文創作藝術的本身。當然，忠於地域性的感受，創造個人獨特的風格，是一切開始的基本要素，也是最不可忽視的。不過，「起點」並不等於「最終的目標」，作家還應該爲達到一個更寬廣的境界而努力。如果一個作家始終爲地域性或極端的個人風格所囿，而無法取得廣大的讀者羣的共鳴，那這只是他個人的事，別人無權置喙。但一個作家要爭取更廣大的讀者面，創作更深刻，更能與普遍人性共鳴的作品時，別人也不應該禁止。

根據以上的觀點，我想今後新加坡、馬來西亞、菲律賓、香港等自由地區的華語文壇與我國文壇，應該保持更密切的聯繫。大家相互交流觀摩彼此的作品，並努力發展獨特的風格，使自己的文壇，成爲對作家最具有吸引力的地方，從各地招來各式各樣的華文創作，以豐富華語文學的內容，擴大華語文學的範圍，增加華語文學的讀者。對我國的文壇來說，也希望能透過各地的華文作品，對「華語文壇」，也能有一個大概的認識。「蕉風」經常以翻譯的方式，介紹東南亞各國的文壇，這是我國文壇所最欠缺的，值得借鏡學習。

馬華作者一直與新加坡文壇保持密切的聯繫，在稿件上互通有無，在創作觀念及風格上亦相互影響，兩個文壇，幾乎已經溶合成一體了。希望今後馬華文壇，也能夠更積極的與臺灣文壇保持平行的聯繫，多多向此間的報章雜誌投稿，不管這些作者是否曾經留學臺灣，只要作品好，我想大家都會歡迎。同時，我也希望國內的作家，如果有興趣有能力的話，也不妨爲東南亞諸國的華語文壇盡一點力，貢獻我們努力的成果，與當地的華人分享。同時，在瞭解當地的文壇之後，也能夠介紹其精華讓國內的讀者欣賞。

馬來西亞對海外的中文出版物十分注意，並採取有限度的管制。他們對中共的出版物，檢查甚嚴；對臺灣方面的書籍，則較鬆寬，只要不是政治宣傳品，皆可進口。我在吉隆坡的書店裏所看到的，百分之八十以上都是國內出版物，遠景、純文學、洪範、爾雅……等高水準出版社的書刊，當地都很齊全，令我十分驚訝。由此可見，文化方面的工作，還是要以民間的力量爲主幹，以自由的精神爲基礎。我們的文學創作，花樣繁多，水準整齊，內容豐富，思想深刻，自然能吸引讀者，此乃極權的體系下的作家所不能夢見。只要我們的文學創作能不斷的吸引讀者，久而久之，這些讀者便會在不知不覺之中，與我們一同思考，一同呼吸，這不正是文化工作的終極目的嗎？希望我們的政府今後能夠更有計畫的，幫助輔導國內的出版社，努力外銷，使國內作家的成果，能爲更多的人分享。

馬來西亞的華人雖然很多，但大多數都沒有很強的政治意識。因此，政權皆在馬來人手中。華人子弟在華文小學畢業以後，如想進入地方或中央階層工作，那就必須轉入馬來西亞語學校接受教育。普通的華人，如欲接受華文教育，也只有到高中爲止。一直到了五十年代，才有一個純華語的高級學府南洋大學成立，但現已歸屬於新加坡。華人在高中畢業後，如不願接受馬來西亞語教育，只有走入工商一途。鄭百年在論「華人社會和馬華文學」一文中指出：「實際上，華商取得社會領袖的地位，絕大部分是通過他們的私人財富，並不是通過正規的『知識甬道』。因此，第一、他們至多只能成爲民間的、地方的、單一民族領袖，沒有「政府中央領袖」的地位，第二、對社會的責任感，個人情感因素遠超過一切。在這樣的情況下，馬華文學的發展過程，是注定要走上遲緩而艱辛的道路。鄭氏接著說：「馬華文學的『寄根處』，只達到華人中層社會階級，無法和具有社會影響力的華人領袖取得聯繫，更不要說被他們重視鼓勵。在這種情形下，以自立更生爲生存的方法之馬華文學，走的似乎是一條崎嶇的道路，有人照顧就發展，無人照顧就停滯。其次，馬華文學寫作人本身，絕大部分也只散佈在基層及中層的社會裏（一部分對寫作有興趣的人，在擢升到社會的頂層後，猶如華商挾其財富進入高層的社會地位後，方能影響華人社會。馬華文學的『寄根處』及『來源處』，既然都只局限在基層及中層社會裏，顯然的，就無法通過位居影響力的華人領袖，來影響整個華人社會，一方面關注本身的文學，一方面發展本身的文學。）（見「蕉風」二二一期頁四—六）

由上面的分析看來，馬華作家除了要在文學本身努力之外，還負責喚起民智的責任。如果所有的華人都有正確的認識，一面保留自己的文化，一面積極與馬來西亞認同，參與政治，爲全馬來西亞人民的前途犧牲奮鬥，那華人的地位必將大大的提高，馬華文學的發展，也必能光輝燦爛。新加坡華人的努力是一面鏡子；而越南華人慘痛教訓，則是一聲嚴重異常的警告。馬華作家應該致力於雙重語言的訓練，認同馬來西亞，同時也保有中國傳統文化的特色及優點，並把這種觀念灌輸給新一代的華僑，使大家都能加入本國建設的行列。唯有這樣，華人才可以取得部分主宰國家政策的權力，才不致於像越南華僑那樣，悲慘的淪爲海上的難民。

馬華作家應啓發當地華僑參與當地政事，爲國家的未來設計遠景，並肯定中華文化的優異性，使之滲入當地文化之中，讓二者融會成一種新的、附合國情的高層文化。只有如此，華僑才能在海外紮根，才能立足，才能有力量保護自己。當然，要達到上述目的，不能單單只靠作家，還要有許多教育家及思想家來配合才行。

文藝的力量是大的，但卻並非萬能。文藝有其局限，有其特質。如果作家不知其局限，不解其特質，做了不當的運用，則弄巧反拙，斷不能收到預期的效果。要而言之，文藝的力量在潛移默化，口號式的叫喊，或能收效於一時，但卻難以正面的深刻的影響於久遠。這一點，我想所有作家都必須認清。停筆思之，馬華作家的使命與責任，可謂艱鉅非常了。

馬華文壇的活動，以報紙爲主，雜誌的數量並不多。不過，以純文學來說，雜誌所負擔的責任，則比報紙要大得多多。除了「蕉風月刊」外，「學報半月刊」也是一份歷史悠久的重要刊物。新出的刊物，則多以叢刊的方式問世，如「文風學社」編的「文風期刊」及「人間詩社」所編的「煙火」。「煙火」的水準頗佳，型態是雜誌式的，有詩、散文、小說、翻譯及轉載（這一期選刊蔣曉雲的「牛得貴」），而名稱則是「叢刊」，想必是因爲雜誌有時間性，而叢刊則無，爲了經濟的考慮，才以如此的方式出版。「煙火」的主編，都是詩人，計有沙禽、風山泛、何棨良、蕭開志、李英華、飄貝零等六人，都是馬華詩壇的中堅分子。這一期刊登的詩作，以梅淑貞的「詩人」爲最佳：

詩人一清早駕著輛貨車四處亂竄
整個上下午向雜貨商兜售煙草與粒狀糖
在沒有賽車便不是吉隆坡的吉隆坡
等侯羅爺街黃紅綠燈的換衫空檔
推開車門
點燃起一枝煙
卻措手不及的迎進了一把黃沙焚燒的風
右側是交通警
左側是報車
忍不住想起昨日某園地上有人張牙舞爪
冷子彈亂飛黑帽亂套

不巧套中他是象牙派詩人的代表
若不是後面的車輛已鬼殺般叫
他眞想放開懷抱躺在地上仰天大笑
在早在早以前詩人誤陷入文字的迷關
窮追不捨那朝思暮想的麗影
吃飯想她走路上學想她熄燈後也忘不了她
想如何隨心所欲的玩弄她於指掌之間
如何壓扁拉緊提煉濃縮昇華
那傳說中艷驚四座的仙子
偏憐水仙一般嫵媚風流的倒影
現今他的眼是低倚户的月
冷靜的探照地球的喧囂
他的心是豐饒的海洋
永遠不選擇河流的大小
他的愛是佛的愛

不憤懣也不怨慨
他的詩什麼都是
就不是匕首也不是投槍
他以心智寫詩
以煙和糖尋找米糧

此詩筆法豪壯，老辣，大開大闔，絕無女詩人慣有的婉約氣息，眞是不簡單。詩中所謂的「張牙舞爪」，當是指那一小撮主張要「統一創作路線」的人。梅淑貞以「煙草」象徵靈感及想像力，以「糖菓」象徵愛心及人性中歡樂或善的一面，堅信詩的作用是在人間播散愛的種子，而不是仇恨的種子。她說她的「詩什麼都是，就不是匕首也不是投槍」，「不憤懣也不怨慨」，鏗鏘寫來，擲地有聲，是一篇義正辭嚴的反擊，值得大家細細品賞。如果梅氏能把下列的毛病做小小的修正，那會使此詩在音樂節奏上，更完美些：例如第六行改成「點燃一枝煙」，把「起」去掉；第八行把「交通警」改成「交通警察」；第十三行「鬼殺般叫」改成「鬼殺鬼叫」；二十二行，「現今他的眼是低倚戶的月」改成「現今他的眼是低低倚戶的月」，如此一來，音義皆美，就非常適合朗誦了。

梅淑貞是馬華文壇上最有才氣的女詩人之一，曾出版過「梅詩集」一册，早年走的是現代派較晦澀的路子，近年來詩風一變，完全以口語白描入詩，不過我們從「換衫空檔」或「迎進一把黃沙焚燒的風」等句子，仍可看出，她對現代主義的技巧是十分熟悉的。她的散文寫的也很好，可謂多才多藝。在男性詩人中要選一個與她匹敵的，我想溫任平或可當之。溫任平是馬華文壇的一流高手，散文、評論樣樣皆能。他常常在臺灣投稿，大家對他的作品也都熟悉，我便不在此多做介紹了。最近幾年，溫任平的詩，也走向繁華落盡，直指人生的路子上，例如他今年二月在「蕉風」發表的「因爲我不再愛」，便是佳證。希望這種經過現代主義洗禮後的詩風，能爲馬華壇開出一番新氣象來。

我對馬華文壇的瞭解不多，只能寫寫像「一瞥」之類的介紹性文字。眞正對當地文壇通盤的檢討與介紹，還要等待對這方面有徹底研究的人來做。在吉隆坡短短四天停留，我接觸到許多詩人、小說家、評論家、散文家，還有畫家，編輯等等，大家都是初次見面，然每每都談到深夜方散，使我深深體會到在那樣的環境中，他們所做的努力，是多麼的難能可貴。他們傳遞詩文藝術的理想，有如在黑夜中傳燈一般，燈火雖弱，但只要大家傳遞不熄，總有一天，會有大放光明的日子。

這些可愛朋友的努力，使我想起了天天面對美式文化侵襲的猶太作家依撒·辛格。我對溫任平說：「看看辛格吧，他一個人在美國堅持用依第緒語寫作，終於寫得全世界人都爲之震驚。比起他來，你們的環境還是大有可爲的。只要大家能把握中華文化的精髓，關心自身周圍的環境，以最藝術的手法，去努力探討那永恆普遍存在於人性深處的問題，我們的未來，仍是光明的。雨夜傳燈，蕉葉題詩，黎明到後，當會展現出一幅美麗的圖畫。」語罷，我們相視大笑。

希望兩個文壇的關係，今後能在笑聲中更進一步，更趨密切。

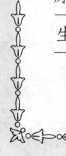

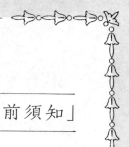

人間的許多現象都會幻滅

只有內心裡的眞實是

唯一沒人可奪取的

人生小語

——(一)瞬息與永恒

——(二)憂心與困情

——(三)情、幽怨

何秀煌　著

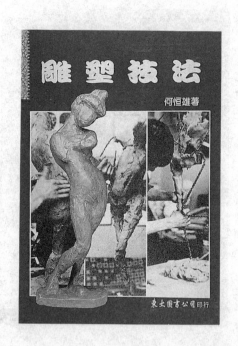

自鬼神崇拜到遠古時期的裝飾圖紋
到十九世紀現代主義的繪畫風潮
作者以詳實平白的文字爲您分析
千年來中國繪畫的思想精神

中國繪畫思想史

高木森　著

羅青　主編

滄海美術叢書之三